新潮文庫

古道具 中野商店

川上弘美著

新潮社版

8387

目次

古道具　中野商店

角形2号

だからさあ、というのが中野さんの口癖である。「だからさあ、そこの醬油《しょうゆ》さし取ってくれる」と、つい先ほども突然言われて、驚いた。

三人で、早めの昼食を食べにきたのだ。中野さんはしょうが焼定食、タケオは煮魚定食、わたしはカレーライスを頼んだ。しょうが焼と煮魚がすぐに運ばれてきた。卓上の箱に立ててある割箸《わりばし》を引き抜き、ぱちんと割って、中野さんもタケオも食べはじめた。タケオは小さく「お先」と言ったが、中野さんは何も言わずにすぐさまかっこみはじめた。

カレーライスがようやく運ばれてきてわたしが匙《さじ》をとりあげたところで、中野さんは「だからさあ」と言ったのである。

「だからさあって、あの、唐突なんじゃないですか」とわたしが言うと、中野さんは丼《どんぶり》を卓に置いた。

「だからさあ、なんて言ったか俺」

「言いましたよ」タケオが横からぼそりと答えた。

「だからさあ、そんなこと言ってないよ」

「ほらまた言った」

「あ」

中野さんはおおげさな身振りで頭を掻《か》いた。

「癖なんだよ、俺」

「へんな癖ですね」

醤油さしを取って渡すと、中野さんは二きれあるたくわんに醤油をかけ、ばりばり食べた。

「声に出さないで頭ん中で喋《しゃべ》るんだよな、俺って」

俺の頭ん中で、たとえばAがBになってCに行くだろ、それからDに続くってわけだ。Dのことを口に出すときに、つい「だからさあ」って言っちゃうんだな。

「そういうもんすか」魚の煮汁を残ったご飯にかけながら、タケオが言った。

タケオとわたしは、中野さんの店で働いている。学生の多い東京の西の近郊のこの町で、中野さんは二十五年ほど前から古道具屋を営んでいる。最初は中堅どころの食品会社に勤めていたそうだが、すぐに会社勤めに飽きがきて退社したらしい。脱サラという言葉がはやっていたころだったが、脱「サラ」するほど長くサラリーマンをやったわけじゃなかったし。なんとなく飽きてやめたんで、当時は肩身が狭かったな。中野さんは少しばかりまのびした口調で、店番の合間に教えてくれた。

「骨董《こっとう》じゃないよ。古道具なの。うちの店は」面接のとき、中野さんは言ったものだった。

『アルバイト募集・面接随時』という下手な墨書の張り紙が、中野さんの店のガラスに貼《は》ってあった。随時、と書いてあったのに、店に入って聞いてみると「九月一日の午後二時に面接ね。時間厳守よ」と店主は言う。髭《ひげ》を生やして痩《や》せてニットの帽子をかぶった妙な印象のその店主が、中野さんだった。

骨董ではなく古道具、の中野さんの店は、文字通り古道具で埋まっている。ちゃぶ台から古い扇風機からエアコンから食器まで、昭和半ば以降の家庭の標準的な道具が、店の中にところ狭しと並んでいる。中野さんは昼前に店のシャッターを開け、煙草《たばこ》をくわえたまま「呼びこみ用」の道具を店先に並べる。ちょっと洒落《しゃれ》た模様の皿小鉢の類《たぐい》や、アートふうデザインの手元灯、オニキスまがいの亀《かめ》や兎《うさぎ》の文鎮、古い型のタイプライターなどを、店先に置いた木製のベンチにかっこうよく並べるのである。ときどき煙草の灰が亀の文鎮の上に落ちたりすると、中野さんはいつもつけている黒いエプロンの端で乱暴に灰を払いのける。

午後の早い時間まで中野さんも店にいて、その後はたいがいわたしが一人で店番をする。午後になると、タケオと中野さんは「引き取り」にでかけるのだ。

引き取り、とは、文字通りお客の家から荷物を引き取ることである。一番多いのは、当主が亡《な》くなって家財道具を始末する場合である。形見分けにもできない物品やら服やらを、一括して中野さんの店が引き取る。小さなトラック一台ぶんくらいの品物を、数千円から一万円くらいの間の値段で買い受ける。価値のありそうなものは取り置いてその残りを出すのだから、粗大ゴミとしてお金を払ってゴミに出すのよりはまし、というくらいのつもりで、お客は「引き取り」を頼んでくる。おおかたは文句もなく些少《さしょう》の金を受け取って中野さんのトラックを見送るが、たまにつけ値が安いとごねるお客がいて困る、という話はタケオから聞いた。

タケオはわたしよりもほんの少し前に、引き取り要員として雇われた。荷が少なそうなときは、タケオが一人で引き取りに行く。

「値段、どうするんすか」最初に一人で行けと中野さんに命じられたとき、タケオは不安げな様子で聞いていた。

「だからさあ、適当でいいの。いつも見てるでしょ、俺の値のつけ方」

値のつけ方もなにも、タケオはアルバイトを始めてそのころまだ三か月そこそこだった。無茶なことを言う人だと思ったが、あんがい店が繁盛《はんじょう》しているところをみると、隅から隅まで無茶を通しているのではないのかもしれない。タケオはおっかなびっくりの様子で出かけていったが、戻ってきたときには普段の調子になっていた。

「なんてことなかったすね」などとすましている。三千五百円、という引き取り値を聞いて、中野さんは何回か頷《うなず》いたが、実際に荷物を見ると、目を丸くした。

「タケオさあ、安すぎ。これだからしろうとは怖いよなあ」そんなふうに言って、中野さんは笑った。

そのときの荷の中にあった壺《つぼ》は、三十万円で売れたらしい。ということもタケオから聞いた。中野さんの店ではその手のものは扱わないので、壺は神社の境内に立つ骨《こっ》董市《とういち》で売ったのだ。当時タケオとつきあっていた女の子が、手伝いと称して市の出店までくっついてきた。あんな汚いような壺が三十万円で売れるのか、タケオも本格的に古道具の商売を始めたらどうか、そうしたら家を出て一人ずまいもできるんじゃないか、と女の子はずいぶんタケオにせまったらしい。そのせいかどうか、タケオはじきに女の子と別れた。

中野さんタケオわたしと三人がそろって食事をするのは、珍しい。中野さんはたいがい買いつけや市やせりや寄り合いで飛び回っているし、タケオは引き取りがすむと、ぐずぐずすることなく帰ってしまうからだ。こうして三人でそろったのは、中野さんの姉のマサヨさんの個展に行くためである。

マサヨさんは五十代半ばで独身だ。もともと中野家というのがこの町の古い土地持ちの一族だったのが、中野さんの前の代あたりにはすでに身代はかなり傾き、それでもマサヨさんが家作のあがりで食べていけるくらいのものは、まだ残っているらしい。「あの人はゲイジュツカだからな」と中野さんはときどき姉を揶揄《やゆ》するような言いかたをするが、ゲイジュツカの姉を中野さんは決して嫌っていない。駅前の「ポージイ」という喫茶店の二階にある小さなギャラリーで、マサヨさんの個展は開かれている。こんかいは「創作人形展」である。

わたしが雇われる少し前に開かれた前回の個展は、「雑木林の染めもの展」だったそうだ。町のはずれに残っている雑木林の葉をむしってきて染料にしたという「染めもの」――マサヨさんによれば「シックな」色の、タケオがその時の作品の印象を、首をひねりながら後で教えてくれたところによれば、「便所っぽい」色の――が、同じ雑木林から取ってきたという木の枝を会場の天井から吊るしたものに、ひらりひらりと掛けてあったのだという。吊り下がっている木と布のおかげで迷路のようになっている会場を一歩あるくたびに、頭や腕に布がからみついて往生した、とは中野さんの弁である。

こんかいの人形展は天井から人形がぶら下がっているといったこともなく、会場に並べられた机に「夜の蜻蛉《かげろう》」「庭に立つ」といった題をつけられた人形が置いてあるという、穏当なものである。タケオはうわの空な様子でささっと歩きまわり、中野さんは一体一体をていねいに触ったり裏返したりしながら見てまわった。昼の光が窓からさしこんで、暖房のきいた会場の中でマサヨさんは頬を上気させていた。

中でいちばん値の張る人形を中野さんは買い、わたしは受付のかごにいくつも積みあげてあった小さな猫の人形を買った。階段の上からマサヨさんに見送られて、わたしたち三人は通りに出た。

「俺銀行いってくるわ」中野さんはそう言うなり、目の前にあった銀行の自動ドアの中に消えた。

「あいかわらずすね」タケオは言い、ぶかぶかしたズボンのポケットに両手をつっこんで歩きはじめた。

今日は八王子までタケオは引き取りをしに行く予定だ。八王子のその客は、中野さんによれば、「ばあさま姉妹」で、姉妹たちの長兄にあたる老人が亡くなるやいなや、今まで顔も見せなかった親類が入れかわり立ちかわりやってきては兄の集めていた美術品だの古書だのをかすめとっていくという愚痴を、毎日のように電話してくる。中野さんは、「はあ、それはまあ、はあ、お察しします」と、いちいちていねいに答えていた。中野さんの方から電話を切ろうとしたことは一度もない。

「この商売はね、そういうもんよ」三十分ほども続く愚痴を聞いた後に電話を切ると、片目をつぶりながら中野さんは言ったものだった。そんなに熱心にばあさま姉妹の愚痴を聞いていたようにみえたにもかかわらず、中野さんは姉妹の家の引き取りに行こうとはしなかった。

「おれ一人で行ってもいいんすか」とタケオが聞くと、中野さんは髭をしごきながら、「だからさあ、中の下くらいの値をつけてきてね。ばあさまたち、あんまり高くするとたまげちゃうし、低すぎてもアレだから」などと答えるのだった。

店に着いてシャッターを開け、いつも中野さんがしているのを真似《まね》て呼びこみ用の商品をベンチに並べている間に、タケオは裏の車庫から二トントラックを出した。いってらっしゃい、と声をかけると、タケオはエンジンをふかしながら右手を振った。タケオは右手の小指の第一関節から先がない。その右手を、ひらひらとタケオは振った。

中野さんはタケオに向かって、「コレもんか、おまえ」と、面接のときに聞いたそうだ。

「ほんとうにコレもんだったら、超危ないいじゃないすか」タケオは店になじんだころになってから中野さんに言っていたが、中野さんは、

「この商売してるとさ、だいたいわかるんだよ、どういう筋の奴《やつ》かって」と笑った。

タケオの指は、鉄扉《てっぴ》にはさまれて落ちたのだ。扉にタケオの指をはさんだのはタケオの同級生で、タケオの「ソンザイがムカツク」と言いながら、高校の三年間タケオをいじめぬいたらしい。タケオは卒業の半年前に高校を中退した。鉄扉の事件以来、「マジ命が危険」と感じたからである。担任も親も気づかないふりをした。タケオの基本的生活習慣その他のだらしなさが引き寄せた退学だというふうをよそおった。それでも「退学できたのはラッキーすよ」と、タケオは言った。タケオに「命の危険」を感じさせた相手は、私立大学に進学して、去年そこそこの企業に入ったそうだ。

「腹立たないの」とわたしが聞くと、タケオはくちびるの片端を少し持ちあげるような表情をして、

「腹立つとかそういうのって、違うような？」と答えた。

「違うって？」重ねて聞くと、タケオはうふふと笑い、

「ヒトミさんにはわからないす」と答えた。ヒトミさんは本とか好きで難しい頭してるから。おれは簡単な頭だし。そんなことをタケオは言った。

「わたしも簡単な頭だよ」と言うと、タケオはまた笑い、

「そういえばヒトミさんもけっこう簡単かも」と答えた。

落ちた小指の先は、つるりとしている。おれはケロイド体質じゃないから傷跡がきれいなんだって、病院の先生に言われた。タケオはそんなふうに説明した。

タケオのトラックを見送ってから、レジ横の椅子《いす》に座って文庫本を読んだ。一時間のあいだにお客が三人来て、一人が古眼鏡を買っていった。眼鏡なんて度が合わなければ何の役にも立たないと思うのだが、中野さんの店では古眼鏡が隠れヒット商品である。

「役に立たないものだから買うのよ」中野さんはいつも言う。そういうもんでしょうか、とわたしが言うと、

「ヒトミちゃんは、役に立つもの、好き？」中野さんはにやにやしながら聞いた。

「好きですよ」わたしが答えると、中野さんはふうんと鼻をならし、

「役に立つ皿　役に立つ棚　役に立つおとこー」と妙な節まわしで突然歌いはじめたので、びっくりした。


古眼鏡を買ったお客が帰ってから、客足がとだえた。中野さんはなかなか銀行から帰ってこない。女、いるらしいすよ。銀行っていうときは、たいがい女のとこじゃないすかね。タケオがいつか口をすべらせた。

中野さんは数年前に三回目の結婚をした。最初の奥さんとの間に大学生になる息子がいて、二番目の奥さんとの間に小学生の娘がいて、三番目の奥さんとの間には生後半年の息子がいる。そのうえになお「女」か。

「ヒトミちゃんはカレシとかいるの」中野さんに聞かれたことがある。さして知りたいという様子でもなかった。天気の話をするのと同じ調子で、レジの横に立ってコーヒーを飲みながら、中野さんは聞いた。カレシという発音が、平板な今ふうの発音だった。

「ちょっといたけど、最近はいません」と答えると、中野さんはそう、とだけ言って

頷いた。どんな人だったの、いつ別れたの、などということは聞かない。

「中野さんは今の奥さんとどうやって知りあったんですか」わたしが聞き返すと、中野さんは、

「秘密」と答えた。

「秘密なんて言われると、ますます聞きたくなっちゃうじゃないですか」とわたしが続けると、中野さんはじっとわたしの顔を眺めた。

「何ですかそんなにじっと見て」わたしが言うと、中野さんは落ちついた声で、

「ヒトミちゃん、そういう社交辞令は言わなくていいんだよ」と答えた。

たしかに中野さん夫妻のなれそめをさほど聞きたいとは思っていなかった。店主端《たん》倪《げい》すべからず。ああいうとこが女にもてるんすかね。後でこっそりタケオがわたしに耳打ちした。

中野さんも帰ってこないし、お客も来ないし、タケオは八王子に行ってしまった。わたしは所在なく文庫本を読んでいた。

このごろわたしが一人で店番をしていると来るお客がある。中野さんと同年輩か少し上くらいにみえる男性である。必ずわたし一人でいるときやってくるのは偶然かと思っていたが、そうでもないらしい。中野さんが店にいるのを見ると、そわそわと出

ていってしまう。中野さんがみえなくなると、すっと店に戻ってきたりする。

あのお客、よく来るの。いつか中野さんに聞かれて、わたしは頷いた。聞いた次の日、中野さんは奥の倉庫で昼からずっとごそごそやっていた。午後遅くに男が店に入ってきてわたしの座っているレジと入り口の間のあたりをうろうろしているのを、中野さんは倉庫の方からじっと観察していた。男がレジに近づいてきたところで、中野さんがにこやかにおどりでて話しかけた。

男の声を聞いたのは、そのときが初めてだった。男の住まいが隣町にあること、田所という名であること、刀剣類のコレクターであることを、中野さんは十五分ほども喋《しゃべ》るうちに聞きだしていた。

「うちは古いものは扱ってないんですよねえ」古道具屋という看板なのに、中野さんは不思議なことを言った。

「そうだね。でも面白いもんがあるじゃない」田所は昭和初期のグリコのおまけや婦人雑誌の置いてある一角を指さした。

田所はちょっといい男である。髭の剃《そ》りあとが濃くて、もう少し痩せさせればフランスのなんとかいう俳優に似ていないこともない。少しばかり声がかん高いのが気になったが、悠揚せまらざる、という感じの喋りかたをした。

田所が出ていってしばらくしてから、「あのお客、しばらくは来ないよ」と中野さんは言った。あんなに親しそうに喋っていたのに、とわたしがつぶやくと、中野さんは首を横に振った。なぜ、と問うても、中野さんは答えなかった。ちょっと銀行いってくる、と言いながら店を出ていってしまった。

中野さんの予言どおり、田所は二か月ほど姿を見せなかった。けれどそれ以後はまた、中野さんのいない隙《すき》をみすかすようにして店にやってくるようになった。わたしと目があえば「こんにちは」と言い、店を出るときには「じゃあね」と言う。

それだけで何を話すわけではないのだが、田所が店の中にいる間は、店の空気が濃くなるように感じられた。常連のお客は何人かいて、どの人も田所と同じように「こんちは」「じゃ」という類《たぐい》のことを言いながら店を出入りするのだが、田所とはぜんぜんたたずまいが違う。タケオは二回ほど田所に会ったことがある。

「あのお客さん、どう思う」とわたしが聞くと、タケオはしばらく首をひねっていたが、やがて「それほどやな匂《にお》いはしないすよ」とだけ言った。

やな匂いって、何。そう聞いたが、タケオはうつむいて黙っていた。タケオが店の前に水を打っている間に、やな匂いのことを考えた。少しわかるような気がしたが、タケオの思っているやな匂いとわたしの思うやな匂いはぜんぜん違うものだろう。

水を打ち終えて空のバケツを提げたタケオが奥に行きしな、

「ほんとに自分ばっかの奴がやな匂いだし」とつぶやいているのが聞こえたが、自分ばっかの奴という意味が、わたしにはよくわからなかった。


所在なく文庫本を読んでいたら、田所が今日もやってきた。店の空気が、またたく間に濃くなる。クリスタルの花瓶を買った若い男女二人連れが店を出ていくと、田所はレジのそばに寄ってきた。

「今日は一人」と聞く。

「そうです」要心しながらわたしは答えた。田所は、いつもよりもいっそう濃い空気を身にまつろわせている。しばらく田所は天気の話やちかごろのニュースの話をした。そんなに長く会話を交わすのは初めてだった。

「あのさ、買ってほしいものがあるんだけど」会話の途中に、突然田所がきりだした。お客が店に直接物を売りにきたとき、ありふれた小物にはわたしが値をつけて買い取ってもいいことになっていた。食器や電化製品やマニア向けのグリコのおまけのようなものは、中野さんでなければ値をつけられない。

「これ」と言いながら田所が差しだしたのは、大きなクラフト封筒だった。

「どういうものですか」わたしが聞くと、田所は封筒をレジの横に置き、

「まずは見てみて」と言った。

まずは、などと言われると、見ずにはすまされない感じになる。店主でないと、こういうものは。わたしは言ってみたが、田所はレジに身をすり寄せるようにして覗《のぞ》きこんでいる。こういうものって、まだ見てないじゃない。とにかく、まずは見てみてよ。ね。

仕方なくわたしは封筒に指をかけた。封筒と同じ大きさのボール紙が入っている。ぴっちり隙がないので、なかなかうまく出せなかった。田所がじっと見ているのも気になって、ますます指の動きがぎこちなくなった。

ようやく引きだしてみると、二枚のボール紙が重なってセロテープで留められていた。中に、何かがはさまっている。

「開けてごらんなさいよ」田所がいつもの悠揚せまらざる口調で勧めた。

「でも、セロテープが」

「いいから」と言いながら、田所はいつの間にとりだしたのか、手にしたカッターナイフの刃をかちりと出し、貼《は》ってあるセロテープを器用に切断した。カッターナイフは田所の手の一部のように見えた。優雅な動きだった。少しばかり腹のあたりがぞわ

そわした。

「ほら見て見て。おたくの勉強にもなるはずだし」妙なことを言いながら、田所はセロテープを切断した。そのままボール紙をめくるかと思ったが、田所はそれ以上手を出そうとしない。ゆっくりとわたしが指をかけて左右にボール紙を開いてゆくと、モノクロームの写真があらわれた。

あらわれたのは、裸でからみあっている男女の写真だった。

「なんだこりゃ」というのが中野さんの第一声だった。

「なんか古い感じの写真すね」というのがタケオの感想である。

田所は、虚をつかれてぼうぜんとボール紙に指をかけたままのわたしに向かって、

「また来るから。値段つけといてね。じゃ」と言いすて、さっさと出ていってしまったのだ。

写真を見た刹那《せつな》にわたしが出した「あ」という声は、その瞬間田所の体のほうに吸いよせられていくような感じだった。田所の小柄な体がむくむくと広がっていくような錯覚をおぼえた。

田所が出ていってしまってから見直すと、写真はたわいのない構図のものばかりだ

った。モデルになっている男女も、そのへんの人みたいに見えた。写真は十枚あった。わたしはいちいち手に取って眺めいった。

一枚、好きな写真があった。昼の光の中で、服をつけたままの男女が、そこだけは肌の露出した尻をこちらに向けて交わっている写真である。背景は小さな飲み屋のかたまった路地だった。どの店のシャッターも閉まっていて、大きなポリバケツが店先に出してある。ものさびた小路で男女は大きな尻と太い腿《もも》をむき出しにしているのだった。

「ヒトミちゃんて、ゲイジュツ好きなの」わたしがその写真を指さすと、中野さんは目を丸くして聞いた。中野さんは鏡台の前で全裸の男女が座位になっている写真を手にして、

「俺やっぱりこういう古典的なのがいいな」と言った。男の膝《ひざ》の上で目を固く閉じている女の髪は、きれいにセットされていた。

タケオはていねいに十枚を見ていたが、

「あんまし男も女もきれいじゃないし」と言いながら、卓の上にまとめて戻した。

「これ、どうしましょう」わたしは聞いた。

「俺が田所に返すよ」中野さんが答えた。

「店とかで売れないんすか」タケオが言う。

「ちょっと中途半端《はんぱ》かな」

それで話は終わり、中野さんはふたたび写真をボール紙に挟んでクラフト封筒に入れ、奥にある棚の上に置いた。

しばらくは棚の上にあるクラフト封筒が気にかかった。首が棚の方を向きづらい感じの気にかかりかただった。お客が店に入ってくるたびに、田所ではないかとびくびくした。中野さんは自分で返すと言ったが、クラフト封筒は棚に置きっぱなしになっている。だいいち田所の正確な住所を誰も知らない。そうこうしているうちに、年が明けた。

マサヨさんが店にやってきたのは、雪が降った日の翌日だった。

「きれいに雪掻《か》きしたわねえ」マサヨさんは、はればれとした声で言った。マサヨさんはいつでもはればれとした声を出す。タケオは最初のころ、マサヨさんが何か言うたびに身をびくりとさせていた。このごろは慣れたらしいが、マサヨさんの近くにはあまり寄っていかないようにしているのを、わたしは知っている。

「タケちゃんでしょ、雪掻きしてくれたの」

タケちゃんと呼ばれて、タケオはまた一瞬びくりとした。雪は前日二十センチ以上も積もった。積もりはじめのころから、タケオが何回もこまめに店の前の雪掻きをしたので、店先の道路はアスファルトの面を見せていた。濡《ぬ》れて黒く光っている道路に、中野さんはいつものようにベンチを出し、品を並べた。

「雪って、寂しくないから好きよ」などとマサヨさんは言う。無防備なもの言いをする人だ。タケオもわたしも黙って聞いていた。そのうちにお客が来はじめた。雪も積もっているというのに、こんな日にかぎってお客が多い。ストーブを買ったお客が三人、こたつのお客が二人、マットレスも二枚売れて、マサヨさんまで総出でお客の相手をした。夕方になってようやく一段落ついたころに見ると、日向《ひなた》の雪はおおかたが溶けていた。タケオが雪掻きした地面と、雪が溶けて露出した続きの地面との区別がなくなっていた。

「蕎麦《そば》でもとるか」と中野さんが言った。そのまま店を閉めて、奥の畳の部屋にぞろぞろと入った。ついさっきまではこたつがあったのだが、先ほど売れてしまったので、こたつ掛けばかりがぺたんと平らに畳の上に置いてある。中野さんが店から大きめのちゃぶ台を持ってきて、こたつ掛けの上にそのまま据えた。

「あったかいすね」タケオがこたつ掛けの上に座りながら言った。

「みんなで食べると、あったかいわよ」マサヨさんがなんだか見当違いのことを言った。

中野さんは蕎麦屋に電話をかけながら煙草《たばこ》を吸いはじめた。立ったまま、棚の上の欠けた灰皿に灰を落としている。

やっちゃった、という声がして見ると、中野さんが田所のクラフト封筒を持ってはたはたと振っていた。封筒に吸いさしの煙草の先をつけてしまったらしい。薄く煙が立っていたが、振るうちに煙は消えた。封筒の端が、黒く焦《こ》げている。ボール紙を引きだしてみると、こちらはどうもなっていなかった。

「何それ。版画かなにか」とマサヨさんが聞いた。中野さんが何も言わずにマサヨさんにボール紙を手渡した。マサヨさんはボール紙を開き、しげしげと写真に見いった。

「売りもの？」マサヨさんが聞いた。中野さんは首を横に振る。

「下手だものね」マサヨさんは頷《うなず》き、ちょっと嬉《うれ》しそうにした。

「あたしの作品の方が、まだまし」

わたしとタケオは顔を見合わせた。マサヨさんが自分の作品に対してこんな客観性を持っているとは意外だった。ゲイジュツカ端倪《たんげい》すべからず。さらにマサヨさんは端倪すべからざることを言いだした。

「この写真、もしかして田所が撮った写真じゃないの」

えっ、と中野さんが大声をだした。

「田所ってね、あたしの中学のときの担任」

マサヨさんが落ちつきはらった声で言うのと同時に、表のシャッターを叩《たた》く音がした。タケオとわたしは飛びあがりそうになった。

「蕎麦屋だな」中野さんがぼそりと言い、煙草をくわえたまま表にまわった。タケオが中野さんの後に続き、わたしとマサヨさんは奥に残った。マサヨさんは中野さんの煙草の箱から一本抜きだして、ちゃぶ台に肘《ひじ》をついたまま火をつけた。マサヨさんの煙草のくわえかたは、中野さんそっくりだった。

「田所って、すごく若く見えるけど、もう七十近いはずよ」てんぷら蕎麦をすすりながら、マサヨさんは説明した。

マサヨさんが中学三年生のときの担任が、田所だったのである。今でもちょっといい男だが、そのころは三十少し手前の、マサヨさんによれば「役者みたいな」いい男だった由《よし》だ。教師としての特徴はなかったが、蜜《みつ》に引き寄せられる虫のように、ある種の女生徒が田所に群がった。田所に引き寄せられていた女生徒の中でもひときわめだっていたのが、粕谷《かすや》スミ子という同級生だった。噂《うわさ》によれば、温泉マークのような場所にまで二人は出入りしていたらしい。

温泉マークって、何すか。タケオが聞くと、真面目《まじめ》な顔で中野さんが、ラブホのことだ、と答えた。

粕谷スミ子と田所の噂が大きく広がってしまったので、スミ子は退学になり、田所も馘首《かくしゅ》された。田所と引き離すために、いったん粕谷スミ子は田舎の祖父母のところに預けられたが、田所と気長に連絡を取り合って、スミ子は一年後に駆け落ちをした。その後田所と二人で日本全国をてんてんと渡り歩いたらしいが、ほとぼりがさめたころに隣町に戻ってきて、田所の実家の文房具屋を継いだ。

「なかなかやるな」最初に中野さんが感想を述べた。

「遊びじゃなかったんすね」タケオが次に述べた。

「でも、どうして写真が田所のだってわかったんですか」わたしが聞くと、マサヨさんは最初にとりのけておいたてんぷらの衣をかじりながら、そうねえ、と言った。てんぷらの衣だけ食べるのが、好きなの。おつゆをよく吸って、おいしいのよこれ案外。そんなことをつぶやきながら、マサヨさんはてんぷらの衣を箸《はし》でつまんだ。

全国を粕谷スミ子と一緒にてんてんとしていたころ、田所は写真を売って暮らしたのだという。駆け落ち後も女には不自由しなかった田所だった。そういう女のつてを辿《たど》ってエロ写真を撮っては、闇《やみ》で売りさばいた。そうはいってもしろうとのすることとて、地回りや組織に追われるようなこともあった。そろそろほんとうに危なくなってきたところで写真の商売はやめたが、そのての写真を撮るのが性に合っていたのか、その後は粕谷スミ子をモデルにして知りあいだけに原価に近い値段で売るということを始めた。

「あの写真の女も、粕谷スミ子よ」マサヨさんは顎《あご》で棚の上のボール紙を指しながら、言った。

「あたし一枚、その中のと同じの持ってるわ」

「どれ」と中野さんが聞くと、マサヨさんは、

「お尻の」と答えた。

それからしばらく四人とも黙って蕎麦をすすった。最初に食べ終わったタケオが流しにどんぶりを下げ、次に中野さんが立ちあがった。わたしはマサヨさんの真似《まね》をして、汁に浮いているてんぷらの衣をすくって食べた。

「お尻の、いいですよね」わたしが言うと、マサヨさんは笑った。

「高かったのよあれ。粕谷スミ子が貧乏してたから、あたし一万円も出しちゃったわ

よ」

十枚あわせて千円でも買えないなあ。どんぶりを流しに置いて戻ってきた中野さんがのんびりした口調で言い、タケオが真面目くさった顔で一緒に頷いた。

中野さんとタケオが車庫にトラックを見に行ったので、わたしはマサヨさんと並んでどんぶりを洗った。水を使いながら、粕谷スミ子はそのあとどうしたんですか、と聞いたら、粕谷スミ子は死んだわよ、とマサヨさんは答えた。田所の女遊びがひどくて、そのうえ一人息子が十八で事故死しちゃったんで、ノイローゼみたくなっちゃったの。田所も悪人じゃないんだけど。ヒトミちゃんはああいう男にだまされちゃだめよ。

マサヨさんは力を入れてどんぶりをスポンジでこすった。はあ。わたしは答えたが、田所の持つ濃い空気を思いだして、怖いというのではないのだが、背中のあたりがぞくぞくした。風邪をひく前みたいなぞくぞくだった。

タケオと一緒に店を出てから、

「粕谷スミ子死んじゃったんだって」と教えると、タケオは手をこすりあわせながら、

「そうかあ」と言った。

田所はしばらく店に来なかったが、次に雪が降った日の翌々日にふらりとあらわれ、

「写真、やっぱり売らないことにしたわ」と言った。

ボール紙ごと十枚の写真を差しだすと、田所は顔を寄せるようにしながら、

「封筒はどうしたの」と聞いた。

ちょうど引き取りから帰ったばかりのタケオが店に入ってきて、

「封筒、今すぐ買ってきます」と言ってくれたので、田所はそちらを振り向いた。

「買うんなら、角形2号の封筒ね」田所は悠揚せまらざる口調でいいつけ、タケオは駆けだしていった。

「勉強した？ 写真見て」田所はタケオの姿が消えると、ふたたび身を寄せるようにしながら聞いた。

「田所さんて、昔先生してらしたんですね」

言えば田所が驚くかと思ったが、田所はまったく動じず、さらに身を寄せてきた。

「そんな時もあったね」と言いながら、息がかかるほどそばに寄ってくる。日陰に溶け残った外の雪がきらきらと光っている。角形2号、買ってきたす。タケオが言いながら戻ってきた。田所は悠揚せまらざるふうで身を離し、封筒の入ったセロハン紙からゆっくりと封筒を引きだし、ボール紙をていねいに封筒にしまった。

「じゃ」と言って、田所は店を出ていった。直後に中野さんが「だからさあ、タケオ高すぎだよ今日の値は」と言いながら入ってきた。タケオもわたしもなんとなく中野さんの髭《ひげ》のあたりを見ていた。

「どうしたの」と中野さんがきょとんとした表情で聞いた。わたしもタケオも、黙っていた。角形2号って言うんすね、あの封筒。少ししてからタケオが言った。

「ああ?」中野さんが聞き返したが、タケオはもう何も答えなかった。わたしも黙って中野さんの髭を見ていた。

文鎮

梅雨になると、中野さんは少し暇になる。雨が降れば、休みごとに開かれる古道具の露天市に出店を開けなくなるし、湿った季節には引っ越しが少ないので、「引き取り」も少なくなるからだ。

「引っ越しのときの引き取りって、どうしていい出ものがあるんすかね」とタケオが缶コーヒーを飲みながら、中野さんに聞いた。

中野さんは飲みおわったコーヒー缶のふたに煙草《たばこ》の吸殻をおしつけながら、ちょっと首をかしげた。コーヒー缶の狭いふたの上ばかりに吸殻を落とすので、灰が盛りあがって今にもこぼれ落ちそうだ。灰皿が目の前にあっても、中野さんはなるべく灰皿以外のものを吸殻入れに使いたがる。

どうして中野さんは灰皿使わないんだろう、といつかわたしがタケオにこっそり聞くと、売りものにするつもりじゃないんすかね、とタケオは答えた。だってとくべつに古くもないどっかのおまけでもらった普通の灰皿だよ。わたしが驚くと、タケオは無表情に、中野さんあれでけっこうあこぎな商売するから、と言った。あこぎって、若いのに古い言葉知ってるんだね、タケオ。だってヒトミさん、水戸黄門とかによく出てくるっすよ。水戸黄門なんて、見るの。由美かおる好きすからね。

タケオが由美かおるをいっしんに見ているところを想像して、わたしはくすくすと笑った。由美かおるの蚊取線香の看板が、そういえば中野さんの店にはときどき出る。いっときは売れ筋の商品で、店に出すと一週間もたたないうちに買い手がついた。このごろはマニアの間に行き渡ってしまったらしく、前ほどは動かない。

「だからさあ、いいとこに引っ越すときには、人間、家のなかみも前よりいいもんにしたがるもんでしょ」中野さんは答えた。

「だから、安もんのいいもんが、けっこう出てくるわけ」

「安もんのいいもん」タケオがおうむがえしに言うと、中野さんは気のない様子でうなずいた。

「それじゃ、悪いとこに引っ越すときはどうなんすか」タケオがさらに続ける。

「悪いとこってなによ、それ」中野さんが笑った。わたしも笑った。タケオは笑わずに、真面目《まじめ》くさった顔のままだ。

「夜逃げとか、一家離散とか」

「だからさあ、そういう緊急のときには、引き取りなんて頼んでる暇ないでしょ」中野さんは言いながら立ちあがり、黒いエプロンの上に散った吸殻をはたいた。タケオは、あそうか、と短く言い、これも立ちあがった。

雨が午後の早い時間よりも激しくなっている。いつもは店の前に出してあるベンチが、中にとりこんであって、店ぜんたいがせまくるしい。中野さんは商品にぱたぱたとはたきをかけた。

古いものだからって、ほこりをたからせといちゃだめなんだよね。中野さんはしばしば言う。古いもんこそ、清潔に。でも清潔すぎちゃだめよ。むつかしいねえ、むつかしいもんだねえ、うふふ。そんなふうに言いながら、中野さんははたきをかける。

タケオは、ちょっと歩いたところにある自動販売機横の缶捨て専用のごみ箱に、コーヒーの缶を捨てにいった。傘をささずに、タケオは走っていった。帰ってくるとタケオはびしょびしょになっていた。中野さんがタオルを放った。蛙《かえる》もようのタオルである。前回の引き取りのときに出た品物だ。タケオは乱暴に髪を拭《ふ》き、タオルをレジの机の角にひっかけた。蛙が濡《ぬ》れて、緑色が濃くなっている。タケオのからだ全体から、雨の匂《にお》いがぷんとただよってきた。

そういえば、しばらくマサヨさんの姿を見なかった。「マサヨがあ？」と中野さんが店の奥にある方の電話に向かってその名を言ったので、気づいたのだ。

ほんと。まさか。でもさあ。考えられないよ。中野さんはそんなような相槌《あいづち》をずっと打ちつづけている。

「マサヨさんが、どうかしたのかな」雨を避けて店の中に置いたままになっているベンチにぼんやりと座っているタケオに、わたしは話しかけた。

「さあ」タケオは答えた。また缶コーヒーを飲んでいる。

そのコーヒー、気にいってるの。以前にそう聞いたら、タケオはびっくりしたような顔になった。

気にいるって。タケオは聞き返した。だって同じ種類のばっかり飲んでるじゃない。わたしが言うと、タケオは、考えたこともなかった、と答えた。ヒトミさんて、へんなところに細かいんすね。

そういう会話を交わしてからのちも、タケオは同じ銘柄のコーヒーを飲みつづけている。わたしも真似《まね》して一度だけ飲んでみたことがあるが、いやに甘ったるかった。甘いミルクコーヒー。タケオは足を大きく開き、ベンチにだらりと座っている。

「ほらほら仕事せいよ」中野さんが言いながら、奥の部屋から出てきた。タケオはベンチからゆっくりと立ちあがった。トラックの鍵《かぎ》をちゃらちゃらいわせながら、外へ出ていった。あいかわらず、傘をささない。タケオの背中を見送りながら、中野さんはおおげさにため息をついてみせた。

「どうしたんですか」わたしは聞いた。中野さんは、聞いてもらいたがっているのである。大きくため息をついたり、一人ごとを言ったりしているときは、いつだって中野さんは人に話したいことがあるのだ。こちらから聞かなくとも、じきに話してくれるにちがいないのだが、話す前に必ず軽い説教のようなものをするのが、困る。

いつかタケオが、中野さんが説教をする前に「どうかしたんすか」と機先を制して訊《たず》ねたのを見て以来、わたしもそれに倣《なら》うようになった。聞かれると、中野さんは水をはきだすホースのように、しゅるしゅると話をしてくれるのだ。聞かないと、ホースの口近くに固い土が詰まっているかのように、妙な説教ばかりがはきだされてくる。

「うん、あのさあ」しゅるしゅると、中野さんは話しはじめた。

「マサヨがさ」

「マサヨさん、ですか」

「マサヨがさ、男に引っかかったって」

「え」

「マサヨの家に住みついてるらしいんだ、その男が」

「同棲《どうせい》、ですか」

「同棲なんて、若いもんの言葉でしょ。サチ子とイチロウのもんでしょ」

「なんですか、サチ子とイチロウって」

「若い子はこれだからいやだよなあ」

電話は中野さんとその姉マサヨさんの叔母にあたる橋本ミチからのものだった。中野さんたちの亡《な》くなった父親の末の妹であるミチは、地元のスポーツ用品店の若主人へ嫁入りしていた。若主人というのはむろん昔のことで、今はすでに隠居して、息子に店をゆずっている。息子は中野さんと同い年である。

ミチは数日前に、喫茶ポージイのケーキをみやげに持って、マサヨさんの家を訪ねたのだという。ポージイのケーキはさして特徴もなく味もぜんぜんめざましくないのだが、ミチは買物は、必ず地元の古くからの店でする。

「伝統というものは大切ですからね」とミチがいつか中野さんに言っていた。中野さんはミチに向かってはふんふんと頷《うなず》いていたが、あとでわたしに、「こんな商店街に、伝統もへったくれもないもんだわなあ」と言って笑った。

ポージイのチーズケーキを二個買って、ミチはマサヨさんを訪ねた。チャイムを鳴らしても、答えがない。留守かと思って扉の把手《とって》をまわすと、鍵がかかっていない。扉はかんたんに内側に向かって動いた。泥棒でも中にいるといけないと、ミチは気配をうかがった。かすかな音が聞こえた。そら耳かと思ったが、たしかに音がする。人声のようではない。かといって、音楽でもない。重い、こもった音である。いきものが一匹か二匹、部屋の中をゆっくりと動きまわっているような音である。

さてはやはり泥棒か、とミチは身構えた。痴漢よけのベルをバッグからとりだし、すぐさま大きな音を出せるように準備した。

「年よりのくせに、痴漢よけのベルなんか持ってさ」と中野さんは説明の途中でつぶやいた。

「近ごろは物騒な事件も多いですし」わたしが答えると、中野さんは首を横にふった。

「だからさあ、それならばどうしてわざわざ危険なところに行くわけ。泥棒と思ったならすぐに逃げればいいじゃないの」そう言って、大きなため息をつく。

ミチが逃げれば、マサヨさんに「男」がいることは発覚しなかったはずなのだ、と中野さんは暗に言いたがっているようだった。

ミチはしばらく玄関のたたきに立っていたが、そのうちに何かの鳴き声がしはじめたのだという。

「鳴き声」

「だからさ、マサヨが、そのう、男とさ」中野さんははたきをばさばさと使いながら、いまいましそうに言った。

「エッチでもしてたんですか」

「ヒトミちゃん、若い女の子がそういう身も蓋《ふた》もない聞きかたしちゃいけないよ」

身も蓋もない聞きかたを誘導するような、身も蓋もない内容の話を自分がしていることを棚にあげて、中野さんはまたため息をついた。

ミチはずかずかと踏みいり、ふすまを開けた。マサヨさんと、見知らぬ男が、向かいあっていた。二人の間に猫がいる。

「エッチはしてないよ。少なくともそのときはさ。猫だったんだよ、猫」鳴き声は、猫のものだった。

「いいじゃないですか、猫ならば」

「猫でよかったさ。ミチ叔母ちゃんに現場でもおさえられたら、たいへんなことだからね」マサヨさんが犯罪でもおかしたようなことを、中野さんは言う。

「でも、マサヨさん、独身なんだから、誰を家に引きこんでもいいじゃないですか」

わたしが言うと、中野さんは顔をしかめた。

「世間体ってもんがあるからね」

「はあ」

「身内が多い町なんで、面倒なんだよなあ」

「でもほんとうにマサヨさんのその、男っていうんですか、マサヨさんと、あの、関係を持ってるんですか」

「わかんないけど」

中野さんの話が曖昧《あいまい》になってきた。ミチがマサヨさんを問いつめても、マサヨさんは涼しい顔をするばかりで、男が何者なのか、男とどういう関係にあるのか、口をぴったりとつぐんでいたのだという。男にも訊ねたが、こちらからもぬらりくらりとした答えしかこない。

最後にはミチは、ポージイのケーキの箱を二人に投げつけるようにして出てきたのだという。一緒に食べるのを楽しみにしていたのに、とミチは電話の向こうでいきまいたらしい。その勢いのつづきで、たった一人の弟なのだからもっと姉の身辺に気をつけるようにと、中野さんはミチから説教をくらったのである。

「二個しか買わないからだよなあ。あんな貧弱なケーキ、十個でも二十個でも買えばいいのに」

「そういうわけにも」

「だからさあ、五十半ばの女の身辺もなにも、ないもんじゃない」中野さんはまた眉《まゆ》を寄せた。

「どうしたらいいんだろうね、ヒトミちゃん」

そんなことわたしの知ったことではありません、とわたしは言いたかったが、仮にも雇い主に向かって、そんなふうには言えなかった。この仕事は気にいっていた。中野さんも悪くなかった。時給は少ないが、労力にじゅうぶんみあった金額である。

「あのさ、マサヨって、ヒトミちゃんのこと、好きなんだよな」

え、とわたしは聞き返した。マサヨさんがわたしのことをことさらに好いているという話は一回も聞いたことがなかったし、そんなふうに感じたこともなかった。

「こんどちょっとさ、マサヨんところ、訪ねてくれない」

え、とさらに大きな声でわたしは聞き返した。

「どんな男なんだか、見てきてよ」わざとらしい軽い調子で中野さんは言った。

「わたしが、ですか」

「ヒトミちゃんしか頼む相手がいないんだよ」

「でも」

「うちの奥さんとか、マサヨとは気があわなくてさ」

ちょっと様子見てくるだけでいいから。時間外勤務手当も出すから。中野さんは両手をあわせて拝むかっこうをした。時間外勤務手当って、何ですかそれ。わたしが聞くと、中野さんは片目をつぶってみせた。タケオや姉貴には喋《しゃべ》るなよ。そう言いながらレジを開き、五千円札を一枚、わたしの手に握らせた。わたしなんて、何もできませんよ。行くだけですよ。そう言いながら、わたしは五千円札をいそいで財布にしまった。

その夜、中野さんの店からの帰り道に寄るコンビニで、わたしはいつもはこれだけしか買わない「とり弁」のほかに、缶ビールを二本かごに入れた。「チーちくく」という、短いちくわにチーズが詰めてあるものと、「いかフライマヨネーズ味」というのもかごに入れた。迷ったすえ、缶チューハイも二本入れた。エクレアとパックの野菜ジュースも。マンガ週刊誌を一冊最後に取ってレジに行くと、合計は三千円と少しだった。

あぶく銭とはよく言ったもんだ、などとつぶやきながら、わたしは夜道を歩いた。コンビニの袋の中で、缶チューハイと缶ビールがぶつかってかちかちと音をたてた。道の途中にある公園のベンチに座り、わたしは缶ビールを一本とりだして飲んだ。チーちくの袋も破り、三個ばかり食べた。ベンチは午後まで降っていた雨に湿っていた。タケオが今ここにいたらビールを分けてあげるのに、と一瞬思ったが、ほんとうにいたら面倒だとすぐに思いなおした。

ジーンズに湿りけがうつってきたので、ビールはまだ途中だったが、わたしは立ちあがった。歩きながら、ちびちびとビールを飲んだ。マサヨさんの家は明日の午前中に訪ねよう、とわたしは決めた。月が靄《もや》をまとって、空の高いところに浮かんでいる。細い三日月だった。

マサヨさんの眉は、そういえば三日月に似ている。

ほとんど化粧をしなくとも、くちべにを濃くぬらなくとも、マサヨさんはいつもつやつやとしている。たまごに目鼻、という言葉があるが、まさにそういう顔だちである。若いころはさぞきれいだったことだろう。中野さんもマサヨさんと目鼻だちが似通っているが、こちらは輪郭が四角くて日に焼けているので、黒糖せっけんに目鼻、というところか。

化粧をほとんどしないマサヨさんの顔の中で、眉だけはていねいに手入れされている。大正時代の美人絵のような、なだらかな曲線を描く細い眉である。毛抜きを使って一本一本整えるのだと、いつかマサヨさんは言っていた。

「このごろ老眼で、ときどき手元が狂うけどねえ」マサヨさんは笑った。

「でも長年抜きつづけてきたら、もうあんまり生えなくなっちゃった」

マサヨさんの言葉を聞きながら、わたしは自分の眉を指でさわってみた。手入れをほとんどしないので、ふさふさと奔放にのびひろがっている。

チャイムをならすと、すぐにマサヨさんが出てきた。

半年前の「創作人形展」に展示してあったひょろひょろと背の高い男女一対の人形が、玄関のくつ箱の上に飾ってある。揃《そろ》えてあったスリッパをはいて、わたしはマサヨさんの後にしたがった。ポージイのケーキを、いろいろ考えたすえ、わたしは四個買って持ってきた。部屋に入ってからマサヨさんに渡すと、マサヨさんはふふと口をてのひらでおおい、

「ハルオに頼まれたのね」と言った。

はあ、と答えると、マサヨさんは、

「いくらお駄賃もらったの」とたたみかけた。

い、いえ、そんな。わたしが口ごもっていると、マサヨさんはその三日月のような眉をもちあげながら、

「ハルオ、藪蛇《やぶへび》になるといやだから、自分は出てこないのよね」と言った。

「ふうん、五千円か。しけてるわね」マサヨさんは言って、ポージイのレモンパイをフォークでつついた。

いつの間にか、わたしは中野さんからの「時間外勤務手当」のことを喋っていた。いつの間にか、というのもうそくさい話で、五千円という中途半端《はんぱ》な数字を投げつけたときのマサヨさんの反応を見てみたい、というかすかな悪意が、たぶんわたしの中にはあったのだ。

「すみません」わたしはうつむいてチェリーパイをつつきながら、言った。

「ヒトミちゃんは、パイ系がすきなのね」

「は？」

だってチェリーパイにレモンパイにミルフィーユにアップルパイよ。わたしがポージイで買ってきたケーキの種類を、マサヨさんは鳥がうたうようにほがらかに唱えた。

それから立ちあがり、電話の下の戸棚をあけ、財布をとりだした。

「適当に、誤魔化しといてよね」そう言いながら、マサヨさんは一万円札をいちまいティッシュに包んで、わたしのチェリーパイの皿の横に置いた。

「そんな、いいです」わたしがティッシュを押し戻すと、マサヨさんはこんどはそれをわたしのポケットに押しこんだ。ティッシュがめくれて、お札の上はんぶんがあらわになった。

「いいのよ、なあなあにしたいんだから、どうせハルオは」

アップルパイもよかったら食べなさいね、と勧めながら、マサヨさんはわたしのポケットをぽんぽんと叩《たた》いた。ティッシュがひらひら揺れる。五十もとっくに過ぎた女なんだから、ほっといてほしいわよまったく。マサヨさんは中野さんと同じようなことをつぶやきながら、せっせとレモンパイを口にはこんだ。わたしも熱心にチェリーパイを食べた。マサヨさんはレモンパイを食べおわると、すぐさまミルフィーユにかかった。

ミルフィーユを口に入れたまま、マサヨさんは「男」のことを喋りはじめた。丸山というのが男の名字だった。中野さんのホースから水がしゅるしゅると出てくるのと同じく、マサヨさんのホースからも、いったん出はじめるとさかんに水が吐きだされはじめた。

丸山はね、昔あたしがふった男なのよ。マサヨさんは嬉《うれ》しそうに説明した。そのあと丸山は隣町のお米屋のケイ子ちゃんと結婚して所帯を持ったんだけれど、つい最近離婚しちゃったのね。定年離婚、っていうのかしら。ケイ子ちゃんから三行半《みくだりはん》をつきつけられて、かんたんに承知しちゃったらしいの。ケイ子ちゃんは少しあせったらしいわよ。そんなにあっさり丸山が離婚してくれるって、思ってなかったみたい。

マサヨさんのホースは、とめどなく水を吐いた。丸山氏は、マサヨさんの見せてくれた写真によれば、中肉中背で目の垂れた男だった。どこかの神社を背景に、マサヨさんと二人で並んでいる。箱根神社よ、とマサヨさんははずんだ声で言った。箱根細工も買ってきたのよ。

奥の六畳間から、マサヨさんは寄せ木細工の箱を持ってきた。はあ、きれいですね。わたしが言うと、マサヨさんは眉尻《まゆじり》を下げてほほえんだ。伝統あるものって、いいわよねえ、うつくしいわよねえ。わたしはあいまいに頷いた。さても伝統というものの好きな中野一族である。

ケーキ、丸山さんにさしあげてください。わたしはマサヨさんの置いてくれたアップルパイを押し戻した。マサヨさんは、そお、と言って、アップルパイを大事そうに箱に戻した。それから、箱根細工の箱を、そっと撫《な》でた。

「中野さんに、何て言ったらいいのかな」タケオに向かって、わたしは聞いた。

「適当でいいすよ」タケオは答え、レモンサワーをすすった。マサヨさんからもらった一万円で、結局わたしはタケオと酒を飲んでいる。

タケオは酒が入っても口が重かった。映画とか見る。好きなゲームは。中野さんのお店って、働きやすいよね。ここのレバ刺、けっこうおいしくない？　そんなことをわたしはぽつぽつと聞いた。

特に。普通っす。まあそうっすね。タケオはそのくらいしか答えない。それでもときどき顔をあげてわたしと目をあわせるので、嫌がっているわけではないことがわかる。

「マサヨさん、なんだかうきうきしてた」

「男、できたんすから、うきうきもするでしょう」タケオが無表情のまま言ったので、わたしはふきだした。

「タケオ、彼女とはその後どうしたの」

「どうもしないす」

彼女いない歴四か月す。タケオは言って、レモンサワーをまたすすった。わたしなんて、カレシいない歴二年二か月と十八日っす。わたしが言うと、十八日って、なんすかそれ、とタケオがかすかに笑った。タケオは笑うと、笑っていないときよりも酷薄な感じになる。

重いのよね、とマサヨさんは言ったのだった。丸山って、みためよりも重いのよ。箱根細工の箱を撫でながら、マサヨさんはささやいたのである。重いって、体重がですか。わたしが聞き返すと、マサヨさんは三日月のかたちの眉をもちあげるようにして、体重っていえば、まあそういうことになるかしら、とふくみ笑いをしながら答えた。

タケオの酷薄な感じの表情を見ながら、わたしはマサヨさんのふくみ笑いの声を思いだしていた。喉《のど》の奥にこもったような、なんといえばいいのだろう、そうだ、インビというやつだ。隠微。そういう声だった。

「タケオは、ずっと中野さんの店で働くの」

「さあ」

「中野さんて、へんな人だよね」

「まあ、そうすね」タケオはちょっと遠くを見るような目つきになった。それから自分の左手の小指を右手でさわった。右手の、第一関節から先のないタケオの小指が、無事なほうの左手の小指を撫でている。しばらくタケオの動作を見てから、さわらして、とわたしは言って、タケオの損なわれた右手の小指の先をさわらせてもらった。

タケオはわたしにさわられながら、左手でレモンサワーのジョッキを持ち、喉を見せて残りをのみほした。

「文鎮なんだって」わたしはタケオの小指から手を離しながら、言った。

「ぶんちん」

丸山って、文鎮みたいなのよ。マサヨさんは言ったのだ。ヒトミちゃんも、そう思わない。男が上にのっかってくるときって、文鎮に押さえられてる紙に自分がなったみたいな気分にならない。

文鎮って、お習字箱の中に入ってたあれですか。わたしが聞き返すと、マサヨさんは眉をしかめた。だから若い子はいやあね。文鎮なんて、めったに使ったことがないのね。半紙じゃなくとも、ふつうにものおさえに使うでしょう。マサヨさんは言い、皿の上に散ったミルフィーユのかけらをフォークでつついた。

中野さんのお店にはありますね、文鎮。そうよ、文鎮って便利なのよ。あたしは領収書の箱の紙おさえに使ってるわよ。たまってくると、領収書って、箱からぶわっと飛びだしちゃうでしょ。それをね、こう、文鎮で押さえとくの。

マサヨさんにそう言われて、かつては自分もぺらぺらとした紙で、ずっしりとした文鎮に押さえつけられたことがあったような気分になってきた。

「タケオって、重いかな」だんだんに酔ってきたらしい。そんなことをわたしは聞いていた。

「試してみますか」

「いい、今はいい」

「いつでも試していいすよ」

タケオもとろんとした目をしている。タケオは、あんまり重くなさそうだった。中野さんも、なんだか軽そうである。その夜は全部で六千円ちかく使った。タケオもわたしもすっかり酔っぱらい、帰り道で二回キスをしてしまった。一回めは公園の手前で、くちびるとくちびるをふれあわせる軽いやつ、二回めは公園の植えこみの横で、わたしが先に舌を入れると、タケオがちょっと引く気配があった。

「あ、ごめん」とわたしが言うと、タケオは律儀《りちぎ》に舌を入れなおしながら、

「だいじょうぶっす」と答えた。舌を入れているので、らいりょうるっふ、と聞こえた。

大丈夫って、なにそれ。わたしが笑うと、タケオも笑い、それをしおにわたしたちはキスをやめた。バイバイ、とわたしが手を振ると、タケオはいつもの「どうも」という去り際《ぎわ》のあいさつではなく、同じように「バイバイ」と言った。タケオの「バイバイ」は、ひどくこころもとないようなバイバイだった。

マサヨさん、一人でしたよ。男はいませんでした。少なくともわたしが訪ねたときには。中野さんに報告すると、中野さんは、ふうん、そりゃあよかった、と言った。タケオはベンチを店の外に運びだしている。

ひさしぶりに晴れあがっていた。中野さんが、いつもの手元灯とタイプライターと文鎮を、恰好《かっこう》よくベンチの上に並べた。

「文鎮だ」とわたしがつぶやくと、タケオがちらりとこちらを見た。

「文鎮すね」タケオも小さく言った。

「なによ、文鎮て、なにかの合言葉」中野さんが割って入ってくる。

「べつに」とタケオは言った。

「べつに」とわたしも言った。

中野さんは首を振りながら、裏のトラック置き場にまわった。その日は引き取りが三件あるはずだった。タケオー、と呼ぶ声がして、タケオもすぐに出ていった。

晴れたせいか、いちにち客が出たり入ったりした。いつもならばただ眺めただけで出てゆく客が多いのに、レジに来て品物を買う客が何人もいた。小皿だの古着のTシャツだの、安値のものばかりだったが、レジのチンという音がこの店にしては頻繁に響いた。忙しくしているうちに日が暮れ、それでも客は途切れなかった。いつも店じまいをする七時ごろになっても、勤め帰りみたいな人たちがぽつぽつと店に寄る。八時になって中野さんとタケオが最後の引き取りを終えて帰ってきたので、まだ客が二人いたが、シャッターを半分下ろすことにした。

「ただいま」と中野さんが言いながら入ってきた。つづいてタケオも無言で入ってきた。

客はシャッターの音を聞いて、一人は出てゆき、もう一人はレジに品物を持ってきた。

客の持ってきたのは灰皿と文鎮で、灰皿の方は中野さんがいつも使わないでとっておいた、どこかのおまけのれいの灰皿だった。

「中野さん、これ」わたしが灰皿と中野さんを交互に見やりながら聞くと、中野さんはレジまでやってきた。

「この文鎮買うとは、お客さん、いい目をしてらっしゃる」中野さんはぺらぺらとかぶせるように言った。そうかな、と客はまんざらでもなさそうな顔である。

「灰皿はそうだな、五百円、いや、四百五十円でいいです」ぺらぺらと、中野さんはつづけた。

タケオは無表情だ。引き取りの品のうち、雑多なものをつめこんだ数個のダンボールを、店の入り口近くに積みあげている。

客が出ていったあと、中野さんはシャッターをがらがらと閉めきった。腹へったな、と中野さんは言った。腹、へったすね。タケオが答えた。お腹、すきました。わたしが最後に言うと、中野さんはカツ丼《どん》を三人前だな、と言いながら電話の受話器をとりあげた。

カツ丼を食べながら、文鎮てなによ、と中野さんは聞いたが、わたしもタケオもしらんふりをしていた。中野さんからもタケオからも汗の匂《にお》いがたちのぼっていた。タケオがカツ丼を食べおわってから、突然笑いはじめた。なによ、なに笑ってんの。中野さんがいぶかった。タケオは「灰皿」とひとこと言い、それからまた笑いつづけた。中野さんは憮然《ぶぜん》として立ちあがり、カツ丼の器を水で洗いはじめた。

さっきタケオが積みあげたダンボールの横の棚に、客が買っていった兎《うさぎ》の文鎮といつも対になって置かれていた亀《かめ》の文鎮が、ちんまりと一つだけ残されている。中野さんが水を使う音ばかりが、暗い店の中にひびいている。タケオは、いつまでも、笑いつづけていた。

「二人ぶんあるよ、こりゃあ」と、簡易書留の封筒から航空券を取りだしながら、中野さんが言った。封筒の口はびりびりと破られている。中野さんは古道具屋店主という、ある種の丁寧さを必要とされる職業についているくせに、総体にものの扱いが乱雑である。

「小西タモツの義理の父親が死んじまったんで」と中野さんは続けた。はあ、と、タケオは、いつもと同じような気のない様子で頷《うなず》く。はあ、とわたしも一緒に声をそろえた。小西タモツという名は、はじめて聞く名である。

「タモっちゃんて、そういや、昔から妙に育ちのいい感じがしたんだよなあ。航空券二人ぶんも送ってくれそうな、さ」中野さんはしきりに感心している。

「北海道まで来てくれって。こんどの週末にでも。いちおう、仕事よ。引き取りっていうか、まあそれより、鑑定ってやつかな」往復あわせて四枚ある航空券のうち、一枚を指ではさんでぴらりと揺らしながら目を大きくみひらき、中野さんは説明した。まずタケオの顔を見る。それから視線をわたしの方へとずらしてくる。

中野さん、本格的な骨董《こっとう》の鑑定とか、するんですか。わたしが聞くと、中野さんは首を小さく横に振った。いやなあ。俺、目があんまりないからねえ。

「なんでタモっちゃん、俺なんかに鑑定頼んできたんだろうな」

ぼやきながら、中野さんはティッシュペーパーの中に唾《つば》を吐いた。このところ俺さあ、肺がちょっとアレでさあ。というのが、近ごろの中野さんの口ぐせである。タケオもヒトミちゃんも、煙草《たばこ》はなるべく吸わないほうがいいよ。俺だって、やめようと思えばいつでもやめられるんだけど。やめない自由、みたいなものを尊重したいわけ。この歳《とし》になると。

タケオは中野さんの言葉を聞いているんだかいないんだか、トラックの鍵《かぎ》を手に持ってじきに裏手に行ってしまった。

小西さんて、どなたですか。仕方なく、わたしは訊《たず》ねた。

「高校んときの友達」

はあ、とわたしはまた頷いた。中野さんに高校時代があったということが、うまく想像できない。そのころ、中野さんは詰め襟の学生服を着ていたんだろうか。コロッケサンドかなにかをその「友達」と一緒にぱくつきながら、道を歩いたりしたんだろうか。白目は今のように濁っていないで、青みがかっていたんだろうか。

「タモっちゃんて、女が切れたことなかったのよ、あのころから」中野さんは軽く息を吸いながら、言った。それからまたティッシュペーパーに唾を吐いた。

「さんざ遊んでから、金持ちの女と結婚して、その女の実家のある北海道に住むようになってさ」

はあ、とわたしは三たび頷いた。

「またその女が、いい女で」

はあ、と言うのはもうやめて、わたしは正面を向いた。中野さんはもっと何か話したそうにしていたが、わたしが店用の雑記帳をめくり始めたのをしおに、立ちあがった。タケオー、と呼びながら、中野さんも裏にまわった。これから二人で引き取りに行くのである。

今回の引き取り先は、マサヨさんの知りあいの家だ。古い土地持ちなので、いい出物があるにちがいないとマサヨさんは言っていたが、中野さんの方は「地主の家って、当たり外れが大きいんだよねえ」などと言いながら、のろのろと支度していた。

タケオと中野さんの乗ったトラックが走り去る音がして、わたしはなんということもなくため息をついた。タケオとは、今夜会う約束をしていた。わたしから、誘ったのである。

「デートって、ひさしぶりっす」タケオは言いながら、腰をおろした。三十年以上も前からやっている感じのするこの喫茶店を待ちあわせ場所に指定したのは、タケオである。

「壁の絵、なんていう人の絵だっけ」

「トウゴウセイジす」

「なんか、なつかしい絵だね」

「おれ、よく知らないっす」

「でも名前、知ってるじゃない」

「たまたます」

「ていねい語は使わなくていいよ」

「すいません、癖なんす」

「ほらまた」

「あ」

夕方店に帰ってきた時には、タケオのTシャツの背中は汗でぐっしょり濡《ぬ》れていたのに、目の前に座っているタケオからは、ほのかなせっけんの匂《にお》いがただよってくる。

「彼女からは、もう全然連絡はこないの」

「こないす」タケオはきっぱりと言った。

「ほらまた」

「あ」

タケオは紅茶を頼んだ。レモンで。そう言いながら、店のおばさんに軽く頭を下げた。頭を下げる、というか、顎《あご》を引く、というか。タケオの動作は、なんだかいつもぎくしゃくとしている。

「よく来るの、ここ」

「安いし人があんまりいないし」

わたしは少し笑った。タケオも笑った。タケオもぎくしゃくしているが、わたしもぎくしゃくしている。飯でも、行きますか。タケオが言い、うん、とわたしは答えた。

二人で焼きとり屋に行き、レバ塩と手羽先とつくねを食べた。「鶏皮の酢の物」というのがあったのでわたしが頼むと、タケオは「酢の物かあ」と言った。

「酢の物って、きらいなの」と聞くと、

「おれ、前に毎日酢を飲まされてた」とタケオが答えた。

誰に。元彼女。なんで。効くからって。

へんなの、何に効くの。わたしは笑いながら聞いたが、タケオは答えなかった。

タケオは最後にご飯をどんぶりで頼み、鶏皮の酢の物とおしんこをおかずにして、見る間にたいらげた。わたしは残っていたレモンサワーを、ちびちびと飲んだ。わたしが誘ったんだからわたしが払うよ、と言ったが、タケオはすっと立ちあがり、勘定書を持ってレジへと歩いていった。最初は軽やかに歩いていたが、レジの直前、何もつまずくようなもののないところで、タケオはけつまずいた。わたしは見ないふりをした。

店を出てから、「ほんもののデートみたい」とわたしが言うと、タケオは眉《まゆ》を寄せながら、

「ほんもののデート？」と聞き返した。

まだ夜は浅くて、呼びこみの黒服の男たちが道ばたで肩をつつきあったり喋《しゃべ》りあったりしている。もうちょっと飲みますか、とタケオが言うので、わたしは頷いた。繁華街をはずれたところにあるシケた感じの店に入って、タケオはいちばん安いバーボ

ンをソーダ割りにしたもの、わたしはピニャコラーダを、飲んだ。白い色のお酒、ください、と言ったら、でてきたのだ。

二杯ずつ飲んで、出た。タケオは歩きながら手をつないできた。ぎくしゃくと、わたしたちは手をつないで歩いた。駅が近くなると、タケオは手を離した。じゃ、と言って、タケオは駅に入っていった。改札口でタケオを見送ったが、タケオは一回も振り返らなかった。お腹《なか》がまだすいていたので、コンビニに寄ってプリンを買った。部屋に帰ると留守番電話のランプが灯っていた。タケオからだった。「楽しかったす」という一言だけが、入っていた。

めりはりのない声である。背後に駅の構内放送が聞こえていた。録音を聞きながら、わたしはプリンのふたをめくって少しずつ食べた。三回、巻き戻してタケオの声を聞いてみた。それから、ていねいに消去ボタンを、押した。

中野さんは週末に北海道に発《た》った。

「タケオ、おまえ一緒に行かないか」と中野さんは誘っていたが、タケオは断った。なんで行かないの、北海道、タダなんだよ。わたしが後でこっそり聞くと、タケオはわたしの目をじっと見据えながら、

「おれ、飛行機が怖いんす」と言った。

なにそれ、と笑うと、タケオはさらにじっと見据えながら、

「それに中野さん、きっと宿泊費は自分で出せとか、やっぱり飛行機代も少しは出せとか、言うんじゃないすか」と続けた。

そこまで言わないでしょー、と答えながらも、中野さんならばそこまで言うかもしれない、とわたしは内心でタケオの洞察力に感心していた。

わたしたちの忖度《そんたく》などは知らぬまま、中野さんは金曜日の朝早く、羽田空港に向かった。二人ぶんの航空券のうちの、一人ぶんは、すでに払い戻してあるはずだ。北海道の知りあいの業者と現地で落ちあい、あたかも東京から二人してやってきたような顔で、小西タモツの家に乗りこむのだという。

「中野さん、せこい」わたしが言うと、中野さんは真面目《まじめ》な顔で、

「こうやって正直に言ってるところを評価してよ、ヒトミちゃん」と答えた。よくわからない人だ。

小西タモツから送ってきた帰りの航空券は、オープンになっていた。

「俺がいつ帰るか。神のみぞ知る」などと中野さんがうそぶくので、ちょうどその時店に遊びにきていたマサヨさんが、ぷっと吹きだした。

「客もあんまりこないから、もうヒトミちゃんとタケオに店のことはすっかりまかせて、俺は引退するかもしれん」中野さんが続けると、マサヨさんは、

「それなら、あたしが引き継ぐわ」とかんたんに断言した。

「姉貴が経営したら、すぐに潰《つぶ》れるぜ、こんな店」

「自分の店をこんな店よばわりするわけ」

「だからさあ、俺の奇跡的経営手腕で成り立ってるってこと。こんな店なのにもかかわらず」

よくわからない姉弟だ。ともかく、中野さんは旅立った。マサヨさんは毎日金庫をあらためにくる。金庫には、売上金と出納帳と豊川稲荷《いなり》のお札《ふだ》が入っている。お札はマサヨさんが買ってきた、商売繁盛《はんじよう》用のものである。鴨居《かもい》のところにでもはりつけなさいよ、とマサヨさんは言っていたが、中野さんはがんとして目につくところにお札を出そうとしない。だってさあ、俺って、ジャニス・ジョプリンとか聴いて育った男だぜ、と、いつか中野さんは金庫の中にしまったままのお札を横目で見ながら、タケオに言っていた。タケオはいつものように無表情に、はあ、と答えた。

中野さんが旅に出てから三日めに、葉書がきた。中野商店宛《あて》となっている。

「ここって、中野商店って屋号だったんですね」とわたしが言うと、マサヨさんは首を横に振り、

「そんな屋号、今まで聞いたこともなかったわ」と答えた。

まずマサヨさんが読み、次にわたしにまわしてくれた。読みおわってからタケオにまわすと、タケオは葉書を目にくっつけるようにして、じっと眺めた。

「前略　今は札幌にいます。ラーメンを食いました。

ジンギスカンも食いました。石井がつごう悪くなって、
あさってまで札幌に足どめです。

北海道はひろびろしているが、大柄な女の味みたいに
サンマンな感じもあります。

みなさんお元気で。　中野春夫」

タケオは小さく声にだして葉書を読んだ。石井ってひとは、同行する予定の北海道の業者すかね、と、首をかしげている。

わたしたちも、ちょうどラーメンを食べているところだった。マサヨさんの作ってくれたタンメンだ。もやしとニラと筍《たけのこ》がたくさん入っている。店にはほとんどお客がこない。ヒトミちゃん、忙しければあたしが店番してもいいのよ、とマサヨさんはと

きどき言った。いえ、わたし暇ですから。そう答えると、マサヨさんは一二本煙草をふかしてから、自分の家に帰ってゆく。

店を開ける十一時と、閉める七時ごろに、マサヨさんは必ずやってくる。中野さんよりもよっぽど時間に正確だし、だいいちマサヨさんが店番をしていると、ものがよく売れるのだ。

「人を安心させる何かがあると思うのよね、あたしって」とマサヨさんは言う。

「安心すると、人は買物するんすかね」タケオがぼんやりとした口調で聞いた。

タケオと「ほんもののデート」のようなものをしてから、ちょうど一週間がたっていた。その間、わたしから二回メールを打ち、一回電話をした。メールの返事は、二回とも「元気です。ヒトミさんもお元気で」というものだった。電話の方は、五分たたないうちに話のつぎほがなくなったので、早々に切った。

「どうやったら、男の子と気楽に話したりできるんでしょうね」と、タケオのいない午後、マサヨさんに聞いてみた。マサヨさんは出納帳を点検しているところだったが、顔をあげてしばらく考えた。

「セックスでもしちゃえば、少しは気楽になるんじゃないの」

はあ、とわたしは答えた。

「ねえ、よくこの店、つぶれないわね」マサヨさんは感心したように言った。それから帳面をぱたんと閉じた。ハルオ、ほんとにもう帰らないつもりかもね。マサヨさんは含み笑いをしながら、言った。店はジリ貧だし女には責めたてられるし。え、そうなんですか。わたしが聞き返すと、マサヨさんは目を細めた。気の強い女なのよ。いつものパターンだけどさ。そう言って、肩をすくめた。どうしてあの子はおんなじような女ばっかり好きになるのかしらね。ばかみたい。

女、というのが、中野さんの妻（三人め）をさすのか、さらにもう一人いるらしい愛人をさすのか、わたしにはわからなかった。マサヨさんに問いただすのもはばかられる。タケオとのセックスも、うまく想像できなかった。並べかえでもしますか、と言いながら、わたしは外に出て、古いちょっとおもむきのあるベンチに並べてある灰皿やランプシェードの位置を変えた。梅雨はまだ明けていなかったが、夏になったような暑い日が続いており、じりじりとした日差しが灰皿を照らしていた。

「前略　ぶじカンテイ終わりました。石井は口がたつので、助かった。

タモツと一緒に何泊か旅行する予定です。

北海道に住んでるくせにタモツが運転ができないので、移動はバスです。

電車もあるけど、バスの方が乗りかえが少なくていい。
町から町へ行くのに二時間くらいかかるので、
途中で小便がしたくなって、困ります。
今日泊まってるのは、国道ぞいの海に面した温泉です。
終点まで行くはずだったんだけれど、タモツが突然ここに泊まろうと言いだした。
このあたりには宿はここ一軒しかなくて、
まわりには町も店も海の家も、何もない。
岬のさきっぽに洞クツがあるというので行こうとしたら、
まっ白いカニがいるというので（日にあたらないので白い）、
タモツがこわがった。タモツははげて太ったくせに、まだ女がついています。
みなさまお元気で。　中野春夫」
タケオが、ゆっくりと読みあげた。暑い日だ。暑くなりはじめてすぐのころは、暑さで気が狂いそうになるのに、それが過ぎるとまた我慢ができるようになるのは、なぜなんだろうか。
「アイスとか、食べる？」とタケオが聞いた。
二人っきりで店にいる時には、タケオはときどきていねい語を使わなくなっていた。

食べる、と言うと、タケオは駆けだして道の向こうのコンビニに向かった。コーラ味のアイスを、タケオは買ってきた。ヒトミさん、これでよかったすか、と言いながら、渡してくれた。

「中野さんて、筆まめなんだね」とわたしが言うと、タケオは頷《うなず》いた。口いっぱいにアイスをほおばっているので、返事ができないのである。

タケオは引っ越しをする予定の家に、引き取りをしに行ってきたところだった。人が亡《な》くなったのではなく、引っ越しなので、そうたくさん荷物はない。ただでタケオは引き取ってきた。がらくたばかりを詰めたダンボールが二つである。店の中に運びこんで床に置いた拍子に、古い菓子缶が、大きい方のダンボールからころがりでた。うすみどりの、きれいな模様の缶だった。ふたをあけようとしたが、固く錆《さ》びついていて、あかない。

タケオが横からひょいと取りあげた。うん、と声を出しながら引くと、かんたんにふたははずれた。中には怪獣の形の消しゴムのようなものが、ぎっしりと入っていた。

「あれ」とタケオが言った。

「なに」

「これ、もしかしたら、ちょっと値段のあるやつかも」

怪獣の、黄色や赤やオレンジの、毒々しい色はぜんぜん褪《あ》せていない。ただで、よかったのかな。わたしが言うと、タケオは軽く頷いた。知らなかったから、いいんだ。知ってたら、やな感じだけど。

知らなかったから、いいのか。タケオの言葉をわたしはぼんやりと頭の中で繰り返した。タケオ、またご飯でも一緒に食べようか。ほとんど何も考えることなく、わたしは言った。うん、食べよう。タケオも即座に返事をした。じゃ、わたしの部屋においでよ。そうわたしは続けていた。今夜でも、いいよ。はい、今夜、行きます。タケオはまたていねい語に戻っている。わたしはアイスの棒を嚙《か》んだ。木の味の混じった甘い汁が、棒の先からにじみ出てきた。

部屋が散らかったままだ、とわたしが気づいたのは、店が終わる直前だった。タケオはもう引けていた。もちぶんの仕事が終わると、いつでもタケオはそそくさと帰ってしまうのである。

マサヨさんが来ると、わたしは駆けだすようにしていれちがいに店を出た。おしいれの下の段に、脱ぎ捨てたままの服と雑誌とCDをおしこみ、掃除機をものすごい速さでかけ、便器をこすり、バスルームの床や浴槽は時間がないので今のままでいいことにして、最後に部屋を見渡すと、不自然に片づきすぎているような気がしたので、雑誌やCDをいくつかおしいれから出して散らばした。

タケオはまたせっけんの匂《にお》いをさせてやってきた。シャワーを浴びておけばよかったか、と一瞬思ったが、それでは待ち構えていることになってしまうのであえてやめておいたことを、次の瞬間に思いだした。恋愛は、だから難しい。というよりも、恋愛を自分がしたいんだかそうでないんだか、まず見極めることが難しいのだ。

流れにまかせよう、とわたしはつぶやきながら、タケオに向かって片手をあげた。タケオは、やあ、と言った。親しげ、と、そっけない、の、中間くらいの言いかた。

「流れがどうのこうのって、なに」とタケオが聞いた。み、耳がいいんだね。わたしはへどもどした。タケオがただのタケオではなく、「タケオという名の男」にみえる。

「なんか、とろうか、ピザとか」用心深く、わたしは聞いた。

「ヒトミさんは、ピザ、好きなの」

「ふつう」

ふうん、とタケオは言った。何のピザとる。わたしは聞いた。トマト系かな。あ、わたしアンチョビ、のせたいな。うん、いいね。

タケオは椅子《いす》に座っている。背もたれのない、黄色いスツールである。中野さんの店で安く買ったものだ。軽薄な感じの黄色であることが気にいって、買った。きゅうりでサラダを作り（ただ切ってドレッシングをかけただけ）、ビール用のコップを戸棚から出し、お皿を並べると、することがなくなった。ピザが届くまでの二十分あまりを、いったい世の青少年男女はどうやって過ごしているのだろう、と、わたしはほんの少し絶望的な気分になりながら、思う。

ねえ、中野さんから、おれに葉書が来たよ。

タケオが言いながら、スツールに座ったまま尻《しり》ポケットをさぐった。半分に折ってある葉書が出てきて、タケオはいつものようにゆっくりと読みあげた。

「前略　タケオくん、元気ですか。

酒を飲んでいます。

こっちに来てから、酒のまわりが早い。

バスに乗ってばかりいるせいかもしれません。

昼間、海岸にたくさんのハエがいた。

生まれたばかりのハエだろう。

むれをなしてわんわん飛びまわっていたので、じっと見ていました。

ハエは俺のことはぜんぜん気にしてないようだった。
北海道は広いな。広いと酒がまわるのかもしれない。
女のことはよくわからん。
タケオは女には淡々としてるようで、
若いのにうらやましい。
タモツは昨日知りあった女と今晩一泊してから、
帰るらしい。
タケオ、あのな、
女には深入りしないように。草々　中野春夫」

なんか、中野さん、だいじょうぶかな。わたしが言うと、タケオは体ぜんたいを縦にゆすった。

「酔っぱらってただけでしょ」

悩みでもあるのかな。

「ほんとに悩んでる人は、こんな葉書書く暇ないよ」

タケオの口調が軽かったので、わたしはふいとタケオの顔を見た。今日はまだきちんとタケオの顔を見ていなかった。タケオは目を閉じていた。口調とはうらはらに、暗渠《あんきょ》の中にうずくまる小さな動物のような表情をしていた。タケオの体がかすかに放電しているようにみえた。

怒ったの。わたしは小さな声で、聞いた。

「なんで怒るんすか」

タケオはまた軽い口調で言ったが、放電はつづいている。タケオの頭は怒っていないかもしれなかったが、タケオの体が怒っている。わたしはタケオから目をそらした。タケオって、いったい誰だっけ。わからなくなった。

「なんか気楽でいいよな」

タケオはつぶやいた。口調だけは、やはり軽い。どうしてタケオなんか部屋に誘ってしまったのだろう。今ここにいるのが、「気楽」な中野さんならばいいのに、とわたしは切実に思った。

毎日顔をあわせているから、タケオのことは少し知っていると思いこんでいた。でもぜんぜんそうではないことに気づいた。いっそのこと、今すぐわたしから押し倒してみようか、と思ったりもした。マサヨさんの言うことには一理ある。セックスをしてしまえば、なんとなくいろいろなことがうやむやになるものだ。

タケオはスツールで足をぶらぶらさせていた。そのうちにピンポンが鳴り、わたしは二千円ちょっと払ってピザを受けとった。いただきます、とタケオは言ってから、食べはじめた。ビールの缶を数本、空けた。全部のものを食べ終わってから、タケオは一本煙草《たばこ》を吸った。煙草、吸うんだ、とわたしが言うと、たまにね、とタケオは答えた。さしたる会話もなく、わたしたちは向かいあっていた。ビールをもう一缶ずつ、飲んだ。時計をタケオは二回、見た。わたしは三回、見た。

じゃ、と言ってタケオが立ちあがった。玄関のところでタケオはわたしの耳にくちびるを寄せた。キスするのかと思ったが、ちがった。くちびるを寄せてタケオは、「おれ、ちょっとセックスとか、苦手なんす。すいません」と言った。

わたしがぽかんとしている間に、タケオは扉を閉めて行ってしまった。しばらくしてから我に返った。コップと皿を洗いながら、そういえばアンチョビの少ない部分をタケオは選んで食べていたな、と思った。腹をたてるのがいいんだか、悲しむべきなのか、笑えばいいのか、ぜんぜんわからなかった。

翌日店に行ったらもうタケオが来ていた。マサヨさんもいた。時計を見ると、一時近かった。わたしの方が、遅刻したのである。

マサヨさんはわたしが行くとすぐに出ていった。そういえば今日はタケオは店に用がないはずだ、と気づいたのは、少したってからだった。

「これ」とタケオは二千円をさしだした。

「ピザとかビールとか、きのうはうまかったす」とタケオは言った。

ああ、とわたしはぼんやり頷いた。ゆうべはなんだか寝つかれなくて、結局明けがたまでテレビを見ていたのだ。真夜中のテレビは、なぜあんなによそよそしいんだろう。

わたしは黙ったまま二千円を財布にしまった。タケオも黙っていた。あいかわらず客のこない店で、それから一時間たっても一人も入ってこなかった。

「酢は」と、突然タケオが言った。

え。

「酢は勃起《ぼっき》障害に効くって彼女がどっかから聞いてきて、毎日飲まされてたんす」

はあ？

「おれ、そういうんじゃなくて、ただあんまりしたくないってだけなんだけど」

う、うん。

「うまく説明できなくて。最後は面倒になっちゃったし」

それだけ言ってから、タケオはまた黙った。

中野さんからの手紙、今日あたりまた来るかな。沈黙の末にわたしが言うと、タケオは少し笑った。

バス、乗ってるかな、今日も。タケオの表情をわたしはそっとぬすみ見た。

どんな顔して、一人で中野さん、バスに乗ってるんすかね。タケオも、上目づかいでわたしを見た。

中野さんが今にも戸を引いて入ってきそうな気がしたが、いつまでたっても誰もあらわれなかった。

ヒトミさん、おれ、なんか下手で、すいません。タケオが小さな声で言った。

下手って、なにが。

なにもかも。

そうでもないよ、わたしだって、下手だし。

そうすか。あの。タケオは珍しくわたしの目をまっすぐに見ながら、言った。ヒトミさんも、生きてくのとか、苦手すか。

棚の隅に中野さんが置きっぱなしにしていったくしゃりとしたパッケージから、タケオは一本煙草をとりだして火をつけた。わたしも一本とって、ふかしてみた。タケオは中野さんと同じようにティッシュペーパーに唾《つば》をはいた。タケオの問いには答えず、かわりに、中野さん、いつ帰ってくるんだろう、とわたしは聞いた。タケオは、神のみぞ知る、と答えた。それから、口を少しすぼめて、煙草の煙を吸いこんだ。

ペーパーナイフ

チ、と短い音がする。ストロボがきれいに光る。

「だからさあ、デジカメって怖えのよ、俺」中野さんがさして怖そうにでもなく、言った。

「だから、って？」カメラにくっつけていた顔を上げて、マサヨさんが聞く。

「音、しないでしょ」

「音って」

「シャッターの音」

小さく鳴るわよ、とマサヨさんは答え、ふたたびカメラのモニターに目を寄せてしゃがみこんだ。壁際《かべぎわ》の床に直接置いたガラスの花瓶を、正面から写す。次に横にまわって一枚。最後に花瓶を裏返し、お尻《しり》に接写するようにして一枚。壁は少し黄ばんでいる。いつもは壁に沿ってごたごたと積んである荷物は、さっきタケオが裏に運んでいった。中野商店のごちゃついた店内で、花瓶を置いた壁際だけが、淡い光をたたえたような静かな空間になっている。

これからはインターネットオークションよ、とマサヨさんが言いはじめたのは、中野さんが北海道から帰ってきたころだった。トキゾーさんがつくっているホームページに、写真を載せてもらって、じゃんじゃん売りさばくのよ。そんなことを言いながら、マサヨさんは毎週さかんに「目玉商品」を撮影するのである。そのたびにタケオやわたしは、壁際の片づけをしろだのレフ板（ただの白の厚紙のことを、マサヨさんはこう呼ぶ。まったくゲイジュツカなんだから、と中野さんはマサヨさんのいないところでぶつぶつ言ったりするわけなのだが）を斜め四十五度に持てだのいうマサヨさんの指示を聞かなければならない。

「トキゾーさん」というのは、マサヨさんの内縁の夫である丸山氏の知りあいのまた知りあいの、西洋アンティーク屋だ。トキゾーさんは時計が得意らしいね、と中野さんが言ったので、マサヨさんは驚いていた。なんだあんた、トキゾーさんのこと、知ってるの。交換会で、何回か会ったよ。あんな鶴《つる》みたいな筋ばった老人が、インターネットなんか、できるわけ。鶴だろうが筋だろうが、トキゾーさんは進取の気性に富んでるのよ、あんたと違って。マサヨさんはモニターをのぞきこんだまま、つけつけと言った。

鶴といえば、北海道から、中野さんは太って帰ってきた。鶴ならぬ、山羊《やぎ》のごとき痩《や》せほそった体つきの、お腹《なか》のあたりだけが数枚タオルを巻きつけたようになって、顔も手足も変わりはないのに、胸だっておちくぼんだように細いのに、腹だけがふくれていた。

「なんか悪い病気にでもかかったのかな」わたしがタケオにこっそり聞くと、タケオは首を横に振った。

「あれ、食べすぎすよ」

「ほんとに？」

「おれのじいちゃんが、太るとあんなふうだった」

「ホッケとかじゃがいもとか、いっぱい食べてきたのかな」

「ジンギスカンすね」タケオはきめつけた。

中野さんは、じきに元のとおりになった。バスタオルを三枚くらい巻きつけているようだった腹が、そのうちタオル二枚になり一枚になり、最後は前よりもいくらか細いくらいになってしまった。

「こんどは急に痩せすぎだよ。やっぱりなんかの病気なんじゃないかな」とわたしが聞くと、タケオは笑った。

「ヒトミさんて、けっこう中野さんのこと、好きなんすね」

「は?」

「シンミになってるでしょ」

親身になど、なっていなかった。無責任な好奇心だった。ちがうよ、とわたしはそのあと言ったが、ただの面白がりだよ、とはなんとなく恥ずかしくて続けられなかった。引き取りの荷物をおろし終えたばかりのタケオのこめかみから頬を、汗がつたっていた。タケオの汗をわたしはぬすみ見た。そのまま目を閉じて膝《ひざ》をすりあわせたいような甘い気分になりかけたので、あわてて雑記帳を開いた。

雑記帳には、さまざまな連絡事項が書いてある。十二時半、ハイツ北野二〇四。入札、十二万まで。車検電話アリ。クレーム、女、トイシ。

「トイシ」という字は水色のマーカーで書かれている。「女」はオレンジ色、「クレーム」は「ク」が黒、「レー」が青、「ム」が赤だ。たぶん中野さんが電話を受けながら書きつけたのだろう。長い電話がかかってくると、いつも中野さんは雑記帳を開いていたずら書きをする。だから「車検電話」などの字の間に、タケオのものらしい若い男のうしろ姿の絵や、何本もの意味のない線や、花瓶の絵なんかが描かれている。中野さんの絵はへたくそだが、なぜか、何を描いたのだかは、はっきりわかる。

花瓶は、今マサヨさんがデジカメで写しているものである。「ガレかも」とマサヨさんは言っているが、中野さんは笑いとばしていた。

「ガレってなんすか」タケオが聞くと、中野さんはしばらく考えてから、

「トンボとかキノコとかがくっついたような模様のガラスつくる人」と答えた。

「きもちわるいすね」

「まあ、好みによる、な」

あんたたちにはこの花瓶の美しさがわからないの、とマサヨさんは言い、こんどは斜め上からの角度でシャッターをきった。チ、とかすかな音がする。やっぱり俺、デジカメって合わねえや、と中野さんがぼやく。音っつうか、声っつうか、出してくれないと、わかんねえよ。中野さんはつぶやいた。

声って言うんすかね。タケオが首をかしげる。中野さんは立ちあがって裏にまわっていってしまった。ほんとにハルオは保守的で、とマサヨさんは言いながら花瓶をそっとどかし、こんどはなんだかよくわからない動物の像を壁際に置いた。犬よね、これ。そう言いながらマサヨさんは像の角度をあれこれした。ウサギじゃないかなあ。

熊《くま》っすよ。

中野さんがトラックのエンジンをかける音が壁越しに聞こえてくる。なかなかエンジンはかからない。イグニションの音がしたかと思うとすぐにしんとしてしまう。バッテリーあがっちゃってるんすかね、と言いながら、タケオも裏にまわった。

マサヨさんがシャッターをきる、チ、という音が、エンジンの空まわりするような音にかき消されて、聞こえない。デジカメのシャッターの押しは浅いので、いつマサヨさんの指がシャッターを押しているのかも、判然としない。カメラを構えては止まり、それからまた動くマサヨさんの影絵のような動作の、どこに焦点をあてたらいいのかわからなくなってくる。

わたしはゆっくりと雑記帳に視線を戻した。水色の「トイシ」という字を、じっと見た。裏からは何回目になるのだろう、トラックのイグニションのかすれた音が響いてくる。

「どう思う」と中野さんが聞いた。

店にはさっきまで中年の女性三人連れがいた。中野さんと同い年かもう少し下くらいの、おそらく電車に乗ってこの街へ遊びにきた女たちだろう。二年ほど前に駅ビルが新しくなってから、客筋がちょっと変わったのよね、とマサヨさんが少し前に言っていた。

「一人、きれいな人がいましたね」三人のうち、二人は指輪やイヤリングをどっさりとつけ、どこで買うのか不思議なような、レースや猫の絵をあしらった独特なデザインのTシャツを着ていたが、一人だけはベージュのシンプルなサマーセーターをざっくりと着た下に細身のパンツ、装身具は上等そうな金色の腕時計だけ、といういでたちだった。

「あの時計、高えよ。たぶんアンティーク」

中野商店に置いてあるものは、古道具。骨董《こっとう》やアンティークは、うちでは扱ってないからね。勤めはじめた最初の日に中野さんが言った言葉を思いだし、わたしは小さく笑った。

「結局あの三人、何も買いませんでしたよねえ」

金の腕時計の女性は、亀《かめ》のかたちの文鎮を手にとってしばらく迷っていた。それからそっと文鎮を戻し、次にはマサヨさんの知りあいのところから引き取ってきた伊万《いま》里《り》の鉢を眺めた。その間、装飾過多な二人は、昼食をとってきたらしい店のメニューについて批判まじりのコメントを述べていた。

トリュフとか書いてあったけど、あんな小さな黒い粒、ソースの中に落ちたホコリかと思っちゃったわよ。ライチのソルベってね、たぶん匂《にお》いだけつけてあるのよ。売ってるもの、ライチ香料、香港《ホンコン》とかで。あら、香港まで行ったんなら立派じゃない。もちろん日本でも売ってるわよ。マサヨさん制作の草木染のかばんを手にとり、鼻をくっつけて嗅《か》いでみたりしながら、女二人の話は滔々《とうとう》と続いた。

「伊万里の鉢、買うかと思いましたよね」わたしが言うと、中野さんは頷《うなず》いた。

「で、どう思う。ラブホに入る時のアレなんだけどさ」

え、とわたしは声をあげた。例によって、中野さんの会話は唐突だ。

「あれって、どれですか」

「だからさあ、女が言うわけよ。あなたって、ラブホに入る時のタイミングがうますぎ、とかさ」

はあ？　とわたしは聞き返す。さっきの金時計の女の人が、そう言うんですか？

「なんでそうなるのよ」中野さんは眉《まゆ》を寄せてわたしを見た。眉を寄せたいのはわたしのほうだ。

中野さんはすぐに寄せた眉をゆるめ、さっきの女にそんなこと言われてみたいよなあ、などとうっとりと言いはじめた。

「タイミング、いいと、まずいんですか」

「うますぎると、かわいくないって」

かわいい、という言葉に、わたしはふきだした。中野さんは真面目《まじめ》な顔で続ける。

「都会のラブホの入り口って、人がよく通ってるそのへんの道沿いとかにあるでしょ」

田舎の国道沿いのラブホなんかだったら車で入っちゃうから気にならないけど、都会のラブホに入る場合、人目が気になるわけよ。特に昼間だとさ。中野さんは説明する。

ふんふん聞きながら、最初は慣れなかった中野さんのこういう調子に、すっかり自分がなじんでいることに気づき、わたしは小さく吐息をもらした。中野さんは頓着《とんちゃく》せず、言葉をついだ。

「ちょっと後ろと前を見まわして、それからすっと入る。それだけのことなんだけど」中野さんはわたしの顔をじっと見ながら、言った。真剣なおももちである。

「入ったとたんに、段差があったんだ。女がさ、段差につまずいたわけ」

中野さんはつまずかなかったんですか。わたしが聞くと、中野さんは頷いた。

「俺、これで反射神経、するどいから」

「彼女はつまずいた、と」

そう、と中野さんは言った。でさ、部屋に入って、いろいろして、終わってさ、女、よかったとか言いながらも、責めるわけよ。

中野さんのぼつぼつと切れたような喋《しゃべ》りかたを聞いていると、小学校で三年間同じクラスだったマサキくんのことを思いだす。マサキくんは十円ハゲがあって、背が低かったけれど足がやたらに大きくて、ドッジボールが弱かった。いつも最初に球にあたって外野に出た。わたしもたいがい二番目か三番目にあたったので、マサキくんと並んでぼんやり外野につったっていることが多かった。

マサキくんとはほとんど会話を交わさなかったけれど、あるとき突然マサキくんが、「オレ、骨、もってるんだ」と言ったのだ。

おおかたの子供が球にあたって、内野には強い子二三人が残っているだけだった。わたしとマサキくんは鉄棒のところまで下がって、球が両コートを行ったり来たりするのを眺めていた。

オレ、アニキの骨、もってる。マサキくんは言った。なによそれ、とわたしが聞くと、マサキくんは、アニキ、死んだ、おととし、と答えた。でもどうやって骨なんか？ コツツボから、盗んだ、オレ、アニキ、大好きだったし。

それだけ言うと、マサキくんは鉄棒によりかかり、黙りこんでしまった。わたしも聞き返さなかった。

高校を卒業する少し前に久しぶりに会ったマサキくんは、ものすごく背が高くなっていて、おまけにどこかの難しい大学をめざしていると言っていた。東大？と聞くと、マサキくんは笑って軽く頷いた。ヒトミちゃん、難しい大学って、東大しか知らないんでしょ。そうだよ、とわたしはいばった口調で答えながら、マサキくんの頭を眺めた。十円ハゲは髪にかくれて見えなかった。

「責めるって、どんなふうにですか」わたしは中野さんに聞いた。

「だから、なにかと、うますぎて、やだって」

それ、自慢ですか。わたしは聞き返した。そうじゃなくて。中野さんは困惑した表情である。女、二回はイかせてると思うし、時間もふつうにかけるし、パンツも毎日替えてるし。

「はあ」

「それが全部かわいくないって言われるうえにさあ、イくとき、女、何も言わないのよ。ウンともスンとも。ふつう、声少しくらいたてるでしょ。なんかこう、つかめない女なんだ。ちょうどあの、デジカメみたいな？」

「はあ」ことさらにそっけなく、わたしは言った。ほかにどうにも答えようがない。

客が入ってきた。若い男性である。忙《せわ》しく店内を見回し、手当たり次第、という感じで昭和四十年代のメンコのセットをいくつか摑《つか》む。レジに持ってきたものを見ると、中野商店の商品としては比較的高値のついている昭和メンコセットの中では、安いものをちゃんと選んであった。ありがとうございます、と言いながらメンコを紙袋に入れる。客は、無表情にわたしの手元を見ている。勤めはじめのころは、手元を見られると緊張したものだったが、今はどうということもない。古道具屋の客は、総体に、レジでの支払いや品物の受け取りの時の視線がねばっこい。中野さんはため息をつきながら、外へ出ていってしまった。客は中野さんのすぐ後から店を出た。じっとりとむしあつい、雨もよいの空だった。

中野さんの「銀行」に会ったのは、偶然のことである。

「銀行」というのは、中野さんの女のことだ。「銀行いってくるわ」と中野さんが言うときには、たいがい女と会っているのだと、いつかタケオが教えてくれて以来、わたしとタケオは、まだ見たことのない中野さんの女を「銀行」と呼びならわすようになっていた。

「銀行」には、銀行の近くの道で、ばったり出くわした。

中野さんがいつものように午後もまだ浅い時間に「銀行にいってくるわ」と言いながら出ていったので、ちょうど引き取りを終えて帰ってきたタケオに店番を頼んで、わたしも銀行にいって家賃を払うことにしたのである。

月があらたまったばかりだというのに、銀行は混んでいた。中野商店の月給は手渡しである。月ぎめの給料から、欠勤した時間ぶんのお金を引いたものが、月末に茶封筒に入れて手渡される。ときどき中野さんが計算を間違えるので、わたしは必ずその場で現金を封筒から出して確かめることにしている。今まで、少なく間違えたことが二回、多く間違えたことが一回。多く間違えたときも、わたしは中野さんにその旨《むね》をちんと伝えた。ヒトミちゃん、正直ねー、そんなじゃ、いろいろたいへんでしょー、と、へんな声色で中野さんは言い、わたしがさしだした三千五百円を鷹揚《おうよう》に受け取った。

なかなか順番がまわってこなさそうなので、わたしは先にストッキングを買いにゆくことにした。来月、いとこの結婚式があることを思い出したのである。いとこはわたしと同い年で、大学を卒業してから三年間旅行会社の営業をしていたが、あまりのハードワークに体をこわし、それでも生来の勤勉さからぶらぶら暇に過ごすことが耐えられなかったらしく、人材派遣会社に登録して、結局今もほとんど休みなしに働いている。いとこが結婚する相手は、派遣された先の会社のチーフだという話を聞いて、わたしは感心した。チーフ、という相手の中途半端《はんぱ》なえらさが、いかにもいとこらしい。結婚式の引出物は「四千円相当の品を選べる目録」だろうな、とわたしは思いながら、銀行の少し先にある洋品店をめざした。銀行を出たとたんに、中野さんと「銀行」の姿が目にとびこんできたのである。

中野さんと「銀行」は、ちょうど角を曲がるところだった。道を曲がった少し先には、ラブホテルの入り口がある。まさかそんな店に近いところのラブホテルに入るとは思わず、わたしはほとんど何も考えないまま中野さんのあとを追った。「銀行」は、足がきれいだった。膝より少し短い丈の黒っぽいタイトスカートをはき、からだにぴったりしたTシャツ、首に薄いスカーフをゆるく巻いてうしろに流していた。「銀行」が突然うしろを振り返ったときには一瞬ひやりとしたが、わたしに気づいたふうもなくすぐに前に向きなおった。

「銀行」は、きれいだった。美人、という言葉では少し強すぎるかもしれないが、ほとんど化粧気のないような肌は、きめが細かくてまっ白だった。目は細めだが、鼻筋が通っていた。くちびるのあたりに何とも言えないような情感がある。それでいて清潔な感じ。

中野さんの「つかめない、声を出さない女」があんなきれいな女だとは。口をほとんど半びらきにしたまま、わたしはあとをついていった。中野さんと「銀行」はまっすぐ進んでいった。ラブホテルの前までくると、中野さんがくるりと振り向いた。窺《うかが》うような目つきで道ぜんたいを眺めわたす。最初中野さんには、わたしがわたしであることがわからないようだった。しかし直後、中野さんはすぐに目をみひらいた。口が「ヒトミちゃん」というかたちに動く。

そのまま中野さんはラブホテルの入り口にすいこまれていった。中野さんが入りたくて入るのではなく、中野さんの意思とは無関係に、文字通り、すいこまれてゆくみたいに。「銀行」も一緒にすいこまれていった。なるほど、ほんとに「うまい」もんだなあ。わたしは感心した。

気をとりなおして洋品店に行き、ストッキングを買った。迷ったすえ、網タイプのものを選んだ。前に立ち読みした「男はブーツとスカートの間にちらりと見える網タイツがものすごく好き」というファッション誌の記事を思いだしたのである。買ってから、今は夏だからブーツもはかないし、ちらりと見えるくらいのちょうどいい丈のスカートも、持っていなかったことに思いいたったが、どのみち結婚式以外ではストッキングをはく機会なんてほとんどないから、どうでもいいのだ。タケオが部屋にくるときに、コスプレみたくはいてみようか。でもコスプレって、何の？　やくたいもないことを考えつつ、わたしは店への道を歩いた。

家賃の振込を忘れていたことに気づいたのは、中野さんが店を閉めに帰ってくるほんの少し前である。おかえりなさい、と帰ってきた中野さんに声をかけると、中野さんはなにごともなかったように、ただいまー、と答えた。「銀行」と、わたしは雑記帳に青いボールペンで書きつけた。「トイシ」という水色の太いマーカーの字の下に、青いそそけたような「銀行」の文字が並ぶ。

トイシってそういえば、砥《と》石《いし》のことですか。中野さんに聞こうとしたが、中野さんは奥にひっこんでしまっていた。さよなら、と出ぎわに奥に向かって言うと、ごくろうさまー、と中野さんの声が奥からただよい出てきた。また明日ねー。つづけて聞こえてくる。ゆらゆらとあかるい、昼間の幽霊じみた声だった。

近所で、誰か刺されたらしいよ、と大声で言いながら入ってきたのは、隣の隣の自転車屋のあるじである。

自転車屋の言うには、今のところただ「中年の男が刺された」ことしかわかっていないとのことだった。商店街のどんづまりの路地で中年の男が刺され、救急車で運ばれた。目撃者もなく、一一九番も、刺された男みずからがしたらしい。救急車がかけつけて初めて男が倒れているのがわかり、野次馬が増えはじめたころには、すでに男もろとも救急車は去っていた。

作業服を着た自転車屋のあるじは、中野さんとは正反対で、でっぷりと太っている。煙草《たばこ》も酒もやらねえんだよ、あいつ。中野さんは言う。中野さんのほうは自転車屋とは距離をおきたがっているようだったが、自転車屋は商店主としての先輩風をふかせに、ときどき中野商店にやってくるのだった。

自転車屋と中野さんは、小学校中学校と同じ学校に通っていたのだそうだ。肥後守《ひごのかみ》とかで、やたら鉛筆を削るのがうまい奴《やつ》って、いるだろ。いや、ただ削るのが上手なだけじゃなく、鉛筆の尻に戦艦大和とかばかうまく彫っちゃうような奴。それでいて、俺が筆箱忘れたときに頼んだら、ものすごくちびてて芯《しん》の先も丸く減った鉛筆を一本しか貸してくれないんだぜ。戦艦大和とかゼロ戦とかの細工がしてある鉛筆は、てのひらで隠すようにしやがってさ。そういう奴なの、あいつは。中野さんがいつか自転車屋を評して言っていた。

刺されたのが商店街の人間だとわかったのがそのあとすぐ、中野さんその人が刺されたのだとわかったのが、夕方近くだった。電話が鳴ったのでゆっくり出ると（三回以上呼び出し音を聞いてから出なさい、と中野さんは言う。すぐさま飛びつくように出るとお客はひいてしまう、うちに売ろうとしていたものも売らなくなるんだよな、と中野さんは煙草をふかしながら説明したものだった）相手はマサヨさんだった。驚かないでね、とマサヨさんはいつも出す冷静な声よりもう一段冷静に聞こえる声で言った。

「ハルオが刺されたのよ」

は？　わたしは聞き返した。自転車屋のあるじがふたたび大きな音をたてて店にとびこんできた。電話を受けているわたしを一瞥《いちべつ》して、自転車屋は深く頷いた。

「でもぜんぜん軽いの。出血もほとんどなくて」

はあ。答えながら、自分の声が裏返っているのがわかる。マサヨさんは反比例するように、ますます冷静になる。声が裏返るのも、ことさら冷静になるのも、結局は同じことなのだな、とわたしは頭の隅で思った。

「お店、今日はあたしが閉めるから。ちょっと遅くなるかもしれないけど、待っててくれるかしら」

はあ。こんどは普通の声で、答える。自転車屋のあるじは、目を炯々《けいけい》と輝かせて、わたしの口もとや受話器をつかむ手の甲を見ている。見てんじゃねえよ、と怒鳴りつけたかったが、怒鳴ることに慣れていないので、できなかった。かわりにわたしは受話器を静かに置き、まっすぐ前を向いた。

「刺されたの、中野ちゃんなんだって」自転車屋が聞いた。

さあ、とわたしは言った。知りません。

それからは自転車屋が何を聞いてもわたしはむっつりと黙りこんでいた。しばらくするとタケオが帰ってきた。自転車屋はタケオに「商店街どんづまり傷害事件」のあらましについてあれこれ喋っていたが、もともと不明な点の多い事件であることと、タケオがはかばかしい返事をしないのとで、話はぜんぜんはずまなかった。

「ヒトミさん、おれ、病院に行ってこようか」

自転車屋が出ていってすぐに、タケオが言った。

「あ、どこの病院か、聞かなかった」

「警察に聞けばいい」

タケオはすぐに店の電話をとりあげ、続けさまに何箇所《なんかしょ》かに電話をした。片手に受話器を持ち、片肘《かたひじ》で雑記帳を開きながら、タケオは青のボールペンで病院の名前と電話番号を書きつけた。「西町二丁目　佐竹医院」という字が、「銀行」の下に並んだ。

行ってくる、と言いおいて、タケオはそのまま小走りに裏へまわった。トラックのイグニションの音が数回して、ようやくエンジンがかかると、タケオは一回警笛を鳴らした。それから手を軽くわたしに向かってあげ、トラックのハンドルを握りなおしてフロントガラス越しに前方をじっと見つめた。

佐竹医院はわかりにくい場所にあった。あの日、店を閉めにきてこれからまたとんぼ返りで中野さんのところに行くというマサヨさんと一緒に佐竹医院の中野さんを見舞ったきり、わたしはまだちゃんと中野さんの病室を訪ねていない。

刺されたというその当日も、麻酔から覚めてまだ間もないというのに中野さんはしごく元気で、マサヨさんが持っていったバナナを半分までむいて片手で握りしめ、むしゃむしゃと食べていた。

「ついでに体のいろんなとこ、検査してもらうから」中野さんはのんびりと言った。

「怪我《けが》は、だいじょうぶなんですか」わたしが聞くと、中野さんでなくマサヨさんが答えた。

「だって、あんなもんじゃ、ロクな怪我できないわよ」妙な言いかたをする。

「ロクな怪我？」

「ナイフかと思ったら、ただのペーパーナイフだって」

マサヨさんも、バナナを手に取って皮をむいた。手つきはていねいだが、むきかたは中野さんと同じで、乱雑だった。

中野さんはペーパーナイフで刺されたのだ、とマサヨさんは説明した。

ペーパーナイフ？　わたしは聞き返した。

そうなのよ、よりによってペーパーナイフなんかでねえ。

ペーパーナイフで、人が切れるんですか。

切れないわよ。

でも、血、出たんですよね。

そこがハルオらしいっていうか、なんていうか。

中野さんが刺されたのだとしたら、刺したのは「銀行」だ、とわたしはマサヨさんの電話を受けた瞬間に、思ったのだ。けれど中野さんを刺したのは「銀行」ではなかった。

「いつかさあ、長電話があったじゃない」中野さんが口をはさんできた。

「長電話」

一日のうち二三回は、中野さんは長電話をしている。たいがい、初めて電話をかけてきた客相手である。売るにも買うにも、なぜだか人は古いものに関しては、たいそう慎重になるものらしかった。新品のものなら、あんなにかんたんに通販とかで買うのにね、けっこう高くてもさ。中野さんはときどきぼやく。

「いつの長電話ですか」

一週間くらい前かなあ。砥石で研ぎなおせっていうクレームの電話かけてきた女がいたじゃない。そう言って、中野さんはまたバナナを一本、こんどは根もとまでつるりとむき、まるごと口に入れた。そんなにいっぺんに食べると喉《のど》がつまるわよ、とマサヨさんが言う。このくらい、どうってことねえよ。あら、バナナつまらせて、死んだって記事が、よく新聞にのるじゃない。やだなあ、それ、正月の餅《もち》のことでしょ。

「もしかして、雑記帳に書いてあった、あれ、ですか」黒と青と赤で書かれた「クレーム」という文字を思いだしながら、わたしは聞いた。

それそれ。しつこい女でさあ。おたくで買ったペーパーナイフが切れないから、研ぎなおせって怒るわけ。

「ペーパーナイフって、研ぐものなんですか」

上等なのは、研ぐかもね。でもうちで売ってるようなぺらぺらしたものじゃあ、な。な、と言いながら中野さんは首をかしげた。しばらく遠い場所を見るような目つきをする。だけどさあ、ちょっと声のいい女だったんだよ。中野さんは続けた。

その「ちょっと声のいい女」からふたたび電話があった。砥石を持って商店街のはずれまで来てほしいという電話だった。おかしな電話ではある。この商売をやっていると、いろいろおかしなことがあるので鈍感になるが、それにしても「商店街のはずれ」というのがおかしいとは思った。ふつうならば待ちあわせには指定しない場所である。けれど、声にひかれて、つい行ってしまった。

「あんたは」マサヨさんが一言、低い声で言った。中野さんはちらりとマサヨさんを見やり、肩をすくめた。

包みもせずに、素手に砥石を持って、指定された時間にぶらぶらと商店街のはずれまで中野さんは行った。女が、いた。胸あてつきのエプロンをしめ、髪はアップにして、膝《ひざ》までのスカートの下は白いソックスで、サンダルばきだった。サンダルの前が網みたいになっているのが印象に残った。昭和四十九年くらいまで売っていたような、サンダルだったな。年代のこまかさが、さすが古道具屋である。

女は中野さんと同いどしくらいにみえた。口紅が濃かった。危ない、と中野さんは思った。この女はなんとなく危ない。古道具屋の勘である。というよりも、常人ならばごく普通にはたらく勘である。

しゃがみなさい、と女が言った。へ？ と中野さんは聞き返した。そこにしゃがんで、わたしのペーパーナイフをお研ぎ。女は言った。電話で聞いたのと同じ、いい声だった。直接聞くと、ますますいい声だった。少し勃起《ぼっき》しちゃったよ俺。中野さんはつぶやいた。マサヨさんが舌打ちをする。

魅入られるように、中野さんはしゃがんだ。砥石を地面に置き、女が差しだしたミネラルウォーターの小さなペットボトルから砥石に水を注ぎ、これも女の差しだしたペーパーナイフを、ゆっくりと研ぎはじめた。女は路地のまんなかに仁王立ちになっている。

そのままゆっくりと、中野さんはペーパーナイフを研ぎつづけた。

お見舞い、くだものにしましょう、とタケオが言った。花は、中野さん、あんまり関心ないすよ、きっと。

麻酔の効きがまだ残っていたのか、中野さんはあのあと突然寝いってしまい、マサヨさんが揺すぶっても押しても引いても起きなかった。以来中野さんのいない中野商店の忙しさにまぎれて、わたしもタケオも見舞いに行っていなかったのである。中野さんが北海道で遊んでいたときには暇だったのに、ここのところやたらに店は繁盛《はんじょう》している。

ようやく休みの日がきて、わたしとタケオは午後遅くに待ち合わせて佐竹医院を見舞うことにしたのである。ペーパーナイフを研いだ、そのあとにどうして中野さんが女に刺されたのか、聞きそこなっていた。マサヨさんに訊《たず》ねようかとも思ったのだが、店でその話をするのははばかられた。隣の隣の自転車屋がいつ目を光らせながら飛びこんでこないともかぎらないし。

イチゴをタケオは選んだ。高いよ、とわたしは横から言ったが、お見舞いだから、とタケオは答えた。やたらに大きなイチゴのパックを二つ持って中野さんの個室に入ると、そこには中野さんはいなくて、すでに六人部屋に移ったとのことだった。六人部屋では刺されたいきさつは聞きづらいな、と思いながら中野さんのベッドのコーナーのカーテンを開けると、「銀行」がいた。

あ、とわたしが言うと、「銀行」はほほえんだ。あいかわらず、削《そ》いだような目とふっくらしたくちびるの対比がいろっぽい。アスカ堂のサキ子さん。中野さんは快活に、紹介した。ヒトミちゃんとタケオ。サキ子さんに向かって、言う。

アスカ堂って、壺《つぼ》とかよく扱ってる、あの？　タケオが聞くと、サキ子さんは頷《うなず》いた。ちゃんとした骨董屋《こっとうや》すよね。タケオが続けると、サキ子さんはかすかに首を振った。いいえ、とも、ええ、ともとれるような振りかた。やはりどうにも中野さんには似合わぬ雰囲気の人だ。

ねえねえヒトミちゃん、こないだの続き、聞きたいだろ。中野さんは声をひそめるでもなく、言った。サキ子さんの前でも、マサヨさんやわたしたちだけのときとまったく同じ態度である。サキ子さんはタケオとわたしに椅子《いす》を勧めた。

いえまあ、とわたしは言ったが、中野さんはにやにやと笑って、我慢しないの、我慢は体に悪いよ、我慢ばっかしてると、だいいちインポになっちゃうよ、と続けた。

タケオがどんな顔をしているのか気になったが、振り向けなかった。

「研いだわけよ」中野さんはまたいつものように唐突に始めた。

研いだわけ。じっくりと。で、研ぎおわったら立ちあがって女に渡したの。ペーパーナイフ。切れるかしら、ほんとに切れるのかしら、って女は言ったね。切れますよ。俺が答えると、女は前ぶれもなしに、俺の横腹にペーパーナイフを突き刺した。ナイフをうしろに引いたり上にかざしたり、といった動作はいっさいなし、ただ目の前の虫を払うような自然な手つきで、ナイフを横腹にさしいれてきた、って感じ？

中野さんは何回も言いなれたせりふを口にするような調子で、喋《しゃべ》った。わたしもタケオも唖然《あぜん》としていた。俺がうまく研いじゃったもんだから、ふつうならヒトなんか刺せないペーパーナイフが、うまく刺さっちゃってさ。

中野さんがそう言って口を閉じたその瞬間、サキ子さんが、あ、という声をたてた。それからサキ子さんは突然涙を流しはじめた。

たっぷりとした目の下のふくらみに、あふれてきた涙が一筋つたったかと思うと、そのあとはもうとめどがなかった。声もたてず、ただサキ子さんは泣いた。滂沱《ぼうだ》の涙、というのはああいうのをさすのだろうか。途中で中野さんが「ティッシュ、ちょうだい」とわたしに言ったのと、「これ、使って」とわたしがさしだしたサラ金の宣伝ティッシュをサキ子さんに渡しながら言ったほかは、誰も何も言わなかった。音を全くたてずに、サキ子さんは泣いた。ティッシュを使うこともなく、洟《はな》も垂らしっぱなしで、サキ子さんは泣いた。

十分ほども泣いただろうか、始まったときと同じく突然サキ子さんは泣きやんだ。だいじょうぶだから、あの女、送検すんでるし、起訴もされるだろうし、と中野さんが言うのも耳に入らない様子で、サキ子さんは像のように固まっていた。前にマサヨさんがデジカメで写した、犬だかウサギだか熊《くま》だかわからなかった像のことを、わたしはちらりと思いだした。サキ子さんを縦横斜めから写したら、売れる写真ができるだろうな。そんなこともちらりと思った。

なあ、悪かったよ。中野さんが謝った。どうして自分が謝っているんだか、よくわからない、という感じの謝りかたである。サキ子さんは無言だ。ようやくティッシュの袋に手をのばし、大きな音をたてて洟をかむと、サキ子さんは中野さんをきっと見据えて、

「声、出すから、これからは」と言った。

は？ と中野さんが頓狂《とんきょう》な声をたてた。

声、出すから。だから奥さん以外の女にちょっかい、ださないで。

サキ子さんは小さな声で、しかしはっきりと区切るようにして、言った。

ああ、と中野さんは答える。押しきられて土俵を割った力士のような感じの声である。

ああ、そりゃあ、そうするよ、もちろん。中野さんはおずおずと言う。

サキ子さんは、きっとしたまま立ちあがり、病室を出ていった。振り返りもせず、そのまま、歩み去った。

早々にわたしもタケオも病室を出て、エレベーターのところまで早足で歩いた。

あのひと、キツそうなひとすね。タケオがつぶやいた。マサヨさんが、いつか言ってたよ。中野さんて、結局いつもキツいタイプにつかまるんだって。

でもキレイだったすよ、あのひと。

ああいうタイプが好きなの？　わたしはタケオに聞いた。できるだけ気軽な口調をよそおったが、あまりうまくいかなかった。

タイプとか、おれ、ないす。タケオは答えた。それよりヒトミさん、あのひとが言ってた、声出すって、なんなんすか。

イくときに、声、出すっていうことだよ。

はあ？　とタケオは大声で言った。

わたしたちはそれからしばらく黙った。ずっと黙って、おしまいに、あーあ、とわたしはため息をついた。

なんかな。わたし、生まれかわっても、中野さんにはなりたくない。そう言うと、タケオはくすくす笑った。

中野さんには生まれかわれないでしょ。

まあそうだけど。

サキ子さんて、でも、なんかおれ、嫌いじゃないす。タケオは言った。

わたしも、サキ子さんは嫌いではなかった。むろん中野さんのことも嫌いではない。嫌いではない人は世の中にたくさんいて、その中でも「好き」に近い「嫌いではない人」がいくたりかいて、反対に「嫌い」に近い「嫌いではない人」もいくたりかいて、それではほんとうにわたしが好きな人はどのくらいいるのだろう、と思いながら、わたしはタケオの手を少し握った。タケオはぽかんとしていた。

病院を出て空に目を向けると、名前は知らないけれど、いつもこの季節のこの時刻にみえる星が、まだ明るさを充分に残した空にうすく光っていた。タケオ、と言うと、はい、とタケオは答えた。もう一度、タケオ、と言うと、タケオはキスをした。舌を入れない、いつものキスである。そのままわたしも舌を入れずに、じっとしていた。あたたかいくちびるだな、とわたしは思った。どこかでイグニションの音がして、すぐに止《や》んだ。

「だからさあ、あの、ものすごく大きいの、なんてったっけ」

中野さんが黒いエプロンをはずしながら、聞いた。今日は引き取りはないはずだったが、さきほどきた電話で、客が鑑定を頼んできた。中野さんは鑑定は不得意のはずだが、客がどうしてもと粘ったので、しかたなくこれから見にいくことになったらしい。

「大きいの？」わたしは聞き返す。

れいによって、中野さんの話は唐突だ。

「毛脚が長くて、なんかこう、ちょっと手とか出しにくい女みたいな感じで」中野さんはかまわず続ける。

「女の人ですか？」

「ちがうちがう、人じゃなくて」

「人じゃなく？」

「犬だってば、犬」

中野さんはエプロンを店の奥の畳の部屋に放り投げながら、せっかちな口調で言った。

犬、とわたしは繰り返す。

そう、犬でさあ。こう、なんていうの、貴族の庭を駆けずりまわってるような、長っぽそくて丈の高い。

貴族の庭を駆けずりまわる、という中野さんの言葉に、わたしは笑った。駆けずりまわるという表現と、貴族という言葉がちぐはぐである。

「じゃ、いってくるから」中野さんはたくさんポケットのついたナイロンのベストに手を通しながら、言った。

いってらっしゃい、とわたしも返す。

エンジンの澄んだ音が聞こえてきた。中野商店では、先週、中野さん流の言いかたにしたがうなら、トラックのエンジンを「全とっかえ」したのだ。バッテリーがいかれていただけでなく、エンジンベルトがはんぶん切れかかっていることが、この前の車検でわかったからである。

タケオも俺も、このトラックの運転慣れてるから、ベルトくらいうまく誤魔化して使えたのになあ。中野さんは修理工場からの請求書をじっと見ながら、一人でいつまでもぶつぶつ言っていた。あれって、本気で言ってるのかなあ。こっそりタケオに聞いてみたら、タケオは真面目《まじめ》な顔で頷《うなず》いた。けっこう、本気すよ、中野さん。

ともあれトラックのエンジンは無事「全とっかえ」され、中野さんの傷も完治した。ついでに受けた精密検査で糖尿の気があると診断されたため、食事どきになるとやたらにカロリーについての怪しい蘊蓄《うんちく》を傾けるようになったほかは、すっかり元の通りになった中野さんは、トラックのハンドルを片手であやつりながら、道を大きく曲がっていった。

真夏の日差しが短く濃く店の中に入りこんでいる。わたしは椅子《いす》に座ったまま、自分で自分の肩を叩《たた》いた。

貴族の庭を駆けずりまわる犬の件は、マサヨさんのナニ（中野さんの表現である）である丸山氏が出どころだった。

「丸山って、隣町のアパートに住んでるんだってさ」中野さんが少しばかり不満そうな口調で言うので、わたしは、そうですか？　と聞き返した。

「だって、姉貴のナニなら、姉貴と一緒に住めばいいのに。広い家なんだし」

マサヨさんの住んでいるのは、中野さんとマサヨさんの亡《な》くなった両親の残した、古いがなかなか立派なつくりの家である。

「姉貴とわざわざ別に住むなんて、しゃらくさいじゃないの」

中野さんには少々シスターコンプレックスの気味があるのではないかと、つねづねわたしは疑っている。そうかもしれませんね、とわたしは穏当に答えておいた。

「で、そのアパートの大家っていうのがさ」

中野さんはそこまで言って、しばらく子細ありげに黙った。その思わせぶりな沈黙にはかまわず、わたしはザラ紙をせっせと糊《のり》づけして袋をつくりつづけた。大きなものを買った客には、デパートや洋品店の手提げつき紙袋に商品を入れて渡すのだが、それほどでもない、こまかい商品のために、昔の八百屋《やおや》にあったような、紙をただ四角く折って隅を貼《は》りつけた袋を、中野商店では用意している。

「ヒトミちゃんのつくる袋は、きれいだね」中野さんは感心したように言った。

そうですか、とわたしは答える。

「うん、手先が器用なんだね。姉貴なんかよりよっぽどきちんとした袋つくるじゃない」

そうですか、ともう一度わたしは言った。姉貴、という言葉に引き戻されて、中野さんはふたたび「貴族の庭にいる犬」の話を始めた。こんなあらましの話だった。

丸山氏のアパートの大家が、因業《いんごう》なのである。

「メゾン金森パート1」というのが丸山氏の住んでいるアパートの名前であるが、これがまず、築四十年のかなりガタがきている建物のくせに、新築のアパートとほとんど変わりない賃貸料をしゃあしゃあと取る。それというのも、ペンキの塗り替えや壁紙の張り替えといった類《たぐい》の、外観をとりつくろう作業に、大家がぬかりなく念をいれて、内外あたかも新築に近いものであるかのようによそおっているからである。

こぎれいな室内に、昔ながらの広々とした間取り、たっぷりとした収納。隣の部屋の声がつつぬけであることや、床が傾いていることや、夜ともなればゴキブリが何匹も排水管から出てきては部屋の中を飛び回る、という「メゾン金森」の隠された事実に気づかぬまぬけな借り手は、騙《だま》されてすぐさま手つけを払ってしまうという寸法だ。

もう一つ悪いことに、メゾン金森は借景に恵まれている。床の傾きやゴキブリのそこはかとない気配を敏感に察知して気をひきしめた借り手も、緑したたる、という表現がぴったりの、メゾン金森のすぐ目の前にある大家の「自慢の庭」を眺めたとたんに、十中八九は相好《そうごう》をくずしてしまうのである。

メゾン金森は、パート1からパート3までが、連なって大家の敷地内に建っている。大家がつねに手入れを欠かさない「自慢の庭」は、大家の住む母屋《おもや》及びパート1パート2パート3を、ぐるりと取り巻く。楢《なら》、シラカバ、泰山木、モミジといった、森に生えているような涼しげな種類に混じって、柿《かき》や桃や夏みかんなどの実益ある木々、加えて金木犀《きんもくせい》やツツジや紫陽花《あじさい》といった派手やかな雰囲気のもの、それらがいりみだれてみっしりと茂っている。下生えにはイギリスふうの白やブルーのこまかな花を咲かす草が植えられ、敷地の入り口には大きなバラのアーチがある。

「とりとめのないっていうか、ポリシーのない感じの庭ですねえ」とわたしが感想を述べると、中野さんは頷いた。

「でもさ、丸山って、姉貴にひっかかるくらいのおっちょこちょいだから、まんまとその因業大家にしてやられたわけよ」中野さんはさかしげに言って、首を振った。

賃料が割高なだけならばまだ我慢もしようというものだが、メゾン金森の大家の因業なところは、店子《たなこ》たちに敵意をもっているところなのだと、中野さんは説明した。

「敵意」わたしが言うと、中野さんは、

「そう、敵意なのよ」と、わざとらしい低い声で答えた。

大家夫妻は庭に執心するあまり、少しでも庭を損なう店子を、絶対に許さないのだという。過去に庭を荒したことのある店子だけにその敵意をみせるならばまだしも、何もしていない店子にもひどくきびしくあたる。部屋の内見のときにはものすごく腰が低く、どちらかといえば気の弱そうな世間知らずの夫妻とみえたのに、いったん契約が済んでしまえば、てのひらを返したように、さまざまな剣突くをくらわせるのだそうだ。

「けんつく」びっくりして聞き返すと、中野さんは笑った。

「たとえばさ、庭の隅に自転車をとめたりしたら、一時間後には『ココニ自転車置クナ』だの『撤去準備中』だののいうシールがべたべた貼ってあるんだって」

「シール」

「わざわざ作ったらしいよ、大家夫妻が」

それって、こわくないですか。わたしが言うと、中野さんは頷いた。

「おまけに、そのシール、ものすごく剝《は》がれにくいんだって」

そもそも、どうして自転車を置くといけないんですか。

「草への日当たりが悪くなるし、花を轢《ひ》く可能性もあるからって」

丸山って、人を見る目がないんだよなあ。中野さんは嬉《うれ》しそうにそう続けて、立ちあがった。もう今日は閉めるか、と言いながら、中野さんは表のベンチの上のものを片づけはじめる。

メゾン金森は、実はわたしも知っている。タケオの家から歩いて五分もかからないところにあるのだ。いつかなんとなくタケオと二人でタケオの家まで行った（入ったり挨拶《あいさつ》したりはもちろんしなかった）道筋に、メゾン金森はあった。そこだけうっそうとした森のようになっている、中野さん言うところの大家の「自慢の庭」は、たしかに自慢するだけあって、風情《ふぜい》があるといえば、ある。

「ここだけ、ここらへんじゃないみたいすよね」とタケオは言って、庭の奥をじっと見た。

「入ってみようか」とわたしが言うと、タケオは首を横に振った。

「みだりによそさまの庭に入っちゃいけませんて、昔じいちゃんに教わったす」

ふうん、とわたしは言った。タケオがわたしの言うことに反対したので、少しいまいましかった。その場でわざとタケオにねっちりしたキスでもしてやろうかと思ったが、思いとどまった。

それでその、大家と貴族の犬は、どうつながるんですか。わたしは聞いたが、中野さんはシャッターを閉めるのに気をとられて、もうわたしの声は耳に届かないようだった。そういう人なのだ。日が暮れてからも暑いですねー、と声をかけながら、わたしは裏の戸口から外へ出た。くっきりとした半月の横に、中野さんのお見舞いの帰りに見たのと同じ星が、白く輝いている。

それじゃあ。店の中に向かって言ったが、やはり中野さんからの答えはなかった。ジャー、というシャッターの音に重なって、中野さんの鼻唄《はなうた》が聞こえてきた。

貴族の犬の全貌《ぜんぼう》が明らかになったのは、結局マサヨさんの口からだった。

「だからね、大家夫妻の子供はもうずっと先《せん》に独立しちゃったの」マサヨさんが、これも中野さんとほとんど変わらない唐突さで始めたのは、メゾン金森の話を中野さんの口から聞いてから数日後のことだった。店には久しぶりに、中野さん、タケオ、わたし、マサヨさんという、中野商店のフルメンバーが揃《そろ》っていた。ハルオの入院以来じゃない？　とマサヨさんは、わたしたちを見まわしながら、言った。

「そういえば、中野さんを刺した女、どうしてるんすか」タケオが聞く。

「今は拘置所にいるみたい」マサヨさんはてきぱきと答えた。

はあ、とタケオは答えた。それ以上の、裁判はいつごろなのか、とか、罪状はどんなものになると予想されるのか、などという具体的なことは、誰も口にしない。遠慮しているというよりも、そういう世間智《せけんち》のようなことを口にする習慣がない、という感じである。

「でね、手持ちぶさたになった大家夫妻ったら、ものすごく大きいアフガンハウンドを飼いはじめたわけ」マサヨさんはつづけた。

はあ、とわたしも答えた。

「その犬を、庭にもまして大事にしちゃってるもんだからね」

はあ、と今度はタケオ。

「丸山が一度、犬を散歩させてる大家夫妻に道で会ったらね」

はあ、とふたたびわたし。

「にらみつけられたあげく、あっちへ行ってください、って言われたんですってさ」

で、丸山さんは、どうなさったんですか。

「あっちへ、行ったって」マサヨさんは答え、それから少しのあいだくすくす笑った。わたしも笑った。タケオもほんのわずかだが口もとをゆるめた。中野さんだけが、なんだか憮然《ぶぜん》とした顔をしている。

さあさあ油売ってないで、歌舞伎町《かぶきちよう》なんだから、少しは緊張しろよタケオ。中野さんは憮然とした表情のまま、言った。歌舞伎町のマンションへ、今日はタケオと中野さんが二人で引き取りに行くことになっている。単品の引き取りらしいので、いつもならばどちらか片方が行って済ませるのだが、今日のお客は、どうも堅気の客ではない匂《にお》いがするのだと、中野さんは言う。

「どうしてわかるんですか」とわたしが聞いたら、中野さんはしばらく考えてから、「電話かけてきて使う言葉が、ものすごくやたらに丁寧なの」と答えた。

中野さんとタケオが出ていってからも、しばらくマサヨさんは店に居残っていた。客がつづけさまに四人来て、四人ともマサヨさんにさりげなく勧められたふちの欠けた皿だのビール会社のロゴのついたグラスだのを買っていった。

歌舞伎町のお客、大丈夫でしょうかね。客が途切れてからしばらくしてわたしが言うと、マサヨさんは首をかしげ、大丈夫よお、と軽く言った。

丸山さんの大家さんって、へんな人たちですね。またしばらくしてから言うと、マサヨさんは前より深く首をかしげた。そうよねえ、丸山って人がいいから。大家たちに何もされなきゃいいんだけど。今度は、しんから心配そうに言う。

それからすぐにマサヨさんは帰っていった。マサヨさんがいなくなってしまうと急に客足が途絶えた。暇なので、アフガンハウンドがどんな犬だったか思いだそうとしてみたが、ボルゾイだのバセットハウンドだのと混じってしまって、うまく姿が浮かんでこない。

大家夫妻は家の中でそのアフガンハウンドを飼っているのだという。ダブルサイズの布団《ふとん》をわざわざあつらえて、そこで夫妻と犬が一緒に眠っているっていう噂《うわさ》もあるんですってさ、とマサヨさんは言っていた。ベッドじゃなくて、布団なんですか、とわたしが聞くと、マサヨさんは頷いた。

布団の上に長くねそべる大きい犬の姿をぼんやり思い浮かべていたら、突然電話が鳴った。驚いてわたしは椅子から飛びあがった。昭和五十年ごろの電気釜《がま》はいくらで売れるかという電話だったので、中野さんが帰る時刻を言って切った。客は、中野さんとタケオが帰るまで、一人も来なかった。


「兜《かぶと》だったんすよ」と、タケオは言った。

タケオは、いつものように黄色いスツールに腰かけている。わたしの方は、小学生が座るような木の椅子である。こちらの椅子は、中野さんの店ではなく、前に住んでいたところの近くにあった教会のバザーで手に入れた。

何回かわたしの部屋を訪ねてくるうちに、タケオが黄色い背もたれのないスツールに座ることがいつの間にかならいになった感じなのではあるが、毎回タケオは、こわごわ、という様子でスツールに座るので、椅子の黄色さが苦手なのではないかとわたしは疑っている。

「兜」わたしは聞き返した。

「中野さんの予想どおり、お客、ヤクザさんだったし」タケオは食卓に肘《ひじ》をつきながら、答えた。

「ヤクザさん」さんづけがおかしくて、わたしは笑った。

「だってお客さんなんだから。それにお客の中でもけっこう感じいい人たちだったし」

「ヤクザさん」の部屋は、歌舞伎町の区役所通りに面した立派なビルの最上階にあった。路上駐車をしようと空きを捜したが、そのあたり一帯はプレジデントやらベンツやらリンカーンやらの黒塗りの車がびっしり路上駐車をしていて、割りこむ隙《すき》がない。仕方なく遠くの駐車場まで行っているうちに、中野さんとタケオは約束の時間に遅れてしまった。

「中野さん、ちょっとびびってた」タケオはスツールの上で上半身を前後に揺らしながら、言った。

中野さんて、びびると、どんなふうになるの。わたしが聞くと、タケオは揺らしていた上半身を止めた。

「言葉つきがものすごくやたらに丁寧になる」

なによ、それじゃ、「ヤクザさん」と同じじゃない。わたしが大笑いすると、タケオはまた上半身を揺らしはじめた。スツールのクッション部分がきゅうきゅうと音をたてる。

中野さんとタケオは、遅刻したにもかかわらず、丁重なもてなしを受けた。「ヤクザさん」の美人の奥さんが、ジノリのティーカップに香ばしい紅茶を淹《い》れたものを載せた盆をささげもって出てきた。濃いクリームに、薔薇《ばら》の形の角砂糖。どうぞどうぞと勧められて、中野さんとタケオはあわてて紅茶を飲みほした。

「あわてすぎて、やけどした」タケオはぶっきらぼうに言った。

ケーキも出た。真っ黒いケーキだった。あまり甘くなくて、ほとんどがチョコレートでできていた。

「それもあわてて食べたの？」わたしが聞くと、タケオはこくんと頷《うなず》いた。

「おいしかった？」

「ものすごく」

タケオはしばし視線を空中にさまよわせた。タケオ、甘いもの、好きだったんだ。わたしが言うと、タケオは首をゆるく横に振り、ほとんど甘くないのにこいい感じだったんすよ、と言った。クッションきゅうきゅういわせるの、やめてよ。わたしが言うと、タケオはびっくりしたような顔になった。それから上半身をだらりとさせ、動きを止めた。

「ヤクザさん」は中野さんとタケオがケーキを食べおわると、ぽんぽんと手を叩《たた》いた。ドアがすっと開いて、兜と鎧《よろい》一揃いを板の上に載せたものを、二人の男が運びだしてきた。男たちは白いワイシャツに黒っぽいズボンをはいていた。タケオよりも若く見える方の男は、きっちりとネクタイをしていた。ネクタイをしていない方はスキンヘッドで、ジョン・レノンのような丸眼鏡をかけていた。兜と鎧を床に安置すると、二人の男はすぐに出ていった。

「いかほどになりますやろか」どっしりした声で「ヤクザさん」は聞いた。

「そうですなあ」

「ヤクザさん」の関西弁につられて、中野さんの口調にも関西のイントネーションが混じった。

「中野さん、そういうものの鑑定とか、できるの」

「兜や鎧はだいたいの相場が決まってるらしいす」タケオは言い、うつむいた。上半身を揺らすことができなくなったので、所在ないのだろう。わたしは知らぬふりをしていた。

十万円という値を、中野さんはつけた。「ヤクザさん」は、異存ございませんな、と深い声で言った。すぐに美人の奥さんがウイスキーを持って出てきた。ショットグラスに生で注《つ》ぎ、バカラのチェイサーグラスに「富士の水」を満たして添えてくれる。タケオは口をつけなかったが、中野さんはつづけさまにショットグラス三杯ぶんを空にした。

急に酒が腹に入ったせいか、中野さんは大胆になった。ほかに、売りもの、ありませんか、などと、はばかる様子なく口にするので、タケオはびくびくした。「ヤクザさん」は黙って安楽椅子《いす》に沈みこんでいる。奥さんの方が「お店で出た珍しい形の瓶ならとってあるんですけどねえ」などと言う。

「きれいでしょう、洋酒のガラスの瓶。わたくし、少しばかり集めているんですの」と奥さんは言い、タケオと中野さんを交互に見つめた。

「ああいうのを、凄《すご》い女っていうんだろうなあ」

あとでトラックに乗ってから、中野さんはタケオに言ったそうだ。あれ、水商売だろうな。俺たちは一生行かないような店で、一生飲まないような高い洋酒を客に売りつけてるんだろうなあ。

信号で止まるごとに、物が動くような音がトラックの荷台の方から聞こえてきた。簡易梱包《こんぽう》をした兜と鎧が滑ってしまうのだろう。甲州街道に入ったところで、タケオはいったんトラックを道端に寄せて止めた。中野さんはさきほどから居眠りをしている。梱包した兜と鎧を、タケオは注意深くもともと積んであったダンボールの間に入れこんだ。運転席に帰ると、中野さんはまだ眠っていた。低く鼾《いびき》をかきながら、中野さんは口を半開きにしていた。

「今日の飯、特にうまいすね」

「ヤクザさん」の話がおわると、タケオはぽつりと言った。

そう、とわたしはそっけなく返す。

今日の夕飯は、たしかに珍しく「力《リキ》を入れて」つくったものだった。海老《えび》グラタン。トマトとアボカドのサラダ。にんじんとピーマンのせんぎりスープ。めったにきちんとした料理をしないので、これだけつくるのに、二時間もかかった。

「たいしたこと、ないよ」わたしは答え、グラタンをフォークですくって口に運んだ。

塩が薄い。ちょっとばかり薄すぎる。次にスープを飲んでみると、こちらは塩からい。

黙りがちに、わたしとタケオは夕飯を食べた。缶ビールを二本空けた。タケオは今夜はほとんど飲まない。わたしがまだ半分しか食べていないのに、タケオは終わってしまった。うまかったす、とタケオは言い、少しだけ上半身を揺らした。それからすぐに、あ、と言って、じっとした。

「ねえ、アフガンハウンドって、どんな犬だっけ」わたしはタケオに聞いてみた。タケオは、うーん、と言ってしばらく眉《まゆ》を寄せていた。やがて食卓の隅にあったメモ用紙を引き寄せ、タケオは鉛筆でさっとスケッチをした。鼻のとがった、毛脚の長い、まさにアフガンハウンド、という犬の絵が描きだされた。

「タケオって、絵、うまいねー」わたしが大声をあげると、タケオは、それほどでも、と言い、ふたたび上半身を揺らしはじめた。ねえねえ、それじゃ、ボルゾイ、描いて、と頼むと、タケオは上半身を揺らしながら、鉛筆を何回かメモの紙に走らせた。あっという間に、ボルゾイの姿が紙の上にあらわれた。すごい、すごいよタケオ。そう言うと、タケオは人指し指の関節で鼻の頭を何回もこすった。

請《こ》われるままに、バセットハウンドや昭和の電気釜やマサヨさんのつくる「創作人形」の絵を、つぎつぎにタケオはメモに描いた。そのままベッドに移動して、こんどは寝そべったわたしの素描をタケオは始めた。ゴヤの「マハ」のポーズをわたしがとると、タケオは手早くスケッチした。これだと「着衣のマハ」だね、と言うと、タケオは、はあ？　と言った。

しばらくするとタケオはスケッチしながら突然、あ、と言った。どうしたの、と聞き返したとたんに、タケオは立ちあがってわたしの上にのしかかってきた。タケオは手早くジーンズを脱いだ。わたしも自分で脱ごうとすると、タケオは制した。少しきつめのジーンズだったので手間どったが、タケオは皮をむくようにしてわたしのジーンズを脱がせた。わたしたちは短いセックスをした。

ねえタケオ、よかったよ。終わってから言うと、タケオはわたしの顔をじっと見た。タケオは何も言わず、上半身に着たままだったTシャツを脱いだ。わたしも上半身はTシャツを着たままだったが、タケオが脱がせてくれるかもしれないと思って、しばらくじっとしていた。タケオは脱がせてくれなかった。そのまま着ていようか脱ごうか迷った。タケオはぽかんとした顔をしていた。タケオ、と言うと、タケオはぽかんとした顔のまま小さな声で、ヒトミさん、と答えた。

しばらく真夏日がつづいた。このまま永遠に炎暑なのかと思っていたら、急に涼しくなって、秋のはじめのような陽気になった。中野商店はこのところ商売繁盛《はんじょう》で、この前「ヤクザさん」から買った鎧と兜が、百万ちょいで売れたり、仕入れ値千円のなんの変哲もないダルマが、ネットオークションの入札で七万円まではねあがったり、「この調子なら、ヒトミちゃんのあと二人や三人、雇えちゃうかも」などと中野さんはうそぶいた。

「でもそのわりに給料は上がらないんだよね、きっと」わたしとタケオはこっそり言いあっていたが、その月の終わりに渡された給料には、六千五百円の色がついていた。六千五百円という数字が、なんだかいかにも中野さんである。

給料日、タケオとわたしは、久しぶりに飲みにでた。七時まで生ビール一杯百円、というサービスにつられて、駅ビルの中のタイ料理屋に入った。八時過ぎまで飲んで、最後にタケオはいつもの通りライスを頼み、ナンプラー味の鶏のからあげと一緒にかきこんだ。割り勘で払って出ようとすると、入り口近くにマサヨさんと丸山氏が座っていた。

「あらあら」とマサヨさんはほがらかに言った。タケオが半歩ほど後じさりする。

「ちょっと一緒に飲んでかない」マサヨさんは言った。わたしたちが返事をする前に、マサヨさんは向かいあっていた丸山氏の横にさっと移動した。それから、今まで自分が座っていた椅子とその隣の椅子を指さした。

「それがね、ものすごく怪しいの」わたしたちが座ると、早速マサヨさんは始めた。

はあ？　とわたしたちは同時に聞き返す。

「このごろ、犬の姿をぜんぜん見ないんですって」マサヨさんは言い、生ビールのジョッキを口にはこんだ。店の従業員が横に立つ。あら、注文しなきゃいけないのかしら。それじゃビールでいい？　瓶でお願い。シンハーじゃなくてね、ふつうの日本のでいいから。マサヨさんはてきぱきと従業員に言いつけた。

「ねえ？」従業員が去ると、マサヨさんは隣の丸山氏の顔を覗《のぞ》きこむようにして相槌《あいづち》を求めた。丸山氏はいつものあいまいな様子で頷く。

「犬って、丸山さんの大家さんのところのアフガンですか」丸山氏に向かって聞くと、丸山氏は浅く頷いた。

「そのうえシール貼《は》りがひどくなってるのよね？」マサヨさんはまた丸山氏を覗きこみながら、言った。従業員がビールを運んできた。マサヨさんはわたしとタケオの前にコップを置き、さっと注いだ。泡ばかりがたって、タケオの方のコップからは溢《あふ》れでてしまった。かまわずマサヨさんは喋《しゃべ》りつづける。

「この前もこの人が大家の庭の金木犀《きんもくせい》をしばらく眺めあげてたら、翌日ドアにシールが三枚貼りつけてあったんですってさ」

「三枚」わたしは言った。タケオはおとなしくビールの泡をすすっている。

「どのシールにも『庭の草木は大切に』って印刷してあるの」マサヨさんは憤慨した口調で言った。丸山氏がまたあいまいに頷く。わたしは笑いだしそうになったが、誰も笑わないので、我慢した。

「ドアの、どのへんに貼ってあるんですか」

「はしっこの、国勢調査やNHKのシールが貼ってあるとこの下よ」

へえ、とタケオがため息をつくような調子で言った。マサヨさんが鋭くタケオに視線を移す。タケオはあわてて下を向いた。

「剝《は》がれなくて、困るんですよ」丸山氏がここで初めて口を開いた。低音の、のびのあるいい声である。

「そりゃあもともとは大家のドアなんだから、大家がシールを貼るのは違法じゃないかもしれないけど」マサヨさんが勢いこんでつづける。はあ、とわたしは答える。タケオは無言だ。

丸山氏がジョッキのビールを飲みほした。マサヨさんも一息いれて、ビールを飲む。わたしもコップを手にとった。あまり冷えていない。口にふくむと、アルコールの匂《にお》いばかりが強く感じられた。

丸山氏は鶏のからあげに箸《はし》をのばした。わたしたちが食べていたのと同じものである。マサヨさんも同時に箸をのばす。二人が鶏を食べている間、わたしもタケオも黙っていた。店に流れているタイふうの音楽にあわせて、タケオは足で拍子をとっている。リズムのはっきりしない音楽なので、タケオの足の刻む拍子は遅れぎみになる。

じゃあ、わたしたち、そろそろ。

丸山氏もマサヨさんも鶏を食べるのに集中しているようなので、わたしは立ちあがった。タケオもひきずられたように立つ。あらもう行くの、という表情でマサヨさんはわたしとタケオを見あげた。口の中に鶏がいっぱいに入っているので、声は出ない。

わたしは軽くお辞儀をした。タケオもわたしに倣《なら》う。そのまま背を向けようとしたら、丸山氏が紙のおてふきで指先をぬぐいながら、

「犬、死んだらしいんだよ」と、低いのびのある声で、言った。

「ヒトミちゃんは、犬、好き？」と中野さんが聞いた。

「ふつうです」わたしは答える。

「ペットロスって、たいへんなものらしいよなあ」中野さんは言いながら、雑記帳を

ぺらぺらとめくる。

そうなんですか、とわたしは答える。わたしは犬も猫も飼ったことがない。丸山氏とマサヨさんにタイ料理屋で会った日の帰り、タケオはぽつりと「犬が死ぬと、つらい」と言った。

タケオ、犬飼ってたの？ わたしが聞くと、タケオはこくんと頷いた。

「犬が死んだから、おれ、中野さんとこで働きはじめた」

そうなの、とわたしは聞き返したが、タケオはくわしくは説明しようとしなかった。幼稚園のころから飼っていた雑種の犬が、去年死んで。それだけ言って、あとは黙ってしまった。

今日はわたしが送ったげる。犬の話をしてから、タケオの元気がなくなったので、その夜わたしはタケオの家までタケオと一緒に歩いていった。家の近くまでくるころにはタケオはいくらか元気をとり戻していた。やっぱりおれ、ヒトミさんちまでまた送ってきます。タケオはそんなことを言って、駅まで引き返そうとしたが、わたしが止めた。

タケオが門の中に消えてしまうと、わたしは踵《きびす》をかえして駅に向かった。十分ほどで駅に着くはずだったが、いつの間にか見知らぬ道を歩いていた。住宅街の道は、どれも区別がつかない。少し迷ったようだった。

街灯が規則的に並んでいる道を通っていると思ったら、突然暗い場所に出た。古めかしいアパートが並んでいる。人けがない。墓地かなにかなのかと思ってしばらくみがまえていると、遠くで犬が吠《ほ》えた。びくりとして引きかえそうとするうちに、そこがどこであるかがわかった。

丸山氏の大家の敷地だった。

しばらくわたしはたたずんでいた。犬が死ぬとつらい、というタケオの声を思い浮かべた。丸山氏のぬらくらした様子も少し思い浮かべた。

はいっちゃえ、と声にだして言いながら、わたしは大家の「自慢の庭」にずんずん入っていった。アパートは三棟とも静まり、大家夫妻の住む母屋《おもや》にも灯は見えない。バラのアーチをくぐり、わたしは大またで大家の庭に踏みいった。夜咲きの蔓《つる》植物が、大きな木の幹にからまって、白い大きな花を咲かせていた。靴が草を踏む音が、かさこそと下からあがってきた。

しばらく歩くと、土が盛りあがっているところに出た。ちょうど人が一人横たわったくらいの幅と奥行に、地面はこんもりとしていた。そこにだけ植物は生えていない。掘り返され、ふたたび固められたような新鮮な土の匂いがする。

わたしは盛りあがりのすぐ横で立ち止まった。しばらく見ていると、目が慣れてきた。端の方に小さな十字架が立っている。十字架には鼻の長い犬の写真がたてかけてあった。シールが十字架の上の部分に貼ってある。シールには「ペスの墓」と書かれていた。

あっ、とわたしは叫んで、地面から飛びのいた。そのまま急いで庭から出た。自分が下生えの草をめちゃくちゃに踏みにじっていることはわかっていたが、かまわず走りでた。早足で歩いているうちに、駅に着いた。切符を買おうと財布から小銭をつまみ出すわたしの指先は、こきざみにふるえていた。電車に乗ったら、蛍光灯がいやにまぶしかった。

「犬、飼ってみるかなあ」中野さんはのんびりと言う。

「そうですね」わたしは平坦《へいたん》に答えた。あの夜、丸山氏の大家の庭で見たもののことは、誰にも言っていなかった。むろんタケオにも。

また暑さがぶりかえしたねえ。中野さんは言って、のびをした。あんまり暑いとお客が家から外へ出てこないからなあ。ねえねえヒトミちゃん、赤字になったら、この前の六千五百円、返してくれる？　中野さんは笑って、またのびをした。

いやですよ。わたしは答える。中野さんは立ちあがって奥の部屋に入っていった。丸山、引っ越すんだってさ。奥から、中野さんが言う。え、マサヨさんとこに一緒に住むんですか。わたしは聞き返す。ちがうんだって、大家のシール攻勢があんまりひどいから、怖くなってすぐそばのもっと安いアパート見つけたんだって。

大家のことなど怖がりそうもないようにみえる丸山氏のたたずまいを思いだしながら、わたしは入ってきた客に向かって軽く会釈《えしやく》をした。客は額縁のコーナーに立って品定めを始めた。五つほど並んでいる額縁を一つずつ手にとっては裏返したり顔を近づけたりしている。

しばらくたって、これお願いします、と言いながら客は小さな額縁を差しだした。入ってる絵も一緒でこの値段ですか、と客は聞いた。見ると、額縁には「裸のマハ」のポーズをとっている女のデッサンがはいっていた。この前タケオがわたしの部屋に来たときに描いたものと、そっくりだった。

え、とわたしは声をあげた。あの時のスケッチは「着衣のマハ」だったはずなのに、額縁の中に入っている女のデッサンは、「裸のマハ」のポーズである。頭が混乱して、わたしはぽかんと口を開けた。いらっしゃいませ、と言いながら中野さんが奥から出てきた。額縁のガラスが夏の午後の光を受けて、きらきらと反射した。

セルロイド

「こないだは、裸じゃなかったよね？」と言うと、タケオは浅く頷《うなず》いた。

「いつの間に、服脱がせたの」そう聞いてから、訊《たず》ねようがへんだったことに気づいた。

裸じゃなかった、というのは、れいのスケッチのことである。あのときは「着衣のマハ」のポーズだったものが、いつの間にか「裸のマハ」になって、あろうことか店の額縁の中に入っていた。

いつの間にか服を脱がせた、という言い方は妙なのである。絵の中のわたしの服を脱ぎ着させることは、できない。

「いつから、裸になったの」わたしは言いなおした。これもちょっとへんだったが、タケオが上目づかいで見るのにいらいらして、正しい聞きかたを思いつかない。

タケオは黙っていた。

「ねえ、こういうのって、なんか、感じ悪い」

タケオはいったん口を開いたが、すぐにまた閉じた。「着衣のマハ」のわたしは、わたしに似ていたが、「裸のマハ」の方は、似ているどころでなく、わたしそのものだった。ふとももの質感や乳首の離れかた、膝から下はけっこう長いのに、あしのつけねから膝《ひざ》までがせせこましく短いという特徴まで、ぞっとするほど正確に、わたしを写しとっていた。

「ねえ、お客に見られちゃったんだよ」

タケオが黙ったままなので、いきおい、わたしの声は高くなる。がみがみ言っている自分のことが嫌で、ますます声がとがる。

あれは、とタケオが言った。あれは、なんなのよ。間髪を入れず、わたしは聞く。タケオはまた口を閉じた。川辺に棲《す》む強情な小動物のような目で、床のあたりをにらんでいる。ねえ、なんとか言いなよ。わたしはつづけたが、タケオはおし黙っている。

結局タケオはそのあとずっと黙ったままだった。わたしはタケオの目の前で、「裸のマハ・ヒトミ版」のスケッチを、びりびりと引き裂いた。

「ヒトミちゃん、このところずっと眠そうね」と中野さんが言った。ええまあ、とわたしは答える。残暑バテなんです。部屋のエアコン、壊れちゃって。

「タケオに直してもらえばいいのに」と中野さんが言う。え？ とわたしは聞き返す。エアコンとか、直せるんですか、タケオって。

去年中野商店のトラックのエアコンが調子悪くなったとき、タケオが器用に直してしまったのだと中野さんは言った。なんかこう、いったん分解して、それからちょっとアレして、そしたら直ってた。中野さんは目をぐりぐりさせながら説明した。

「タケオに、俺から言っとこうか」

「いいです」

とりつくしまがない、と自分でも感じる言いかたで、わたしはきっぱりと中野さんの申し出を断った。中野さんは神社の境内で豆をつっついている鳩《はと》みたいな表情で、わたしを見ている。タケオと喧嘩《けんか》でもしたの、と聞かれるかと思ったが、中野さんはただ首をかしげただけだった。

中野さんは表に出ていった。店先で煙草《たばこ》をふかしている。自分の店の前なんだから灰を散らしなさんなよ、とつねづねマサヨさんに言われているのに、今日も平気で吸殻を落としている。中野さんの影が中野さんの斜めうしろにのびている。真夏の、濃くて短い影では、もうなくなっていた。

九月に入っていったん涼しくなったあと、十月も間近だというのに突然残暑が戻ってきていた。中野商店のエアコンは、やたら大きな旧式のもので、動かしはじめにものすごく大きな音をたてる。

このエアコン、絶対女だぜ、と中野さんがいつか言っていた。突然怒りはじめてさ。そりゃもう、がんがん言うわけよ。で、言うだけ言うと、静まるの。それでおしまいかと思うでしょ。ところがさあ、これが予告もなくまた突然怒りはじめんだよな。

中野さんのその言葉を聞いて、タケオは笑った。「裸のマハ」事件の前だったので、わたしもくったくなく笑った。そのとたんにエアコンの音が大きくなり、わたしたちは一瞬顔を見合わせたあと、あらためて声をそろえて大笑いしたものだった。

中野さんは二本めの煙草に火をつけるところである。背中をまるめ、外の気温は三十度に近いだろうに、なんだか寒そうにみえる。店の中は静かだ。残暑が戻ってきてから、また客足が遠のいている。店の前の道は閑散としていて、車一台通らない。中野さんがくしゃみをした。音は聞こえない。静かだと思っていたが、存外エアコンの音は大きいようだった。耳が慣れてしまって、エアコンのうなりを、音としてとらえられなくなっているのだろう。

無声映画を見るように、わたしは中野さんの動きをぼんやりと追った。三本めの煙草に火をつけようかどうしようか迷ったすえ、中野さんはいったん口にくわえた煙草をパッケージに戻しかけた。けれどパッケージはくしゃりとしているので、うまく煙草をしまいなおすことができない。必死に煙草を押しこもうとする中野さんの背中が、ますますまるくなる。中野さんの影の背中も同時にまるまる。

結局パッケージにしまいなおすことができないまま、中野さんはふたたび煙草を口にくわえた。そのまま、首をぐるりとまわす。影の方の頭も中野さんにつれて動くが、中野さん本体よりもその動きは鈍かった。

猫が一匹、中野さんの前を横ぎった。中野さんは猫に向かって何か声をあげた。この数週間の間に、猫が店先におしっこをするようになっていた。そのたびに、念入りに掃除しなければならない。

猫のシッコって、超くせえよな。中野さんはいまいましそうに言いながら、デッキブラシをごしごし使う。いつもおしっこをしてゆくのではないかと中野さんとわたしがにらんでいるそのブチの猫に、タケオはこっそり餌《えさ》をやっている。トラックの置いてある裏手に、タケオは、小さなすり鉢を伏せたような形にドライフードを置いておく。猫は決まって午後四時過ぎにやってくる。中野さんが引き取りや市から帰ってくる六時ごろまでには、ドライフードはきれいにたいらげられている。

タケオはその猫のことを「ミミ」と呼んでいる。「ミミちゃん」と呼ぶタケオの声は、「ヒトミさん」とわたしに呼びかける声よりも、よほど優しげである。


いちにち、お客は来なかった。高級な骨董店《こっとうてん》ではない中野商店には、どんな暇な日でも最低三四人はひやかしのお客がふらりと入ってくるのだが。

「だからさあ」と中野さんが言ったのは、閉店まぎわだった。夏も盛りのころは、閉店の時間ぎりぎりまで明るさが残っていたのに、いつからかあっという間に日が落ちるようになった。日が落ちると、さすがに九月初旬とは違い、気温が少し下がる。

はあ、とわたしは答える。久しぶりに中野さんの「だからさあ」が出たのに、今日はお腹《なか》の中でそれをくすくす笑う元気がない。というか、タケオと口をきかなくなって以来、何を見ても聞いても無感動になってしまっている。そのことがまた、わたしはいまいましかった。

「女って、実はみんな、ものすげえエロなの？」中野さんは聞いた。あいかわらず唐突でわからない人だ。

エロですか？　とわたしは聞き返す。無視しようかとも思ったのだが、いちにち、ほとんど口を開かなかったので、何か音を出してみたくなったのだ。

「あのさあ、女がさあ、ヘンなもの書いてるの、みつけちゃったんだわ」中野さんは言いながら、どさりと店の椅子《いす》に腰をかけた。中野商店には珍しい、ほんもののアンティークの椅子である。アメリカ、十九世紀末。背に透かし模様が入っているきゃしゃなタイプだが、中野さんは無造作に座っている。わたしかタケオが座ったら、きっと文句を言うに違いない。

「ヘンなものって、どんなものなんですか」わたしは聞いた。女、というのは、おそらくサキ子さんのことだろう。中野さんは貧乏ゆすりをはじめた。

「それがさあ」言いさしてから、口をつぐむ。

「書いてるって、手紙とかですか」中野さんがなかなか口を開かないので、わたしの方から聞いてみた。

「手紙じゃなくてさあ」

「もしかして、絵とかですか」

「絵でもなくてさあ」

サキ子さんの顔を、わたしは思いだそうとしてみた。中野さんが刺されて入院していた病室で会ったときのサキ子さんの顔は、なぜだかうまく像を結ばなかった。顔そのものではなく、むしろ、思ったよりも太くこもったようなサキ子さんの泣き声ばかりがよみがえってくる。

「ウソの話だっていうんだけど、女」ようやく中野さんが口を開いた。

中野さんと連れだってラブホテルに入ってゆこうとした瞬間のサキ子さんの顔は、おぼえている。ふっとふり向いただけの、その一秒にも満たないかもしれない間にわたしの目がとらえたサキ子さんの顔の印象ならば、くっきりと記憶の中に刻みこまれているのだ。けれどそれが実際のサキ子さんの顔なのか、わたしの不安定な記憶とまじりあって変形してしまったサキ子さんなのかが、わからない。

「ウソの話？」

「それがさあ、ものすっごくエロいの。女がやりまくる話」

え、とわたしは聞き返す。話のつながりがよくわからない。

「女の人と、その、やりまくる話と、どうつながってるんですか」

だからさあ、と中野さんはさらに激しく貧乏ゆすりをしながら、頭をかかえた。だからさあ、女が書いてるの。ほら、その、小説みたいなのを。それが、やりまくる話なの。

「えっ、サキ子さんて、小説家だったんですか」わたしは思わず叫んだ。

なによ、ヒトミちゃん、あいつの名前、知ってるの。中野さんはいったん貧乏ゆすりを止めて、聞いた。

「だって、病院で、会ったじゃないですか」

「俺、サキ子が俺の女だなんて、紹介してないのに」

そんなの、バレバレですよ。だいいち、大泣きしてたじゃないですか。わたしが言うと、中野さんはぽかんとした。まったくもって、よくわからない人だ。そうだっけ、などと中野さんはつぶやいている。

「ペンネームとか、あるんですか」

「ねえよ、だいいち俺、小説家なんかとつきあわないって」

「でも今さっきサキ子さんが小説書いてるって」

「小説じゃなくて、小説みたいなの。それも、筋とかぜんぜんないの」

「どのくらいエロいんですか」

とにかく、やってる場面ばっかなの。中野さんはふかぶかとため息をついた。

ＡＶとかの脚本みたいですね。わたしはおそるおそる、言ってみる。

「ＡＶって、脚本なんかあるの。適当に撮って適当に編集するだけじゃないの」

「いや、けっこう芸術的なのもあるって聞いたことがありますよ」

「でも俺、AVはこう、単純でわかりやすいのがいいなあ」

話がずれてきた。中野さんは椅子の背にだらしなくもたれかかって、天井を眺めあげていた。椅子の背板がたわんでいる。あのそれ、だいじょうぶですか。わたしは声をかけそうになる。でも、我慢した。いつか中野さんが小さな壺《つぼ》にはたきをかけていた時に、壺が倒れそうになったので、「危ないですよ」と声をかけたら、そのまま壺は倒れて割れてしまったのだ。中野さんはわたしを責めなかったけれど、そういうタイミングで中野さんに声をかけてはいけないのだということが、なんとなくわたしにはわかった。危険予知って、めったに役に立たないのよね。だからあたし、お金はぱっぱと使っちゃうの。いつもマサヨさんが言う言葉だ。関係あるのかないのか。

サキ子さんの書いている「ものすっごくエロい」ものが、どんなものなのか、具体的に聞きたいようでもあり、聞きたくないようでもあった。中野さんはまた黙りこんでしまった。椅子の背が、ギー、と不吉な音をたてた。

翌日は中野さんが朝早くから川越にたつセリ市に行くため、わたしが店の鍵《かぎ》を預かった。店についてシャッターをあけ、ベンチの上にざっと商品を並べてから奥の部屋へ鍵をしまいに行くと、金庫の上に中野さんのメモがあった。

「読んでみて、これ。どう思う、ヒトミちゃんは」という、青マジックで書かれた中野さんの乱暴な字を追ってそのまま視線を移すと、そこには原稿用紙が置いてあった。学校のころ作文の時間に学校で配られたような、コクヨの茶色い罫《けい》の四百字詰めの用紙である。

一枚めには何も書かれていない。手にとってめくり、二枚めを見ると、五行の空白の後から文字は始まっていた。

「せいちゅうせんから」と、最初わたしは声に出して読んだ。ペン習字のような美しい筆跡だった。黒いインクの細字万年筆で書かれている。

「せいちゅうせんからずれないように」わたしはつづけた。

「ひたい、はなすじ、くちびる、あご、くび」なんかこれ、ぜんぜんエロくないし、と思いながら、わたしは読んでいった。けれど三行めから、わたしは声が出せなくなった。

それは、こんな文章だった。

「正中線からずれないように。額、鼻すじ、くちびる、あご、くび、胸、みぞおち、おへそ、そしてクリトリスから、ヴァギナへ、さらに肛門《こうもん》まで。静かにあなたの指先でなぞってください。ゆっくりと、何回でも、とぎれることなく、永遠につづく動きのように。でも決してからだの正中線から指をずらさないで。たとえば胸、をあなたの指がすべりゆくとき、その指をずらして乳首にはわせたり、ウエストのくびれの方までなぞったり、してはいけません。ただ繰り返し、指で、正中線をなぞって。私はまだ下着をつけているの。その下着の中に指をさし入れて、正中線をはずさないように、クリトリス、ヴァギナ、肛門とつらなる部分を、ことさらていねいになぞって。でもとどまることなく。こねたり、こすったり、少しでも力を入れたりしては、だめ。羽根よりはほんの少し重く、水の流れよりはほんの少し軽く、けっしてその加減を崩してはなりません。ただゆっくりと、額から尾骶骨《びていこつ》までの間のなだらかな私の線を、あなたのみだらな中指で、なぞりつづけて」

読みながら、わたしは唾《つば》をのみこんだ。想像していたようなエロさ、とは違う感じだった。でもそのとき、サキ子さんの顔を、わたしははっきりと思いだしていた。ラブホテルの前で一瞬振り返った顔だけでなく、病院で涙を流しつづけていたときのはれぼったい表情も、ちゃんと思いだした。

お客が入ってきた。わたしはあわてて原稿用紙を裏返し、レジの横に伏せる。いらっしゃいませー、と、ふだんよりずっと大きな声で言ってしまう。お客は驚いたようにわたしの顔を見た。近所に住むお得意の学生だった。学生は顎《あご》を突きだすようにして、不本意そうに軽く会釈《えしやく》した。それから店を一回りすると、そそくさと出ていった。

「ヒトミちゃん、めんごめんご」と言いながら、中野さんがそっと入ってきた。めんごって、なんですか、めんごって。わたしは眉《まゆ》をひそめながら言う。

「セクハラだったかもしれないって、俺、川越で気づいちゃってさあ」中野さんは緑色のニット帽を脱ぎながら、言った。九月に入ってから、中野さんは頭を一分刈りにしている。ついにハルオも本格的に禿《は》げてきたのね、とマサヨさんは言ったが、刈ってみると中野さんの頭のかたちはかなりよかった。いっそのことつるつるに禿げちゃった方が映えるタイプかもねえ。マサヨさんが感心したように言うので、中野さんは憤慨していた。

「本来なら、セクハラです」わたしはおごそかに答えた。中野さんがわたしの顔をのぞきこむ。中野さんのシャツから、ほこりの匂《にお》いが漂ってくる。しまいっぱなしだった物がたくさんセリ市には出るので、市に行くといつも中野さんはほこりっぽくなって帰ってくるのだ。

「それより、何かいいもの、買えましたか」わたしはごく普通の調子で、聞いた。中野さんはぱっと明るい顔になった。

「ねえ、でさ、どう思った、ヒトミちゃん」中野さんはわたしの問いには答えず、反対に聞き返す。

どうって、何がですか。わたしはしらばっくれた。サキ子さんの原稿を、午前中いっぱいかけて、わたしは読んだ。なんだか、凄《すご》いものだった。「私」という語り手は、あれはサキ子さん自身なのだろうか。セックスの、始まりというのか、前戯というのか、そこのところから、終わりというのか、後戯というのか、そこのところまで、びっしりといやらしいことが書きつらねられていた。「私」は、少なくとも十二回くらいは、イッていた。ひょえー、と言いながら、わたしはくいいるように読んだ。お客が五人来たが、わたしの熱気に当てられたのか、全員、最初の学生と同様そそくさと店を出ていってしまったので、今日の売り上げはまだゼロだった。

コンビニに昼用のサンドイッチを買いにいったときに、思いついてわたしはサキ子さんの原稿をコピーした。少し気がとがめたが、わたしから見せてくれと言ったわけではないのだと自分にいいわけをした。コピー機の白い光が、原稿用紙を押さえているふたの隙間《すきま》からわずかに漏れてくるのが、目にまぶしかった。

「意地悪しないでよ、ヒトミちゃん。読んだんでしょ、アレ」中野さんは、わたしがレジ横にきれいにそろえて置いておいた原稿用紙を横目で見ながら、聞いた。ええまあ、とわたしは頷《うなず》く。中野さんて、いつもああいうセックス、してるんですか。わたしはできるだけさりげなく聞こえる口調で、つづけて聞いた。

「ヒトミちゃん、それって、逆セクハラなんじゃない」中野さんがくちびるをつきだしながら言った。

ちがうんですか。わたしはさらに訊《たず》ねる。

「だって俺、あんなの、無理無理無理」

そうなんですか。

「俺のセックスって、もっとこうさあ、実直なの」中野さんは言いながら、頭のてっぺんをてのひらでこすった。ぞり、という音がかすかにする。

「世の中の大人って、みんな、あんなこみいったセックスしてるんですか」わたしは中野さんの顔をじっと見ながら聞いた。なにしろサキ子さんの書いたものの中では、「私」と「あなた」は、からだじゅうのありとあらゆる部分をなめあい、ありとあらゆる体位をとり、ありとあらゆるいやらしい音をたて、ありとあらゆる快楽をむさぼっていたのだ。

「知らねえよ」中野さんは憮然《ぶぜん》と答えた。

俺さあ、もう、自信なくしちゃうわけよ、あんなこと書かれると。中野さんは目をしょぼしょぼさせながらつづけた。中野さんの方から、ほこりの匂いがまた突然やってくる。

じゃあ、中野さんのするセックスは、もっと単純なんですか。好奇心につき動かされて、思わずわたしは聞いてみる。

いやあの、俺も中年だからさあ、そこそこはアレよ。でもさあ、ああいう、なんての、ごたくっていうの？　飾りっていうの？　そのテのことは俺、苦手なんだよなあ、ほんとにさ。

そういえば、サキ子さんの文章には、中野さんの喋《しゃべ》りかたを借りるなら、「こう、なんての、文学っぽいっていうの？」という感じがあった。

ところで今日は、どんなもの買えたんですか。わたしは話題を変えた。

中野さんは今日の仕事にかんするわたしの問いにはやはり答えず、うつろな表情のままでいた。昨日座っていたれいのアンティークの椅子に一回は腰かけようとして、しばらく迷ったすえ、結局腰かけるのをやめた。かわりに、ずっと売れ残っている、バランスの悪い三本脚の合成皮革ばりの椅子に、中野さんはへたりこんだ。

車の音が裏手でしている。タケオが帰ってきたのだろう。マサヨさんも一緒に乗っていったはずだ。新しくつくる人形のための「取材」と称して、マサヨさんはタケオについていったのである。今日の引き取り先は、長年外交官をしていたという当主が亡《な》くなったばかりの家だった。

「伊東深水が二つも出たわよ」マサヨさんが言いながら、勢いよく入ってきた。中野さんがぼんやりと顔をあげる。マサヨさんのうしろからタケオも入ってきた。中野さんはマサヨさんの顔をちらりと見てから、ふたたび下を向いてしまった。わたしはタケオが入ってきた時からずっとそっぽを向いていた。

タケオと直接顔をあわせるのは五日ぶりくらいだった。

「なによなによ、どうしたのよ」とマサヨさんが張りのある声で聞いた。タケオは無表情でマサヨさんのうしろに突っ立っている。一瞬顔をあげたとき、タケオと目があってしまった。反射的にねめつけたが、タケオは無表情のままだった。

部屋に帰ってインスタントの焼きそばのお湯をこぼしているときに、電話がかかってきた。ああもう、と言いながら、わたしは受話器を肩と耳の間にはさんだ。

「桐生《きりゅう》ですけれど、菅沼さんですか」と電話の向こうの声は言った。

は？ とわたしは聞き返す。

「桐生ですけど、菅沼さんすか」もう一度、声は言った。

なんですか？　とわたしは無愛想に答える。

相手は一瞬黙った。なんの用、とわたしはさらに無愛想に重ねる。しばらくの沈黙の後、小さくせきこむ音が聞こえてきた。

「桐生っていう名字だったんだ」

なかなかタケオが言葉を発しないので、しかたなくわたしはそう言った。

「ヒトミさん、知ってると思ったんすけど」

うろおぼえだったよ、とわたしは言った。ほんとうはちゃんと知っていたが、ちゃんと知っているということをタケオに教えるのは、癪《しゃく》だった。

「あの、勝手に裸描いて、すいませんでした」せりふを棒読みするような感じで、タケオが言った。その言葉をどう言いだそうかと、何回もおさらいをしてみて、実際に口にも出して練習もしてみて、すでにタケオにとっては意味がすり切れてしまったような感じの、言い方だった。

「いいよ」わたしは低く答える。

「すいませんでした」

「いいよ」重ねて謝られて、少し悲しくなった。

「すいませんでした」

「……」

わたしが沈黙すると、タケオも黙った。電話の前にある小さな時計の秒針を、わたしは見るともなく見ていた。6の位置から11の位置まで、秒針はゆっくりと移動した。

「ねえ、焼きそばがのびちゃうから」とわたしが言ったのと、

「おれ、ヒトミさんの裸が」とタケオが言ったのが、同時だった。

「わたしの裸が、なに？」

「きれいと思います」タケオは聞き取りにくい声でつづけた。

聞こえなかったから、もう一度言ってよ、とわたしは言った。もう言えないす。タケオは答えた。焼きそば、つくってる途中なんだ。わたしが言うと、タケオは、はい、と言った。

すいませんでした、と最後にもう一度繰り返してから、タケオは電話を切った。受話器を手に持ちかえ時計を見ると、秒針はまた6のあたりを動いていた。

そのまま、秒針が何回もぐるりと回転しつづけるのを見ていた。思いだして焼きそばのふたを取ると、案の定焼きそばは、残ったお湯をたっぷりと吸ってすっかりふやけていた。

翌日から、突然秋になった。暑さは去り、空がいやに高くなった。

夏が終わるころから、市が関東のあちらこちらでたつので、中野さんは忙しくなる。タケオも、今日は市の方にかりだされている。ふだんは三日に一度くらいぶらぶらと遊びにくるマサヨさんも、十一月に開くという人形展の準備で、このところ忙しがっていた。

珍しくよく品物が動いた日で、こまかなものばかりだったが、売り上げは合計三十万を越えていた。いつもならば、閉店までに中野さんが戻ってこないときには、売り上げはレジに入れたまま店を閉め、鍵《かぎ》をマサヨさんのところに届けに行くという適当なやり方をしているのだが、三十万円の現金が気になって、わたしは店を閉めた後も店に居残った。

表に出てシャッターをおろし、裏口にまわって中から鍵を閉めた。奥の部屋の、売れのこったこたつがあれば置くことになっている場所に、今は大きめのちゃぶ台が置いてある。商品だが、交代で昼をとる時に、いつも使っていた。どんどん汁とかこぼしちゃいなよね、味がついて助かるからさ、と中野さんは言う。ちゃぶ台でお茶をいれて飲んで、もう一杯飲んで、薄くしか出なくなった三杯めも飲んだが、まだ中野さんは帰ってこなかった。中野さんの携帯の留守電に、店に残っていることを吹きこんでおいたので、帰ってきたら裏口をドンドン叩《たた》く音がするはずだと思っていたが、聞き逃してしまったのかと心配になった。

裏口を開けて駐車場を見てみたが、トラックはとまっていなかった。

いつも持ち歩いている布のかばんの中から、わたしはサキ子さんの書いた「小説みたいなもの」のコピーを取りだしてみた。

「最初のうち、いくときの私の声は、高い。それからしだいに、低く、ふとくなってゆく」という文章を、わたしはぼんやりと眺めた。そういえば中野さんは、九月に入ってから、こころなしか「銀行に行く」回数が減ったような気がする。

電話が鳴った。出ようかどうしようか迷いながら、わたしはレジの横に置いてある電話の方に歩いていった。店の電気は消してあるので、商品を蹴《け》とばさないよう、のろのろと歩いた。

電話は長く鳴っていた。十五回めくらいの呼び出し音でようやくわたしが出たときも、まだ切れていなかった。

「中野商店です」とわたしが言う前に、相手が声を出した。

「あたしです」

は？　とわたしは聞き返す。相手は沈黙した。サキ子さんだ、とわたしは直感した。

「中野さんは、まだ藤沢の市から帰ってないんです」わたしはできるかぎりたんたんと、言った。

ありがとう、とサキ子さんは答えた。また少しの沈黙のあとに、サキ子さんは、菅沼さんですね、と言った。中野商店でバイトを始めてからめったに名字で呼ばれたことはなかったのに、昨日今日とつづけさまに名字を呼ばれている。

「そうです」

「あたしのアレ、読んだんでしょう」サキ子さんは言った。

はい、とわたしは素直に答える。

「どうだった」サキ子さんは聞いた。

すごかったす。タケオみたいな口調になってしまう。

サキ子さんはくすりと笑った。

「ねえ」サキ子さんは、いつも電話をしあっている女友だちのような調子で言った。「ねえ、セルロイドの人形って、エロティックだと思わない」

はあ？　とわたしは聞き返す。

「セルロイドの人形の、手や足のつけねの、ぐるぐるまわる部分を見ると、小さいころからあたし、感じちゃったのよ」サキ子さんはつづけた。

わたしは、はあ、とも、ええ、とも答えられず、黙っていた。サキ子さんも、それからは何も言わなかった。

気がついてみると、サキ子さんからの電話は切れていて、わたしは受話器を持ったまま薄暗闇《うすくらやみ》に突っ立っていた。

セルロイド。わたしはつぶやいた。

セルロイド、の、ルロ、のところが言いにくい。

受話器を置いて、奥の部屋に戻った。セルロイドの人形をわたしは持っていなかった。わたしの育ったころは、人形はたいがいソフトビニール製で、ジェニーとかセーラとかアンナとか、なぜか外国の女の子の名前がついていた。

もう一度サキ子さんの「小説」を眺めると、「おまんこ」という言葉が目にとびこんできた。「私」が、「あなた」に、その言葉を無理やり言わされている場面だった。

このくらいなら中野さんにもできそうだよな、と思いながら、わたしはコピー紙を布のかばんにしまった。蛍光灯がいやにまぶしくて、わたしはてのひらで目をおおった。

「松田聖子が出たんだけどさあ」と中野さんが言っている。

「いつごろの」と聞き返しているのは、トキゾーさんだ。

「昭和五十年代の後半だって」言いながら、中野さんは雑記帳をめくった。店の電話の前にいつも置いてあるその雑記帳に書かれている、「セイコ↓昭和五十コーハンくらい」という字は、タケオのものである。タケオのふだんの立ち居ふるまいからは想像しにくい、かたちの整った繊細な感じの字だった。

「とにかく写真はりつけて、売り文句はこっちが適当にしていいんなら、すぐにメールで送ってよ」トキゾーさんはてきぱきと言った。

マサヨさんはトキゾーさんのことを、かげで「お鶴《つる》さま」と呼んでいる。鶴のように痩《や》せている、というのと、お殿さまのようにやんごとない、というのをかけているらしい。

「トキゾーさんて、学習院出てるっていう噂《うわさ》があるのよ」マサヨさんは秘密めかしてわたしにささやいたことがある。へー、ガクシュウインですかー。ぼんやりとした調子でわたしが答えると、マサヨさんは、うん、そうなのよー、と、わたしを真似《まね》た口調で答えた。

トキゾーさんが六十五歳くらいなのか、七十過ぎなのか、はたまたすでに九十に手が届かんとしているのか、ぜんぜん判断がつかない。年金を貰《もら》ってるってこないだ話してたから、六十を過ぎてるのは確かよね、とマサヨさんは言った。姉貴、トキゾーさんに気があるの、と中野さんが聞くと、マサヨさんはきれいに整えられた三日月形の眉《まゆ》の山をきゅっと上げながら、なにそれ、と言い返した。だってさ、何かっていうと知りたがるじゃないの、トキゾーさんのことをさ。

そんなんじゃないわよ、とマサヨさんは言い、ぷいと横を向いた。そんなんじゃないだろうなあ、とわたしも思いながら、マサヨさんの横顔を見るともなく見た。マサヨさんの顔にはうぶ毛がぜんぜんない。剃《そ》ってるんですか、と前に聞いたら、剃ってないわよ、とマサヨさんは答えた。あたし、毛が薄いの。あそこの毛だって、ほとんど生えてないのよ。

え、とわたしは驚いて顔をあげたが、マサヨさんはすずしい顔をしていた。中野さんも平然としていた。よくわからない姉弟だ。

「傷がちょっとあるんなら、等身大ポップとしては珍しい種類なんだろうけど、入りの値段は少し安くなっちゃうかもね」

「入りが安いのはいいんですけど、その後上がっていきますかね」

中野さんとトキゾーさんは、トキゾーさんが請け負っているインターネットオークションに出す商品の相談をしているのだ。このところ中野商店はインターネットでの売り上げの割合が高くなっている。人任せじゃ危ないからハルオもパソコンくらいしなさいよ、とマサヨさんは言うが、中野さんはいっこうにパソコンに手を染めようとしないで、てんからトキゾーさんに任せきっている。トキゾーさんて、サキ子さんの親類らしいすよ。タケオがちょっと前に教えてくれた、それが理由なのかもしれない。

サキ子さんの親類なのかあ、中野さん、けっこう世間が狭いんだね。わたしが言うと、タケオはちょっと考えてから、おれなんてもっと狭いす、ヒトミさんとあとは死んじゃった犬くらいす、と答えた。死んじゃった犬ねえ。わたしが言うと、犬す、とタケオは繰り返した。嬉《うれ》しいような嬉しくないような気分だった。

二十年近く前さるミシン製造会社が作った、ボール紙で裏打ちのしてある、キャンペーン用の等身大のアイドル全身写真を店に持ってきたのは、タケオだった。

「これ、松田聖子だよねえ」中野さんが嬉しそうに聞いた。

中学校の時の同級生がアイドルもの集めてて。でもこれ、そいつのコレクターズアイテムとはちょっとずれてるからって。そんなふうに言いながら、タケオは等身大の松田聖子を横抱えにして運んできた。

「お店に入っていって、そういう全身っぽいパネルの人が突然目の前にあらわれると、びっくりするのよね」とマサヨさんが言った。

「等身大ポップ、っていうんだっけな、こういうの」しげしげと松田聖子の顔をのぞきこみながら、中野さんは答えた。

「タダだったの、それ」中野さんがタケオに聞く。

「五千円なら売るって言ってたす」

「くれたんじゃないの、ケチだなー」中野さんは大声で言って、自分の額をぱちんと叩《たた》いた。

タケオは黙って松田聖子を畳の上に寝かせた。くるくると外側にはねさせた前髪や耳の横の髪の色が、劣化して薄くなっている。

「松田聖子って、かわいいですね」わたしが言うと、中野さんは頷《うなず》いた。おれ、聖子のレコード、何枚か持ってた。

そうなんですか、とわたしがあっさり頷くと、中野さんは少しむきになりながら、「俺の年で聖子のレコード買うってのは、意味がちょっと違うんだ」と言った。

「意味」

「キッチュなものとしての聖子っつうか」

タケオは中野さんの言葉の途中で、裏手に出ていってしまった。そうなんですか。もう一度わたしは中野さんに向かってあっさりと頷いた。

「ヒトミちゃんだって、アユとか聞く時は異質な世界の娯楽として聞いたりするわけでしょ」中野さんは続けた。

アユ、とわたしはつぶやいた。アユって、浜崎あゆみのあゆっすか？　わざとタケオの口調を真似しながら聞き返すと、中野さんは両手をだらりと下げた。

イシツって、なんすか。続けて聞こうかとも思ったが、こんなところで中野さんをいじめることもないと思いなおして、やめた。

ま、いいや、と中野さんは口の中で小さく言い、タケオの後を追って出ていった。

等身大の松田聖子が畳の上であおむけになっている。松田聖子は片方の手にミシンを提げ、もう片方の手は胸元でひらりとさせ、にっこり笑っていた。

アユ、ともう一度わたしは口に出して言い、頭を振った。


「あと、タワシすね」タケオが言った。

タワシ？ とわたしは聞き返す。

「掃除用に」

「でもデッキブラシがあるじゃない」

「タワシの方が、力が入るし」

掃除、というのは、表の猫のおしっこの掃除のことである。このところ猫のおしっこはますます頻繁で、少なくとも一日に三回はひっかけてあるようになっていた。ちょうど中野商店の横手の小路に入るところに、アスファルトを割って生えでているネコジャラシのひとむらがあって、恰好《かっこう》の猫の排泄場《はいせつば》となっているのだ。

「誰がタワシで、こするの」

「ヒトミさんとかおれとか」

「やだよ、わたし」

「じゃ、おれだけでやります」

タケオは上目づかいでわたしを見た。

「やらないなんて、わたし、言ってないでしょ、タワシがやだって言ってるだけで、デッキブラシでちゃんとやるんだから」

「わかってます」

上目づかいのくせに、視線が強い。もしかして、にらんでるの、こいつ。わたしは一瞬むっとした。

「ねえ、まだ餌《えさ》、やってるの」わたしは聞いた。猫のおしっこに困らされているくせに、タケオは猫の餌をいつも裏手に置いているのである。

「餌食いにくる猫としょんべんする猫とは、ちがう猫す」

そんなの、わからないじゃないの。わたしはわざとひややかに言い返した。タケオは口をつぐんだ。タケオの肩のへんがこわばっている。とたんにわたしは後悔した。

わたしたちは買物メモを作っていたのである。「五号鉢二つ、赤玉土」というのはマサヨさんの字だ。その下にある「布ガムテープ三本、太マジック黒、カレー味カール」というのが中野さんの字だった。カレー味カールって、金物屋に売ってないよねえ。わたしはタケオに話しかけてみたが、タケオは口をつぐんだままだ。

電話が鳴った。タケオの方が電話に近いところにいるので、わたしは四回呼び出し音が鳴るまで待っていたが、タケオは動こうとしなかった。もしもし、と言いながら受話器を耳に当ててると、しばらく沈黙が続いて、そのあとにぷつんと切れた。

「きれちゃった」できるだけ明るく言ってみたが、タケオはまだ黙っていた。ようやくほんとうに残暑が去り、晴れた日が続いていた。雲が高い。中野さんは今日も川越で開かれている業者の市に出ている。聖子の相場、聞いてくるわ、と言いながら、トラックに乗っていった。

「猫って、かわいいね」話のつぎほがなくて、わたしはそれでも明るい口調のまま、言った。

「そうすかね」ようやくタケオは口を開いた。

「かわいいよ」

「そうでもないす」

「じゃなんで餌やってるのよ」

「べつに」

なんなのよ、とわたしは叫んだ。わたしがなに言ったたっていうの。

蜂《はち》が一匹、ぶうんと音をたてながら開け放した入り口から店に入ってくる。顔は下げ気味にしたまま、タケオは横目で蜂が飛ぶのを見ていた。蜂はすぐに出ていった。

「べつに」とタケオはもう一度繰り返した。それから買物メモを静かにたたみ、尻《しり》ポケットに入れてわたしに背を向けた。お金あるの、とわたしが後ろから声をかけると、あります、とタケオは振り向かずに言った。

タケオが落ち着きはらった声を出すので、わたしはますます腹がたった。ものすごく意地悪なことを言ってやりたくなった。

「もう会わないからね」わたしは言った。タケオが振り返る。

「もう、二人では、会わない」

え、とタケオは言ったようだったが、声は届いてこなかった。

しばらくタケオはたたずんでいたが、ふたたびわたしに背を向け、今度こそすたすたと店から出ていってしまった。待って、とわたしは言おうとしたが、声にならなかった。

なぜ自分が咄嗟《とっさ》にあんなことを言ってしまったのだか、ぜんぜんわからなかった。

蜂がまた入ってくる。さきほどのようにすぐには出てゆかず、店じゅうをぶんぶん飛びまわる。レジのあたりにも蜂はやってきて、羽音をうるさく響かせた。椅子《いす》にかけてあった中野さんのタオルをわたしは振りまわした。タオルは空を切るばかりだった。悠然と羽を光らせながら、蜂はいつまでも店の中を飛びまわっていた。

「ウォークマンⅡの聖子は、二十七万まで値上がりしたんだってよ」と中野さんが目を大きく開きながら言った。

川越の市で、中野さんは等身大ポップの相場を業者仲間に聞きこんできたのである。「二十七万」マサヨさんが、これも目を丸くしながら言った。マサヨさんと中野さんは姉弟のくせにふだんはぜんぜん似ていないが、こんなふうに目をみひらいた表情をすると、そっくりになる。

「あとは、桜田淳子のエスタック、岡江久美子のジキニンあたりが狙《ねら》い目だって」

へえ、そうなの、と言いながらマサヨさんは大きく頷いた。創作人形展の準備と称して、このところマサヨさんは毎日中野商店にやってくる。インスピレーションが湧《わ》くのよ、この店に来ると。マサヨさんはそんなふうに言って、ほとんど午後いっぱいをここで過ごしてゆく。おかげでこの一か月はよく品が動いた。マサヨさんがレジのところにいると、なぜだかお客は魅入られたようにものを買ってゆくのである。

「じゃ、ミシンの聖子ちゃんも、二十万くらいまでは上がるかしら」マサヨさんはうっとりと言った。タケオの持ってきた松田聖子は、奥の部屋の隅に立ててある。重そうなミシンなのに、かるがる持ってるわねえ、この子。マサヨさんは感心したように言った。アイドルって、えらいのねえ。やはりどうもよくわからない人だ。

「腰のあたりに大きな折れ線がついちゃってるからさあ、二十万は無理だけど、十万は行くんじゃないか」中野さんはのんびりと答えた。おといから中野さんは帽子を薄いニットのものから正ちゃん帽にかえている。もう冬も近いんだねえ。中野さんの正ちゃん帽を見ながら、昨日来た常連のお客が言っていた。

ヒトミちゃんはどう思う、と聞かれて、わたしは顔をあげた。午前中にタケオにメールを打ったのだが、返事がなかった。昨日はタケオは金物屋に行ったきり、帰ってきていない。八時近くまでわたしはぐずぐず店に残っていたのに、結局姿を見せなかった。

タケオは今朝早く店に来て金物屋で買ったものを置いていったらしいのだが、今度はわたしが遅刻して、結局いれちがいになってしまった。

「あいつ、カール買ってないじゃん」中野さんが言って、口をとがらせた。正ちゃん帽のポンポンが揺れる。買ってきましょうか、とわたしは言った。わるいよ、と中野さんは言ったが、言いながら小銭を出している。お釣りがでたら、ヒトミちゃんも好きなもの買っていいからね。中野さんの言葉にマサヨさんが笑った。子供のおつかいじゃないんだから。

商店街のはずれにある古いパン屋までわたしは歩いた。歩きながらメールをチェックする。一通も新しいメールは来ていない。携帯に気をとられていたので、とめてあった自転車に足をひっかけてしまった。

倒れた自転車を起こし、スタンドを立てようとしたら、ガシ、という音がして、見るとスタンドがへんな角度に曲がっていた。あわてた拍子に自転車から手を放してしまい、自転車はふたたび倒れた。そのあとどうやって立たせようとしても、自立しない。しかたなく電柱に自転車をたてかけて、そっと離れた。そのとたんに携帯が鳴りはじめた。

「はい」と不機嫌に言うと、

「菅沼さんすか」という声が聞こえた。

「名字で呼ばないでよ」

「名字でしか呼びたくないす」

そんなら電話してこないでよ、とわたしは携帯に向かって怒鳴った。がしゃん、と音がしたので振り向くと、電柱に立てかけた自転車がまた倒れていた。知らないふりをして、わたしは大股《おおまた》で歩きはじめる。

「怒鳴らないでください」タケオが言った。

「だって怒鳴らせるようなこと言うのはそっちじゃない」

午前中に打ったメールの文面を、わたしは思いだそうとしていた。元気？　昨日はもしかして、へんなこと言っちゃったかな。だったらごめん。そんな文面だったはずだ。

「本気じゃないなら、そっちこそ、ああいうこと言わないでください」タケオは低い声で言った。

はあ？　とわたしは聞き返す。

「もう会わないとか」

だって、そんなの、本気じゃないに決まってるじゃないの。わたしは少し声を和らげる。一瞬わたしは頬をゆるめ、それからまたすぐに口もとを引き締めた。

「おれ、怒ってるんで」タケオは低い声のまま言った。

はあ？　またわたしは聞き返す。

「もう電話とかメールとか、してこないでください」タケオは続けた。

え、とわたしは息をのむ。

「じゃ」

次の瞬間、携帯から聞こえてくる音が「プー」という音に変わった。切られたのだ。

何が起こったのだか、わからなかった。そのままわたしはパン屋まで行き、カールを買った。お釣りでミニクロワッサンを二つ買った。カールとクロワッサンの袋を胸に抱くようにして、中野商店までの道を歩いた。自転車は倒れたままになっていた。中野商店の奥で、中野さんとマサヨさんが大声で笑っていた。無言でカールの袋を差しだすと、中野さんが「やだなあ、コンソメじゃなくてカレーだって言ったのに」と言った。「そんなこと言うんなら自分で買いに行きなさい」マサヨさんが中野さんに向かって言った。わたしは機械的に頷《うなず》いた。機械的にクロワッサンを袋から出し、機械的にティーバッグで紅茶をいれ、機械的にクロワッサンを口にはこび、機械的にのみこんだ。もしかして、タケオ、本気で怒っちゃったかな。空《くう》に向かって、わたしはつぶやいた。なんで。なんで怒るわけ。つぶやいても、なんの答えもない。いつの間にか中野さんもマサヨさんもいなくなっていた。お客が来たので、いらっしゃいませ、と声を出した。機械的に日が暮れた。レジの記録を見ると、合計五万三千七百五十円の売り上げがあった。いつ打ったのだか、ぜんぜん記憶になかった。冷気が入り口からはいりこんでくる。ガラス戸を閉めに、わたしは機械的に表の入り口のところまで移動していった。

「それはヒトミちゃん、しっぽを踏んじゃったんじゃない」とマサヨさんが言った。

しっぽ？　とわたしは聞き返す。

「犬とか猫とか、しっぽ踏まれると、ものすごく怒るじゃない。わけわからない感じで」

マサヨさんはつやつやと顔を光らせながら、答えた。

昨日、ミチ叔母に教わったきゅうりとキウイのパックしてみたの。店にくるなりマサヨさんはそう言い、頼んでいないのに「キウイキュウリ美容パック」というレシピをわたしにくれた。薄いピンクの便箋《びんせん》に、ライトブルーの万年筆でていねいに書いてある。

どうも、と言いながらわたしがおとなしく受けとると、マサヨさんは首をかしげた。

どうしたのヒトミちゃん、このごろ元気ないじゃない。

ええまあ。

ぽつぽつと喋《しゃべ》るうちに、いつしかわたしの舌はほぐれ、すると知らぬ間にわたしはタケオのことをマサヨさんに相談しはじめていたという次第なのである。

「だから、売り言葉に買い言葉でつい女の子が口にしちゃったことを、本気で怒らないでほしいんですよね」わたしが言うと、マサヨさんは真面目《まじめ》な顔でしばらく考えこんでいた。

「二十代は、女の子、でいいのね」マサヨさんは真面目な顔のままで言った。

はい？ わたしは聞き返す。

「三十代だと、自分のこと、女の子って言っちゃいけないのかな」

真剣に考えてくれているのかと思ったら、こんなことを言いだす。

いいんじゃないですか、本人が女の子のつもりなら。わたしはぼそぼそ答えた。

「五十代は、どうかな」マサヨさんはさらに真面目な顔になりながら、聞いた。

五十代は、ちょっと。五十代はやっぱり、女の人、じゃないですか。

五十代は、ちょっと、か。マサヨさんはため息をついた。

お客が入ってきた。ふさふさとした白髪の常連の男性である。白くてふさふさって いうのが、いちばんいいよな。黒くて薄い、とか、ふつうで黒白、とかいうのにくら べてさ。中野さんがいつかうらやましそうに言っていた。

いらっしゃいませ、とマサヨさんが立ちあがる。しばらくお客とマサヨさんは世間話をしていた。なかなかこのごろはお皿は出ませんのよ。マサヨさんはおっとりと言う。大正あたりの、骨董《こっとう》というほどではないが古さびたタイプの大皿を、このお客はよく買ってゆく。中野商店にはあまり出ないタイプの品だが、ときおり出るものが他の店に比べて安いうえに案外モノがいいのだと、お客はマサヨさんに喋っていた。中野さんやわたし相手だと、むっつりと黙りこんだうるさがた、といったふうな態度を、絶対に崩そうとしないのだが。

お客は昭和はじめの手塩皿を買った。マサヨさんは笑顔で頭を下げた。お客が出ていってしまうまで、上品な笑顔を崩さない。お客の姿が見えなくなるなり、マサヨさんはふだんのぺらぺらした感じの表情になって、

「で、で、それからどうしたの」と聞いた。

電話もメールもこないです。わたしはぼそりと答えた。

「自分から、しないの」

だって。

「だって？」

怖いです。

怖いのか、と言いながらマサヨさんは大きく頷いた。そりゃ、怖いわよねえ。男の子って、怖いのよねえ、なんかときどき、意味もなく。マサヨさんはしきりに頷いている。

そうだ、怖いのだ、とわたしは思った。今わたしは、タケオが怖い。はんぶんばか

にしていたはずなのに。甘くみていたはずだのに。

ねえ、その子は「男の子」でいいの、「男の人」じゃないの、とマサヨさんが聞いた。

いいえ、男の子です、男の人なんかじゃないです。わたしは答える。相手がタケオだということは、マサヨさんには言っていなかった。どんな男の子なのかしらねえ、今どきそんな硬派な子って。マサヨさんはなんだか楽しそうにつぶやいている。そんないいもんじゃありません。わたしはむっつりと答えた。もうわたしも、二度と会いません。電話もメールも絶対にしない。言っているうちにどんどん気持ちがとがってくる。

あらそお、とマサヨさんは言った。こういうことは本人の気持ち次第だものねえ。あたしは何も言わないわよ。そう言いながら、マサヨさんは立ちあがった。常連の三十代の女性が入ってくるところだった。

あの人は「女の人」ね、きっと。小さな声でささやいてから、マサヨさんはにこやかにお客を出むかえた。お茶、ご一緒にいかがですか、ちょうどいれるところだったんですよ。マサヨさんはほがらかに言った。二人でさっきから喋りながら紅茶を三杯続けて飲んだところだったのだが。

あらうれしいわ、とお客は華やかに答え、マサヨさんとお客は似たような笑い声を同時にたてた。

もう二度と会わない、と言ったが、会わないわけにはいかなかった。

「おはようございます」とだけタケオは言う。必ず言う。それ以外の会話はいっさいない。

「おはようございます」と、ことさらていねいに、わたしも答える。

最初のうちは気づまりだったが、タケオは以前のように店の中でぐずぐずせず、来るなりすぐさま裏手にまわってトラックの手入れをしたり荷物の梱包《こんぽう》をするようになったので、同席の気まずさは避けることができた。

その日は珍しくマサヨさんが来なかった。午後はわたし一人だった。マサヨさんがいないと、ひやかしも来ない。夕方近くに、単品の引き取りのお客が直接来店した。重そうな白い直方体のものを提げている。

「これ」とお客は言いながら、直方体をレジの横の机にのせた。五十がらみの痩《や》せた女性である。初めて見る顔だ。

「おいくらになるかしら」お客は聞いた。香水がきつい。甘い花の匂《にお》いだ。ぜんぜんそのお客の雰囲気に合っていない。

店主が帰ってこないとなんとも。わたしは答えた。そお、とお客は言い、店の中を値踏みするように見まわした。直方体の底が、机の上に広げてあった雑記帳の端を踏んでいる。雑記帳を引っぱったら、ぺり、という音がした。

「預けていっていいかしら」お客は聞いた。

はあ、とわたしは答える。住所と電話をお書きください、と言いながらメモ帳とボールペンを差しだすと、お客は電話番号だけを書いた。

じきに中野さんが帰ってきた。タケオも一緒である。

「あれ、ミシンじゃない、これ」中野さんが言った。このごろはタケオは引き取りから帰ってくると、手も洗わずにさーっと潮が引くように帰ってしまうのだが、中野さんの声に、タケオもレジ横の机に目を向けた。

「引き取ってほしいっていうお客が」タケオの方を見ないようにして、わたしは言った。

「困るんだよね、こういう機械ものは」中野さんは言いながら、直方体の上の面を両手でつかみ、持ちあげた。カバーがはずれ、ミシンの本体があらわれる。

「あれ」とタケオが言った。

「なに」中野さんが聞き返す。

「これ、ポップの」タケオはそう言い、すぐに口をつぐんだ。わたしの前で言葉を発したら損するとでもいうような、そっけない言いぶりである。

「あそうか、これ、聖子の提げてるのと同じミシンなんだ」中野さんはわたしとタケオの間で繰り広げられているひそかな神経戦にはまるで気づく様子もなく、のんびりと言った。

ミシンは磨きあげられたように白く輝いていた。等身大ポップの松田聖子が提げている、色の褪《さ》めかかっているミシンよりも、よほど新品めいてみえる。

「でもさあ、機械は俺、困るんだよなあ」中野さんはまた繰り返して言い、顔をしかめた。

「餅《もち》は餅屋に、ミシンはミシン屋にってことでさあ」中野さんはわたしにともなくタケオにともなくつぶやく。タケオもわたしも、なにも答えなかった。

カバーをはずしたまま、中野さんはミシンを奥の部屋に運んでいった。松田聖子の横に、ミシンを置く。実際のミシンは、ポップの中のミシンよりもほんの少し大きかった。等身大じゃないんですね、ほんものの方がちょっと大きいんだ。わたしが思わず言うと、じゃ、これって、縮小聖子なわけか、と中野さんが言った。いや、縮小ってほどじゃなく、少しけずった、くらいですかねえ。わたしが答えると、タケオがぷっと吹きだした。

こっそりと振り向くと、タケオが笑っていた。なに笑ってるの。中野さんが間のびした口調で聞く。

だって、縮小聖子って、なんか、へんす。タケオは言い、また笑った。へんかなあ。中野さんが不思議そうに言う。へんすよ。そうかなあ。

中野さんはミシンにカバーをかぶせなおした。等身大ポップとミシンとコミで売るのもいいかもな、などと言いながら、中野さんはシャッターを閉めにいった。タケオの顔をわたしは盗み見た。いつもタケオがするような横目を、今はわたしが使っている。タケオは、じきに笑いやめた。突然冷たい表情になる。そのまま何も言えずに、わたしは立ちつくしていた。

わたしたちって、そもそも違ってたんだ、もともと違うどうしなんだから、そういうふうになるはずじゃなかったんだ。投げやりに思いながら、わたしはいつまでもタケオの表情を盗み見ていた。

結局聖子は五万円までしか上がらなかった。

「ミシン聖子じゃ駄目なのかよ」と中野さんは嘆いた。

「あらあ、ミシンて必需品なのにね」マサヨさんがまたよくわからないことを言う。オークションの入札価格が上がってゆくときは、最後の五分で急カーブを描いて入札の件数が増えるんだけど、聖子ちゃんは前の日遅くに入った値で結局終わっちゃったねえ。

「お鶴《つる》さま」はそう言いながら、梱包した松田聖子を取りにきた。たまたまお鶴さまのすぐ近所に住んでいる男性が競《せ》り落としたので、直接届けにいくという。

「トキゾーさん、一人でそれ持ってけるの」中野さんが聞いた。車で来たかと思っていたのに、お鶴さまは歩きだった。

「タケオ、車出してよ」中野さんが言うと、お鶴さまは「うっほっほっ」と聞こえる笑い声をたてた。

タケオはすぐに裏にまわり、トラックを出してきた。乗ったまま、軽くクラクションを鳴らす。お鶴さまは「うっほっほっ」ともう一回笑ってから、店を出てトラックの横腹のところに立った。中野さんは聖子を荷台に寝かせている。

お鶴さまはトラックのドアと荷台の間のあたりに腕をかけ、なにやら体をぐにゃぐにゃさせている。

「ドア、開きませんか」中野さんが聞くと、お鶴さまは首を横に振った。体を動かしとるんじゃ。運動不足でな、わし。

「わし」という言葉がはんぶん「あし」と聞こえた。そのうちにマサヨさんがやってきて、お鶴さまのうしろに立った。お鶴さまの動作をじっと見ている。お鶴さまはトラックのドアの前で、こんどは大きくのびをしはじめた。

お客が来たので、わたしだけ店の中に入った。例の、大皿をいつも買う常連だ。マサヨさんの姿をみとめると、お客はそちらに首をのばした。

携帯がチッと鳴った。お客が振り向く。机の上に出してあった携帯を、わたしはポケットにしまった。いつまでたっても、マサヨさんがお鶴さまにぴったりはりついて店に入ってこないので、お客はぷいと出ていってしまった。わたしは携帯をポケットから出す。

メールが一通来ていた。タケオからだった。いそいで読んでみたが、題も本文もなかった。ただ名前の欄に「桐生タケオ」とあるばかりだった。またお客が来た。お客は古着のTシャツを二枚、買っていった。お鶴さまとマサヨさんと中野さんは、店の前でわらわらと動きまわったり喋《しゃべ》ったりしている。タケオの姿はよく見えない。

中野さんの笑い声が聞こえてくる。なんだかヤケのような気分になって、わたしはタケオのメールに返信を送った。タケオと同様、題と本文を空白のままにして、出した。

ねえねえ、ヒトミちゃん。マサヨさんが店の外から大きな声で話しかけてきた。はい。わたしは答える。タケオの姿はやはりよく見えない。

老眼になるとねえ、恋人と見つめあうときも、近くでは見つめあえないのよお。ちょっと離れて見つめあわないと、焦点があわなくてねえ。顔がぼやけちゃうから、とにかくちょっと離れないとねえ。マサヨさんは店内にも届くよう、やたらと声を張りあげた。

突然そんなことを言われても、よくわからない。お鶴さまが「うっほっほっ」と笑った。マサヨさんも笑った。タケオはトラックの中でじっとしているようだ。

携帯の画面をメールに戻して、わたしはもう一度こっそりタケオからのメールを読んだ。空白だから、読むというより眺めるというべきか。

マサヨさんと中野さんとお鶴さまの立っているあたりの景色が伸びたり縮んだりしているみたいに思える。近くでは見つめあえないのよねえ、ほんとにまあねえ。マサヨさんがまた言う。マサヨさんの声がいやに響く。

タケオの声だけが聞こえない。タケオなんてぜんぜん好きじゃなかったはずなのに、と思う。サキ子さんの小説、ネットで売ったらどうかしら、とマサヨさんが言っている。お鶴さまは「あしには難しいね、ああいうのは、うっほっほっ」と笑う。体ぜんたいがぞくりとする。景色がますます伸び縮みする。ぞくりとするのが気持ちいいんだか悪いんだかよくわからない。

トラックのエンジンの音がやみ、マサヨさんと中野さんとお鶴さまはいつまでも店先でわらわらと群れている。タケオの姿は見えない。わたしは携帯を握りしめたまま、表に背を向けた。

明るいところから暗いところに視線を転じたので、最初輪郭がはっきりとしなかった。そのうちに、等身大聖子が持ち去られた後にぽつりと残された実物のミシンが、くっきりと見えはじめた。

薄暗い奥の部屋の隅で、ミシンは白くにぶく浮かびあがっていた。うっほっほっ、というお鶴さまの声が、表の方からひときわ大きく聞こえてくる。

一日に、一回だけ、タケオの携帯に電話をすることに決めた。

今日は、午後二時十五分に、した。

引き取りはもうすっかり終わっているはずだった。午前中に出て、隣町だから、いくら道が混んでいても一時間はかからないだろう、そのあと引き取り相手との交渉及び荷物の積みこみに一時間、お昼を食べるのに三十五分、今日はいい天気だから、木陰で少しうとうとするかもしれない、に、二十分、ちょうど目覚めてぼうっとしているところにわたしからの電話がきた、というタイミングの想定で、かけてみたのである。

タケオは出なかった。

今日は、うとうとしなかったのかもしれない。とすると、電話をした二時十五分には、車の運転のまっ最中ということになる。呼び出し音は鳴ったから、電波の届かないところにいるのではないだろう。音が聞こえなかったのだろうか。そうだ、最近タケオは突如礼儀にうるさくなって、お客の前では携帯の音を響かせないようにと、常にマナーモードにしているのにちがいない。

というところまで考えて、急にからだじゅうの力が抜けた。

どうしてタケオは電話に出てくれないんだろう。

昨日は午前中の十一時七分にかけた。まだ寝ているのかもしれない、と思いながらかけたら、案の定出なかった。実際に寝ていたのか、起きていたけれどわざと出なかったのかは、不明。

おとといは夜の七時ちょうどにかけてみた。タケオが店から帰っていったのは四時過ぎごろだったから、寄り道しなかったとしたら当然家に着いているはずの時刻だ。でも出なかった。夕飯を食べていたのかも。お風呂《ふろ》に入っていたという可能性もある。突然夜道を暴走したくなって、ナナハンのバイクを駆っていたのかもしれないし。タケオは、バイク、持っていないけれど。

携帯が鳴っているときに、タケオが出ることができない、あらゆる場合の想定を、わたしはしてみる。

ボタンを押そうと思ったら、食べているクリームパン（タケオはパンの中ではクリームパンがいちばん好きだと、以前もらしたことがある）のあぶらのせいで、指がすべってうまく押せないでいるうちに切れてしまった、とか。尻《しり》ポケットに入っている携帯を出そうとするけれど、近ごろ少し太ってお尻が大きくなったのでポケットがきゅうきゅうになり、うまく携帯を引っぱりだすことができなかった、とか。ちょうど目の前で見知らぬおばあさんが転んだので、背負って病院に行く途中で、とても携帯になど出る隙《ひま》がなかった、とか。悪辣《あくらつ》な地底人にさらわれてまっくらな洞窟《どうくつ》に閉じこめられていたところなので、携帯のボタンを押そうとしても暗闇《くらやみ》のために見えなかった、とか。

考えているうちに、また力が抜けてくる。

携帯なんか、嫌いだ、とわたしは思う。いったいぜんたい、誰がこんな不便なものを発明したのだろう。どんな場所どんな状況にあっても、かなりな高率で受けることのできる電話なんて、恋愛――うまくいっている恋愛も、うまくいっていない恋愛も――にとっては、害悪以外のなにものでもない。だいいち、わたしはタケオとちゃんと恋愛したことがあったの？　それに、いったい何をたしかめたくて、わたし、タケオに電話し続けてるの？

ヒトミちゃん、なに悲観的なおばあさんみたいなこと言ってるの、とマサヨさんに言われそうなことを、わたしはひがないちにち、考えている。タケオはもう五日も電話に出てくれない。この一日二日は、わたしはむしろ、タケオが電話に出てしまったらどうしようかという恐怖心をいだいている。

タケオが電話に突然出て。あ、とわたしが息をのんで。でもタケオは黙っていて。もう一度わたしが、あ、と言って。こんどは前の「あ」よりも暗い声で。タケオはあいかわらず黙っていて。

わっと叫んで走りだしたくなるような、それは恐怖だ。

タケオ、とわたしはつぶやいてみる。

絶望（それはわたしにとって、ドッジボールくらいの大きさの鉄の玉みたいなものである）を、おなかのあたりで支えるようにして両手で抱えながら、わたしは、明日何時にタケオに電話をするべきかを、考える。引き取りが二件あるから、そのあいだの時間をねらって。五十日《ごとお》だから車の時間は多めにみて。今まで留守電には何も録音しなかったけれど、明日はできるだけさりげない声でひとことふたこと、入れてみてもいいかもしれない。すると決行は二時三十七分くらいか。

決行？　決行って？

答えてくれないタケオに電話しつづけることを、ほんとうに自分が望んでいるのか、そうでないのか、もう判断がつかない。

二時三十七分。

からっぽな頭の中で、わたしは三回、その時刻を繰り返す。

「ダイエットとか、してるの」とマサヨさんが聞いた。

「夏痩《や》せするんだよね、ヒトミちゃんは」わたしの代わりに、中野さんが答える。

夏痩せったって、もう十月も末じゃないの。マサヨさんが笑い、中野さんも笑う。

しばらくしてから、わたしも少し笑ってみる。えへへ、という自分の声を聞きながら、きちんと自分が笑い声をあげられたことに、びっくりする。

三キロ、痩せました。わたしは小さな声で言う。

やあねえ、うらやましいわあ。マサヨさんが声をはりあげた。

わたしは軽く首を横に振る。それから、気づいて、また「えへへ」と笑ってみる。

こんどは、あまりうまくいかなかった。えへへ、の、最初の「え」と最後の「へ」が、かすれてしまった。

中野さんが出ていった。マサヨさんは腰を落ちつけている。マサヨさんの「創作人形展」はいよいよさ来週にせまっている。それなのにマサヨさんは、「なんだかすかすかしてるのよ、ありていにいえば、作品の数がぜんぜん足りないのよねえ」などと言いながら、涼しい顔でずっと店にいりびたっている。

「だいじょぶなんですか」わたしはマサヨさんに聞いた。

「いいのよ、あんなの、どうせ道楽なんだから」マサヨさんは妙にうきうきした口調で答える。中野さんがそんなことをひとことでも口にしたらマサヨさんは激怒するだろうに、自分で言うのならいいらしい。

お客が一人、入ろうかどうしようか、入り口のところで迷っていた。こういうときは知らないふりをするのが、中野商店の流儀である。わたしはレジ横の机にうつむいて、雑記帳を開いたり閉じたりした。マサヨさんはあっけらかんとした顔で、中空をみつめている。

お客は入ってこなかった。

いい天気だ。空が高くて、うっすらとしたうろこのような雲が、掃き寄せられたように空のところどころに浮かんでいる。

ねえヒトミちゃん、とマサヨさんが言った。

「え」

「その後、どうしてるの」

マサヨさんはまだ中空を見つめている。わたしの方を見ずに、聞く。

どうしてるって。なにがですか。わたしは聞き返す。

「れいの、男の子」

ああ。

「ああじゃなくて」

はあ。

「はあじゃなくて」

まあ。

「まあじゃなくて。痩せるほど好きなんだ、ヒトミちゃんは男の子が」

その言いかたって、誤解をよびませんか。わたしは力なく言い返した。

「痩せるほど好きなんだ、ヒトミちゃんはその恋人だった男の子が」

その過去形も、なんだか、不吉なんですけど。

「じゃ、まだ続いてるの？」マサヨさんは目を見ひらきながら、聞いた。マサヨさんの声にみなぎっている活力が、わたしの脆弱《ぜいじゃく》な鼓膜をびんびんとゆさぶる。耳をふさぎたかったが、ふさぐ元気もなかった。

「続いてるっていうか、なんていうか」

マサヨさんの好奇心に満ちた表情が、秋の乾いた空気の中にぽっかりと浮かんでいる。その強いまなざしを、わたしは力なく眺めるばかりだった。

「会ってるの」

いえ。

「電話、あるの」

いえ。

「メールは」

いえ。

「好きなの、いまでも」

……いえ。

「じゃ、別れてよかったじゃないの」

……。

なんなのよ、とマサヨさんが笑った。ヒトミちゃん、あなた、ちょっと休みなさい。ハルオも言ってるのよ、このごろヒトミちゃんすごく、こう、ヘンだから。気づかってやってよ、だってさ。いいとこあるわよね、あの子も。でもそう言ったとたんに、あのさあ、ヒトミちゃん、イタチとかムジナとかゴマフアザラシとかそういう感じの変わったものに憑《つ》かれてるんじゃない？　なんて続けるんだけどね。あらごめんなさいね。悪気があるわけじゃないの。ほんと、鈍感なのね、あの子。女もいるくせして。いつだって最後は女に逃げられるんだけどさ。憑かれてるとかいうんじゃなくて、ヒトミちゃんは若い女の子なんだって、あたし、言ってやったのよ。若い女の子や若い男の子は、ほら、みんないろいろ大変だから。ハルオやハルオの女みたく面《つら》の皮が厚くないんだからってさ。ま、ほんとはあの子もけっこう肝が小さいってことはあたし、ようく知ってるんだけどね。

マサヨさんは森の奥の澄んだ泉からわきでる水のように、とめどなく喋《しゃべ》った。気がつくと、わたしの目からは涙がしみだしていた。泣く、というよりも、機械的に水分がこぼれでている、という感じである。

マサヨさんの声はへんなふうに心地よかった。あらあらどうしたのよヒトミちゃん、というマサヨさんの声を聞きながら、わたしははらはらと涙を膝《ひざ》の上に落とした。この気持ちよさは何かに似ている、と思った。そうだ、ふつかよいの朝、吐く元気もないときに何かの拍子で思わず吐けてしまったとき、みたいなのだった。

ヒトミちゃん、まずは奥に行きなさい。それで、昼に、何か温かいものを一緒に食べましょう。マサヨさんが言っている。はるか遠くで鳴る秋風のようなそのマサヨさんの声を聞きながら、わたしはとぎれとぎれに涙をこぼしていた。

膝に涙が落ちるたびに、ぱた、ぱた、というかすかな音がした。

中野さんはこのところ、中国の掛け軸にとりつかれている。

「だからさあ、ボロ儲《もう》けなんだよこれが」タンメンの汁をすすりこみながら、中野さんは言った。

奥の部屋でしばらく休んだら、わたしの涙は止まった。マサヨさんはてきぱきと「温かいもの」をつくってくれた。いつもの、タンメンである。

「今日のソバ、しょっぱくねえ？」中野さんは言い、煙草《たばこ》の煙をはきだした。

「食事中は煙草吸うの、やめなさい」マサヨさんは顎《あご》をつんと持ちあげながら、言った。中野さんがあわてて灰皿に煙草を押しつける。それから、音をたててタンメンの汁を飲んだ。すすりこむ合間にひといきつくごとに、中野さんは眉《まゆ》をひそめる。そんなにしょっぱいなら汁を飲まなければいいのに、よくわからない人だ。

「中国人のバイヤーがさ、直接買いつけにくるわけよ」中野さんはすっかり汁を飲みほしてから、さきほどもみ消した煙草にふたたび火をつけた。

「掛け軸って、古いもの？」マサヨさんが聞く。

いや、時代はけっこう下がる。ていうか、せいぜい今から五十年以内。中野さんはくわえ煙草でどんぶりを流しに運んでゆきながら、答えた。途中で灰が落ちそうになるのを、中野さんは器用に空のどんぶりで受けた。

ちかごろ中国の景気がよくて、外国に流出してしまった中国製の掛け軸を買い集めるマニアがふえているのだという。それも、明《みん》や清《しん》代のものではなく、文化大革命以降のさして骨董《こっとう》的価値のないものの方が、むしろ好まれるのだという。

「あれかしら、日本で昭和がブームなのと、同じなのかしら」マサヨさんがつぶやいた。

ばかだなあ姉貴、中国と日本じゃ、ぜんぜん国情が違うだろ。中野さんは決めつけた。

ばかはあんたよ。マサヨさんは中野さんが店の方へ出ていってしまってから、小さな声で言いかえし、わたしの方を見てにっと笑った。マサヨさんのいれてくれたお茶をわたしは飲んでいた。お茶は熱くて、喉《のど》にしみた。

「ねえ」とマサヨさんが言った。

はい。わたしは音をたててお茶をすすりながら、答える。

「あたし、考えたんだけど」

はい。

「その男の子、生きてるのかな」

えっ、とわたしは声をあげる。そ、それ、どういう意味ですか。

いや、あのね。マサヨさんは説明しはじめた。

若いころは、相手をなじったものだった。三十代のころも。四十代になってからも。自分が悪くても相手が悪くても、ともかく相手をなじった。関係が恋愛であってもたんなる知りあいであっても、トラブルの時は、いつだってそうだった。

けれど五十代に入ってから、ゆきちがいだの誤解だのいさかいだのが起こったとき、かんたんには相手を責められなくなった。

そうなんですか。わたしはぼうっと答える。

「そうなのよ。すぐに相手を責められれば楽なんだけど」マサヨさんは楊枝《ようじ》を使いながら、言う。

五十代になると、人って、優しくなるんですか。ぼうっとしたまま、わたしは聞く。

「ちがうちがう、ぜんぜんちがう」マサヨさんは眉をぐっと持ちあげた。

ちがう？

「年とればとるほど、少なくともあたしはどんどん人に厳しくなってるわね」

はあ。

「自分にはどんどん優しくなってさ」

マサヨさんは少し笑った。きれいな笑顔だな、とわたしは思う。きれいな白いハムスターが檻《おり》の中でくるくるまわってるよ、と思うのと同じような感じで。

いや、あのね。マサヨさんは説明をつづけた。

責めた当の相手が、死んでいる可能性があるのよね、これが。

若いころは、人は死ぬものではないと思っていた。けれどこの年ごろになると、人はいともかんたんに、すぐさま、死んでしまう。事故で。病気で。自分から。無理やりに人のせいで。天然自然に。若いころよりひどくやすやすと、人は死んでゆく。なじったその時刻に、ちょうど死んでしまうかもしれない。責めた翌日に死ぬかもしれない。一か月後かもしれない。次の季節のまん中あたりかもしれない。ともかく、いつかしら、年のいった人間は、死んでしまう。寝覚めの悪いことだ。

相手をなじる以前に、あたしの激しい憎しみやらなじりやらを受けることができるくらい相手が健《すこ》やかなのか、気にかけなけりゃならなくなるのが、年をとるっていうことなのよねえ、とマサヨさんは少しばかり深刻そうに、ため息をついた。でも顔は笑っている。よくわからない人だ。

「だからね、そんなに連絡がないとしたら、まずあたしなら相手がおっ死《ち》んじゃってるんじゃないかって思うわよ」マサヨさんはそうしめくくった。

おっちぬ。わたしはマサヨさんの口調そのままに、繰り返した。

「ねえ？」マサヨさんはふくみ笑いをしながら、わたしの顔をのぞきこんだ。

し、死んでないと思いますけど。わたしは座ったまま後じさるようにしながら、答える。

「ほんとに？」

ほ、ほんとに。答えながらも、わたしは最後にタケオの姿を見たのはいつだったか、頭の中でめまぐるしく思い返していた。今日はまだ見ていない。昨日は、たしか、見た。夕方だった。死ぬ兆候はなかった。でも兆候で死ぬものでもないだろう、人間は。

店にお客が入ってきた。中野さんが大声で応対をしている。わたしは這《は》うようにして奥と店を仕切っている戸のところまで行った。中途半端《はんぱ》な体勢のまま、がらりと戸を開けると、田所の姿が目にとびこんできた。

あれ、お嬢ちゃん、ひさしぶりだね。田所はにこやかに笑いながら、愛想よく喋りかけてきた。

あ、はあ。わたしは咄嗟《とっさ》に答える。そのままわたしはいそいで靴をはき、上着とバッグをひっつかみ、店を飛びだした。

どこに自分が行こうとしているのかわかっていなかったが、ともかく走った。足に力が入らない。体重が減ってしまったのがいけない。死んでたら、どうしよう。そう思いながら、わたしはふらふらと走った。どうやらタケオの家の方に向かっているらしいのだが、判然としない。死んでませんように。何回も繰り返し思う。息がきれてくる。繰り返される「死んでませんように」の間に、ときおりぽつんと「死んでたらどうする」という思いも浮かんでくる。それは「死んでいるわけないじゃん」と対になっている思いだが、死んでいるわけない、の中に、万一死んでいるとしたら、もしかして、すごく、すごく、ほっとするかも、という、針の先でつついたほどの微細な思いがある。

秋の浅い日差しが頭のてっぺんに射《さ》してくる。あたたかいような、うすら寒いような、さっぱりわからない気分で、わたしはどこへともなく、走りつづけた。

「あ、田所さん」と中野さんが声をかけた。田所はマオさんと一緒に店に入ってきたところだ。

マオさんは、中国のバイヤーである。今日で店に来るのは三回めだ。いつも田所と一緒にやってくる。

「今日はとりわけ質のいいのをそろえときましたよ」中野さんは言って笑顔をつくり、両手をこすりあわせた。ああいうの、揉《も》み手って言うのよね。マサヨさんがわたしに耳打ちする。

田所とマオさんと中野さんは、奥へ入っていった。お茶、出しますか。わたしが聞くと、うん、お願いね、と、中野さんではなく田所が答えた。

わたしはのろのろとお茶をいれた。タケオは死んでいなかった。道で、ばったり会ったのだ。タケオは煙草を買いに行くところだった。ちかごろ、煙草、けっこう吸うんすよ、おれ。顔をそむけながら、タケオは言った。うまくいっていない男の子と道でばったり会うなんていう状況が、この世にほんとうにありうるなんて、想像もしなかった。でもばったりそのもの、という感じで会ってしまった。

マオさんは痩《や》せていて背が高くて耳が大きい。

「中国の黒社会にもけっこう通じてる人なんだよ」と、このまえ田所がわたしにひそひそと教えてくれた。

黒社会？　とわたしが首をかしげると、日本でいう闇《やみ》社会ってことよ、お嬢ちゃん、と田所は言い、わたしの目をじっと見た。どうにもつかめない男だ。けれどその気味の悪さとはうらはらに、田所からはいい匂《にお》いがする。香水とかそういう感じのものではなく、香りのいいお茶とか焼きたてのお餅《もち》とか、そんなような暖かなたたずまいの香りである。田所本人とは、ぜんぜん違う印象の匂い。

今日は朝九時にタケオが携帯に電話した。やっぱり、出なかった。これで七日め。一週間経過。どうしてタケオが携帯に出られないのか、ということをもうわたしは考えなくなってしまった。ただ、今日も出なかったなと、単純に思うばかりだ。

マオさんは、中野さんやわたしなどよりよっぽど折り目正しい日本語を使う。

「よくこれだけ揃《そろ》えてくださいました。まことにありがたく存じあげます」マオさんは言い、全部で五幅ある掛け軸を片手で自分の方にかき寄せるようにしてから、もう片方の手で中野さんのてのひらをにぎった。中野さんは一瞬手を引きかける。それからあわてて笑顔をつくり、

「いやまああ」などと言った。

マオさんはお金をちゃぶ台の上に並べはじめた。一万円札を、一枚ずつ平らに並べてゆく。ひい、ふう、とマオさんは数える。台いっぱいに一万円札が並んでしまうと、

最初の左端の札の上にぴったりと重ねて、二段めを置いてゆく。

茶碗《ちゃわん》をのせる場所がみつからなくて、ぼんやり盆を持ったまま立て膝でいると、田所がこちらを向いた。田所を好きになった女が何人もいたんだな、とわたしは脈絡もなく思う。自分が好きでない男を好きになる女のことが、わたしはぜんぜん理解できない。今自分が好きになっている男以外の男を、どうしてよその女たちは好きになれるのだろう。

というのと同根の理由で、自分が過去に好きだった男を、どうして自分が好きだったのか、あとになってしまうとわたしはぜんぜん理解ができなくなる。

なんであんな男を？

田所がにじり寄ってきた。ねえヒトミちゃん、たくさんのお金だよねえ。田所はちゃぶ台の上をさししめす。中野さんは札を並べてゆくマオさんの指先を、魅入られたように見ている。マオさんは朝から晩まで札を並べて過ごしている人のように、なめらかに札をさばいた。

「七十七枚、たしかに数えてくださいましたか」マオさんは問い、にっこりとした。

ああ、はい。中野さんが気圧《けお》されながら答える。

「七十七万円で、たりますでしょうか」マオさんは聞いた。

「充分だよなあ」中野さんが口を開く前に、田所がかぶせるようにして言う。中野さんは田所のペースにのせられるのを拒むかのように、腕組みをした。けれどすぐに、たりるな、たりますよ、うんうん、と軟弱な調子で答え、何回かつづけて頷《うなず》いた。

マオさんが立ちあがる。大きなずだ袋に、掛け軸をぽんぽん放りこむ。あ、と中野さんが小さく息をのんだ。中野さんでさえ、そんなに乱暴に商品を扱わない。マオさんは頓着《とんちゃく》せず、最後の一幅を袋に投げいれると、台の上の七十七枚の一万円札を手品師のようにさーっととりまとめ、中野さんのてのひらに握らせた。

「また出物があったら是非ご連絡くださいますようお願いいたします」マオさんは言い、深く一礼した。つられて中野さんもお辞儀をする。田所は頭をあげたままだ。

気がつくとうしろにタケオが立っていた。田所が悠然とタケオを見やる。タケオは田所をねめつけた。そのままタケオはわたしの前に来て、わたしがまだ持ったままでいる盆をすっと自分の手にうつした。

ヒトミさん、マサヨさんが呼んでます。タケオは言い、空いたちゃぶ台の上に乱暴に茶碗を置いた。マオさんはすでに靴をはこうとしているところだ。田所はにやにやしながらタケオを見ている。

「それじゃ、ヒトミちゃん、またね」田所は言って、マオさんと中野さんの後につづいた。

あ、はい、とわたしが言うと、タケオが今度はわたしをにらんだ。なんでにらむのよ、とわたしは口の中でつぶやいたが、ちゃんとした声にはならなかった。タケオはしばらくわたしをにらんでいた。それからふいに視線をはずし、うつむいた。

ひさしぶりだね。三人が出ていったあとにわたしが言うと、タケオは下を向いたまま、二日前に道で会ったす、と答えた。トラックのエンジンの音が裏から聞こえてくる。タケオは目を眇《すが》め、くちびるをぎゅっと結んでいる。

でもなんだかものすごくひさしぶりのような気がする。わたしがもう一度言うと、タケオはいやいやながら、というふうに浅く頷いた。マオさんの声がきれぎれに聞こえる。トラックのドアを閉める大きな音がしたかと思うと、エンジンの音はすぐに遠ざかっていった。いらっしゃいませ、というマサヨさんの声が店の中に響いた。タケオはかたくなな感じで、いつまでもうつむいていた。

「ねえ、昔つきあったことのある女の子って、どんな感じ?」

「どんな?」

「今もなつかしい、とか、名前も聞きたくない、とか」

タケオはしばらく考えている。わたしたちはマサヨさんに銀行への振込を頼まれたのである。今日は小雨がぱらついていて、商店街には人通りがない。久しぶりの、タケオとの会話だった。

「人によるっす」タケオは交番の前までできて、ようやくそう答えた。

交番のおまわりさんがわたしとタケオをじっと見ている。傘、ないすね、とタケオが言った。いいよ、たいした雨じゃないから。わたしは答える。

「ねえ、どうして電話出てくれないの」交番を過ぎたところで、わたしは聞いた。

タケオは黙っていた。

「わたしが嫌い？」

タケオは黙っていた。

「もう仲よくないの、わたしたち？」

タケオの首が少し動いた。うなずいたのだか、首を横にふったのだか、わからないほどの動きかただ。

なんでだかわからないけど、わたしはけっきょくタケオを好きなんだなあ、と唐突に思う。タケオが電話に出なくなってから、そういう感情については考えないようにしてきたのに。好きで、ばかみたい、と思う。好きって、ばかみたいな感情、と思う。

「ねえ、電話、出てよ」

タケオは黙っている。

「わたし、タケオのこと、好きだよ」

タケオは黙っている。

「もう、タケオのほうは、だめなの？」

タケオは黙っている。

銀行の前に来た。道には誰もいなかったのに、銀行にはものすごくたくさんの人がいた。列に並んでからは、わたしは口をつぐんだ。タケオはまっすぐ前を向いている。順番がきて、わたしとタケオはぎこちなくキャッシュディスペンサーの前に立った。押してくれる？と小さな声で聞くと、タケオは頷いた。予想していたのよりもよほどスムーズに、タケオは操作をおこなった。タケオの指先をわたしはじっと見つめた。すんなりとして美しい、タケオの指。第一関節のない右の小指が、ことにわたしには美しく感じられた。

振込が終わって銀行を出たら、雨が激しくなっていた。大降りだ、とわたしがつぶやくと、タケオは天を見あげた。

「なんか、どうにかできないのかなあ」と、わたしはタケオの持ちあげられた顎《あご》のあたりに向かって、言う。タケオはまだ黙っていた。石油だって無尽蔵じゃないんだから、とわたしは思う。ましてやわたしの恋愛資源なんて、ものすごく乏しいのに、そんなに黙られてちゃあ。

しばらくわたしたちは銀行の軒下で雨を見ていた。吹き降りになってきている。

「おれやっぱし、人って、信じられない、みたいで」タケオがぽつりと言った。これ、と言いながら、タケオは右手の小指をひらひらさせた。これ、すからね。タケオは言って、それからすぐに指を引っこめた。

「わたしとその、昔のやな同級生と、一緒にしないでよ」思わず怒鳴り声が出た。一緒には、ならないけど。タケオがうつむく。

「じゃ、なんで」

人間は、こわい。タケオはゆっくりと言った。

この一週間ずっと感じつづけていたわたしの中の「怖い」という気持ちが、タケオのその言葉で、一時に噴きあがってきた。そりゃ、怖いよ。わたしだって、怖いんだよ。タケオが怖いよ。待つことも怖いよ。田所だって中野さんだってマサヨさんだってサキ子さんだって、お鶴《つる》さまでさえ、怖いもの。自分自身のことなんか、もっと怖い。そんなの、あたりまえじゃない。

そう言おうと思ったが、言えなかった。わたしの怖いと、タケオの怖いは、きっと違うものだから。

雨はぜんぜん小やみにならなかったけれど、わたしは一人で歩きだした。タケオを好きだという気持ちを、どうしたら無しにすることができるんだろうと思っていた。タケオを好きになることが、タケオを傷つけているような気がした。自分が傷つくよりも、それはいやなことだった。なんだかわたし、善人みたいなこと思ってる、と思って、ちょっと笑えた。雨が激しい。くびすじからどんどん水が入りこんでくる。目の中にも雨が入ってくるので、目を細めた。景色がぼやける。

気がつくと横をタケオが歩いていた。並んで、同じ歩調で、歩いていた。

「ごめん」とわたしが言うと、タケオは不思議そうな顔をした。

なんでヒトミさんが謝るんすか。

「だって、やっぱり、好きだから」

タケオが急に抱きしめてきた。くびすじに吹きこむだけでなく、上にかぶさっているタケオの体からも水が流れてきて、わたしはもうびしょぬれだった。タケオは強く抱きしめた。わたしも強く抱きかえした。今わたしがタケオに思っていることと、タケオがわたしに今思っていることは、ものすごくかけ離れた、違うことなんだろうな、と思った。その離れかたを思うと、めまいがした。

雨がさらに強まってくる。雷も鳴りはじめている。タケオもわたしもただ黙ったまま抱きあっていた。いなびかりが走る。そのうちに、どん、という音がして、近くに雷が落ちたようだった。わたしたちは体を離し、指と指がふれるかふれないかくらいに、ゆるく手をさしのべあいながら、歩きはじめた。


マサヨさんに叱《しか》られながら、わたしとタケオは着替えをした。タケオは中野さんのジーパンにシャツ、わたしは売りものの一枚五百円のぺらぺらしたワンピースを、貸してもらった。

雨はすぐにあがった。

「雷、神社の松に落ちたらしいわよ」マサヨさんは目をくりくりさせながら言っている。

じきに中野さんが帰ってきた。すげえ降りだったぜー、と言いながら、わたしをじろじろ見る。

見ないでください、と言うと、中野さんは笑った。ワンピース、似合ってるから、買っちゃったら。社員割引、したげるよ。

タケオがぐっしょり濡《ぬ》れた自分のズボンを店先でしぼっていた。あ、という声がするのでみんなで見ると、タケオが半かけの板チョコくらいの大きさの四角いものをズボンのポケットから出すところだった。

「カード」と言いながら、タケオが店に入ってきた。さきほど銀行に行ったときに使った振込カードが、ふやけてぼろぼろになっていた。

あちゃ、と中野さんが額をたたく。すいません。タケオが上目づかいになりながら言う。すいません、とわたしも声をそろえた。

「あれ、仲なおり、したの」中野さんはわたしとタケオのちょうどまんなかあたりを見ながら、聞いた。

え、べつに。タケオとわたしの声が、またそろう。

「喧嘩《けんか》、してたんじゃないの」中野さんがもう一度、聞いた。

ばかねえ、小学生じゃあるまいし、喧嘩なんてしないわよ、ねえ。マサヨさんがはきはきと言う。わたしとタケオはあいまいに頷く。

「ワンピース、買います」わたしは中野さんに向かって言った。タケオはさりげなくわたしから離れ、奥へ入っていった。もう電話はしない、とわたしは思った。このままもうタケオとすっかり縁が切れてしまってもいい、と思った。でもそれが一瞬の思いであることも知っていた。きっとわたしは明日もタケオに電話をかけることだろう。

「じゃ、三百円に負けたげる」中野さんが言う。

わたしは財布から百円玉を出して、中野さんのてのひらにのせた。マオさんから札束を受けとったときの、中野さんのてのひらの開き具合と閉じ具合を思いだした。こうやって死ぬまでの一生、不安になったり怖がったり茫然《ぼうぜん》としたりして過ごしてゆくのかと思うと、今すぐ地面に寝そべってぐうぐう眠ってしまいたいくらい、気が重くなった。でもそれでもタケオが好きだった。好きをつきつめるとからっぽな世界にいってしまうんだな。わたしはぼんやりと思った。

雨に濡れて冷えた体が今ごろになってほてってきて、わたしは何か言おうと思うのだが、何を言っていいのかわからないまま、ワンピースのベルトにくっついている古びたピンクの房をいつまでも指でもてあそんでいた。

丼《どんぶり》

中野さんが、失敗をした。

商売のことではない。女の失敗である。

「だからさあ、来栖《くるす》にくっついてボストン行ってこようかと思って、俺」

突然中野さんがそんなことを言いだしたので、マサヨさんとわたしは顔を上げた。

マサヨさんは先月の「創作人形展」の余韻がなかなかさめやらず少しばかり躁《そう》状態だったのが、ようやくこの一週間で口数が少なくなってきたところである。

「出展するものが少なくて」と言っていたわりには、こんかいの人形展は充実していた。人形のことなんかぜんぜん判《わか》らないわたしが見てもはっとするようないい表情のものが、何体もあった。タケオなど、

「マサヨさんて人形つくることができたんすね」と言っていた。

なんか最近タケオって、なまいき？　と、中野さんは笑いながらたしなめたが、わたしは中野さんの言葉に笑いもせず、ただむっつりしていた。タケオとの間は、あの雷の日からひと月以上たった今も、あいまいなままだ。

マサヨさんは最近フランス刺繍《ししゅう》に凝っている。クロスステッチ、とか、チェーンステッチ、とか、アウトラインステッチ、などを使って、手入れのゆきとどいた白髪をふんわりセットした品のいいおばあさんの家の長椅子《いす》に昔置いてあったような、古典的な柄のクッション――犬とじゃれる少女だの、半ズボンをはいて横笛を吹く少年だの――を、ていねいに刺している。

「そのクッションって、なにに使うんですか」とわたしが聞いたら、マサヨさんはしばらく考えてから、

「使わない。ただのリハビリ」と答えた。

人形づくりに精根を傾けたおかげで、マサヨさんは「魂を抜かれたように」なってしまったのだそうだ。そういうときには、単純作業。それも、できるだけ面倒でこみいった。マサヨさんは真面目《まじめ》な顔で、説明した。

おもしろそうですね、と覗《のぞ》きこんだわたしに、マサヨさんはていねいにフランス刺繡の初歩をてほどきしてくれた。ランチョンマットにするといいわねこれ、とマサヨ

さんの言う四角い布に、今わたしは大小のキノコを刺繍している。一つのキノコは水玉模様、もう一つはごばん縞《じま》、もう一つはサテンステッチで、ていねいに埋めてゆく予定だ。

「ボストンなんか行って、どうするの」マサヨさんは人さし指と親指でしっかりと刺繍針を布に刺しいれながら、聞いた。

「だいいち、ボストンなんか行くお金、あんた、あるの」たたみかける。

あるって。中野さんは言い、それからくちぶえをふいた。ラプソディー・イン・ブルーの節である。

「なに浮かれてるわけ」マサヨさんが言うと、中野さんはくちぶえをやめ、

「だってアメリカの曲じゃん、これ」と答えた。

「買い付けすか」タケオが聞いた。いつの間にか裏口から入ってきたらしい。タケオの声を聞いたとたんに、わたしの腕に鳥肌がたった。このところ、条件反射みたいにして、こんなふうになるのだ。

そうそう、タケちゃん、君だけよ俺のことわかってくれるのは。中野さんがひゃらひゃらした調子で言った。タケちゃん、と呼ばれた瞬間、タケオの左足の膝《ひざ》のへんが

ぴくっと動く。わたしもタケオも喋《しゃべ》ることは不得意なのに、体は妙に敏感だ。そんなところが似ていたってしょうがないのにと思いながら、わたしはキノコのごばん縞を埋めてゆく。

「アーリーアメリカンぽいものの穴場を見つけたって、来栖がさあ」中野さんはマサヨさんの方を向いて言ったが、マサヨさんは刺繡の上にかがみこんで、中野さんの方を見ようともしない。

「来栖って、あの、怪しい奴《やつ》でしょ」しばらくしてから、マサヨさんが言った。布を裏返し、玉止めをして、和鋏《わばさみ》でぱちんと糸を切る。マサヨさんが和鋏を扱う手つきが、わたしは好きだ。小さな動物を手の中で遊ばせているような感じである。

「怪しくないって」中野さんは言い、レジスターの右横のボタンを押した。チン、という音がして引き出しが飛びでる。

「それよりさあ、姉貴、いつの間にあんなゲイジュツっぽい人形つくれるようになったの」引き出しの中から一万円札を二枚つかみとり、むきだしのままポケットに入れながら、中野さんは聞いた。

「元からです」マサヨさんはまずむっとし、次に少しだけ相好《そうごう》をくずして、答えた。

「俺さあ、こんどっていうこんどばかりは感心しちゃったよ」

ほめたって、何も出ないわよ。マサヨさんは言いながら、六本どりの刺繍糸の縒《よ》りの中から二本を引きだす。何も出ない、けれど、これでマサヨさんの文句も出なくなった。姉貴の扱いなんて、簡単かんたん。中野さんがいつか言っていたけれど、まったくマサヨさんの扱いはかんたんだ。ただそれがすなわちマサヨさん自身がかんたんな人間である、という結論とは、決して結びつきはしないのだけれど。

しばらくわたしとマサヨさんは、黙って刺繍にかかっていた。タケオが出てゆく気配が背後に感じられる。一度タケオに気づいてしまった後は、タケオからわたしの方に向かって微弱電流が流れているような感じで、いつもタケオ側に向いた体の部分がびりびりする。出ていきしなにタケオが裏口を開けた瞬間、背中の中心がぐっと糸で引かれるような感覚になり、そのままタケオが裏口を閉めると、とたんに糸はぷつんと断ち切られた。

「んーもう」とわたしは言った。刺繍布を膝の上に置き、大きくのびをする。んーもう、とマサヨさんも言った。わたしの口調をちょっと真似《まね》している。

やめてくださいよお、とわたしが言うと、マサヨさんは笑った。だって、あたしだって、んーもう、なんだもん。マサヨさんは口をとがらして言った。ほんとに、んーもうな世の中ですよね。今度はわたしがマサヨさんを真似して口をとがらせると、中野さんが、は、は、は、とうつろな感じの笑い声をたてた。

「あらあんた、まだいたの」マサヨさんが言う。

「行くよ、もう行くって、ボストンでもなんでも、今すぐ行きますことよ」中野さんは妙にかんだかい口調で言いながら、出ていった。

「あの子、また女ができたのよ」裏手からエンジンの音が聞こえてくると、マサヨさんは待ちかねていたように言った。

「えっ、来栖さんて、女なんですか」わたしが驚くと、マサヨさんは首を振った。

「ちがうわよ、来栖はじじい。女は、るみ子っていうらしいの。水商売みたいな名前だけどさ、サキ子さんの友だちだって。こないだ独立して小さなお店持ったばかりの、同業者なのよ」マサヨさんはひそひそと教えてくれた。

だって、それじゃ、サキ子さんが。わたしは言いながら、サキ子さんの顔を思いうかべた。水に浮かんでいるきれいなお面みたいな顔。

「サキ子さん、そのこと、知ってるんですか」

「知ってるみたい」

「ひどい」

「ハルオって、ほんと、頭悪いから」

「頭、悪すぎます、それ」

でもハルオから言ったんじゃないのよ。マサヨさんは続けた。いくらなんでも、そこまでばかじゃないでしょ。

「じゃ、どうしてわかっちゃったんですか」

るみ子が喋《しゃべ》ったのよ。マサヨさんは説明し、暗い顔をした。だからね、ばかっていうのは、ふたまた、あら、この場合奥さんも入れるとみつまたかしら、幾またでもいいけど、だからね、併行して走らせてる馬のうちの一頭が、よその馬にぺらぺらレースの出来を喋っちゃうような、そんな馬に手を出したっていうのが、ハルオのだめなところなの。

一息に、マサヨさんは言った。

馬、ですか。わたしはつぶやいた。

マサヨさんは頬を上気させながら、刺繍針を乱暴に布に突きたてた。このひとはほんとうのところ、弟のことがすごく可愛《かわい》いんだなあ、とわたしは思った。

そう思ったとたんになにやら力が抜けて、わたしは刺繍針を指から取り落とした。針は落ちてゆかずに、お尻に刺繍糸をつなげたまま、中途半端《はんぱ》に宙にぶらさがる。

「だからあの子、ボストンに行くなんて言いだしたのよ」

「だから？」

「逃げだすためよ」

「サキ子さんからですか？」

「じゃなくて、全部の女から」

はあ、とわたしは答える。マサヨさんはなんだか勝ち誇ったような表情をしていた。

「中野さんて、しあわせ者ですね」わたしが言うと、マサヨさんは、は？　と言いながら両眉《まゆ》を上げた。手ばなした刺繡針をふたたび指に持ち、わたしはキノコの輪郭をアウトラインステッチで刺しはじめた。草色のキノコ。サキ子さんの顔がまたうかんでくる。うっとりとした、でもどこか暗澹《あんたん》たるところのある表情。

男なんてきらい、と思いながら、わたしは草色のキノコをどんどん刺していった。

その次の週はよくお客の来る週で、朝から晩まで忙しかった。中野商店の「忙しい」は、たとえば同じ商店街の中にある八百春《やおはる》の「忙しい」にくらべれば十三分の一くらいの忙しさなのだけれど、それでもわたしとマサヨさんが刺繡針を持つ暇は、ぜんぜんなかった。

「中野さん、いつボストンに行くんすか」タケオが聞いている。

「だからさあ、来栖次第」中野さんは答えて、奥に入っていってしまった。タケオははぐらかされたような顔で、ぼんやりと入り口のあたりに立っている。若い男のお客が入ってきて、タケオにぶつかった。新顔のお客である。不審そうに、タケオを見やる。

「あの、これ」お客は言いながら、持っていた新聞包みをレジの横に置いた。小さめの石焼き芋数本を新聞紙でくるんだほどの大きさである。

「ハルオー」とマサヨさんが呼んだ。中野さんが奥からのっそりと出てくる。煙草《たばこ》をくわえたまま、中野さんはお客が包みを開くのを眺めていた。灰が床に落ちる。お客は一瞬手を止め、不快そうに中野さんを見やった。

「青磁ですか」中野さんはお客の視線には頓着《とんちゃく》せずに、聞いた。

「高麗《こうらい》青磁ですよ」お客は言い直した。

「あ、すいません」中野さんは素直に謝った。お客はますます不快そうな顔になる。

「こういう古いのは、うちじゃない店の方が扱いがうまいよ」中野さんは言いながら、お客の持ってきた丼鉢の形をした焼きものを、そっと片手で持った。それから、火のついたままの煙草を灰皿に置く。

「売りたいわけじゃないんです」お客は言った。

うん？　という表情で、中野さんはお客の顔を覗きこんだ。お客は一瞬顔をそむける。

肌のきれいな男である。鼻の下に、髭《ひげ》ではなく少し濃いめのうぶ毛がはえている。仕立てのよさそうな紺色のスーツに、同系色のネクタイをきちんとしめていた。服だけを見れば三十代の仕事ざかりのサラリーマンに思えるが、実際の年齢はあんがいものすごく若いのかもしれない。

「鑑定は、うちは、しないよ」中野さんは言い、丼鉢をひっくり返した。高台《こうだい》をじっと眺めている。

「飾っておいてもらえませんか」お客は言った。

「飾る？」

「売らないで、ただお店に置いておいていただけませんか」

置いとくったってねえ。中野さんは言い、笑った。中野さんは店の中をぐるりと見回した。マサヨさんとわたしも、中野さんより一拍遅れで首をめぐらす。お客だけが、自分の持ってきた丼をじっと見つめたままでいる。

「こんなごたごたした店に置いとくようなものじゃないでしょう、それ」自分の店のくせに、中野さんはそんなふうに言った。

お客はうなだれた。中野さんは灰皿から吸いさしの煙草を取って、深く吸いこんだ。しばらくは、誰もなにも言わなかった。

「いつもは、どこの骨董屋《こっとうや》に行ってるの」マサヨさんは聞いた。

「行ったこと、ないんです」お客はへどもどと答えた。

「じゃあその品、どうしたの」中野さんが言う。お客に対する口のききかたじゃないなあ、とわたしは内心で思う。

「知りあいに、もらったんです」お客は言って、ますますうなだれた。

何か、いわくがありそうね。マサヨさんが誘いこむように言う。お客は顔をあげ、すがるようにマサヨさんを見た。話してごらんなさいよ。マサヨさんが続ける。

お客はためらいがちにゆっくりと、丼鉢《どんぶりばち》の「いわく」を話しはじめた。


丼は、お客——萩原《はぎわら》という名字だそうだ——が恋人だった女から譲られたのである。三年間つきあった女だった。結婚ははなから考えていなかった。適当に遊んで、と思っているうちにずるずる三年も過ぎてしまったのである。けれどある日上司が縁談をもってきた。いい話だった。すぐに萩原お客氏は女に別れをきりだした。

女はしばらくごねていたが、あきらめたらしく、最後に記念の品を受けとってくれと言う。記念の品がほしい、と言うならばまだわかるが、もらえ、というのが妙だとは思った。けれど突きつめることはせずに、萩原氏は品を受けとった。

しばらくして、縁談がだめになった。相手である上司の姪《めい》が、前々から好きだったという男と駆け落ちしたのである。同時期に萩原氏は鎖骨を折った。運動をしていたわけでもない、ただ寝返りをうった拍子に折れてしまったのである。会社の仕事もうまくゆかない。営業先の人事異動で注文が突然とぎれたり、同じ課の女の子にセクハラをしたと噂《うわさ》されたりする。そのうえ住んでいるアパートの取り壊しが急に決まり、立ちのきを言いわたされた。

それもこれも、女から「記念品の丼」を受けとって以来のできごとである。こうなったらいっそのことよりを戻そうと女に連絡したが、携帯の番号が変わっていた。メールアドレスも同様。部屋も引っ越してしまっていて、あまつさえ仕事までうつったらしい。

思い余って占いが趣味の知りあいに聞いてみると、丼がいけないと言う。怨念《おんねん》がこもっているので、売り払ってもいけないし、手元に置いておいてもいけない。人に預けるか誰かに貸すかしかないが、それで怨念がすっかり晴れるわけではない。けれど何もしないよりはマシである。

そんな話を、萩原氏はマサヨさんに向かってぽつりぽつりと語った。

「でもその丼、高麗青磁ならけっこうなお値段でしょ。そんなのくれて、いい人じゃない」すっかり話が終わると、マサヨさんは言った。

「そういう問題じゃないって」中野さんは横から言ったが、マサヨさんの言葉を聞いたとたんに、萩原氏の頬に少し赤みがさした。

「そうなんです、どうしてぼく、別れちゃったんだろう」萩原氏は言い、うつむいた。

そうよ、肌馴《な》れした女とかんたんに別れちゃだめっていうことなのよ。マサヨさんはきっぱりと言った。

そういう結論になるわけですか、とわたしは思いながら萩原お客氏を見た。萩原氏はしきりに頷《うなず》いている。いっぽうの中野さんの方は、なんだか困惑したような表情だ。おおかた自分の「みつまた」のことでも思いだしているのだろう。

「ねえハルオ、これ、サキ子さんのお店に持っていったら」マサヨさんがひときわ張りのある声で聞いた。中野さんが顔をあげ、落ちつかなげに左右をみまわす。

そうだわよ、こういうものだったらアスカ堂よ。マサヨさんは言い、高麗青磁の丼鉢をていねいに新聞紙にくるみなおした。お客はマサヨさんの手元を見つめている。

中野さんの返事を待たずに、マサヨさんは電話の受話器を取りあげた。アスカ堂アスカ堂、と言いながら、数字を押してゆく。中野さんは口を半びらきにしたまま、マサヨさんのうしろ姿を見ている。わたしもお客も、中野さんと同じく、マサヨさんを茫《ぼう》然《ぜん》と眺めていた。

サキ子さんは電話をかけてから十五分もたたないうちにやってきた。

「こんにちは」とサキ子さんは言った。

ただの「こんにちは」という言葉が、サキ子さんの口から出ると、ものすごい呪詛《じゅそ》の力のある言葉、あるいはまた祝福の意味をもつ言葉のように、聞こえる。呪詛か祝福か、どちらであるかはわからないのだが。

「こちら、お客さま」マサヨさんが顎《あご》で萩原氏を示しながら言った。中野さんと違って言葉こそていねいだが、態度の方はやはりどう考えてもお客に対するものではない。

サキ子さんは新聞包みを開いた。中野さんやマサヨさんよりもよほど細心な手つきで焼きものを扱うさまは、さすがだ。

「これは高麗青磁ですね」サキ子さんは見るなり言った。萩原氏はこくりと頷く。

「三十万くらいでしょうかねえ、この釉調《ゆうちょう》なら」サキ子さんはつづけた。

「いや、買ってもらいたいんじゃなく」萩原氏が言い、マサヨさんがその後を引きついであらましを説明した。

「怨念」マサヨさんの話が終わると、サキ子さんは静かに言い、中野さんの方を見た。こういう時こそ奥に引っこんでいればいいものを、中野さんはばかみたいにそのへんに突っ立ってやりとりを聞いていたのだ。

「だからさあ、アスカ堂さんに、飾っておいてあげてよ」中野さんが言った。だからさあ、という始まりはいつもの口調だったが、最後の方は気弱な調子に変わっている。サキ子さんは無表情で中野さんを見つめている。

「そんな謂《い》われのあるものは、困りますわ」サキ子さんは無表情のまま言った。萩原お客氏は頭をかかえた。あらまあ怨念なんてみんな持ってるもんじゃない、たいしたもんじゃないわよ。マサヨさんが明るい調子で言う。中野さんの言葉には表情を崩さなかったサキ子さんが、マサヨさんの言葉に、一瞬身をこわばらせた。

「預かってくださいよ」萩原氏はサキ子さんに向かって懇願した。サキ子さんはすぐにまた無表情に戻った。

「こちらのお店でもいいですから」今度は中野さんに向かって懇願する。やだよ、と中野さんは言って、煙草の煙を吐きだした。萩原氏は不快そうに顔をそむける。どうやら萩原氏が不快をおぼえるのは、中野さんの無造作さに対してではなく、煙草に対してのようだった。

「二万でよければ、うちで貸し取りしますよ」サキ子さんが小さな声で言った。

なんなの、その貸し取りって。マサヨさんが大きな声で聞き返す。

いえ、買い取りじゃだめなんでしょう。それなら長期にわたって貸してもらって、それで、そのうちにまあ、貸しが買いにおいおい変化していかないとも限らない、っていう感じで。サキ子さんは無表情のまま説明した。

なんだかわからない話である。中野さんもマサヨさんも同じようにわからなさそうな顔をしていたが、サキ子さんのあまりの無表情に押されて、口をつぐんでいる。

「あの、つまり、預かってもらって、おまけに、二万、くれるってわけですね」萩原氏が言った。あのね、それって二万ぽっちで質流れになっちゃうってことなのよ、最後は。マサヨさんが小声で言ったが、萩原氏は聞こえないふりをした。サキ子さんもしらんふりである。

結局二万円の領収書をアスカ堂宛《あて》に書いて、萩原氏は帰っていった。丼は、むろん置いていった。高麗青磁の、定食屋でカツ丼《どん》が盛られてくるようなものよりも一回り小さい、上品な丼。発掘ではなく伝世《でんせい》で、欠《ホツ》が一か所あるだけの、なかなかの名品。

それじゃああたし、これで。サキ子さんは言い、新聞紙にくるみなおした上にエアキャップをさらに巻きつけた丼を大事そうに胸にかかえた。

中野さんには目もくれずに、サキ子さんは足早に出ていった。


「サキ子は商売がうめえな」中野さんは感心したように言っている。

「アスカ堂なんか呼ばないで、この店で預かればよかったのに」マサヨさんは自分が電話したことは棚に上げて言った。

やだよ俺、怨念なんか引き受けたくねえもん。中野さんが言い、お茶をすする。さきほどおつかいに行ったついでに頼まれた商店街の和菓子屋の甘納豆を、わたしたちはつまんでいた。お茶は中野さん手ずから渋めに淹《い》れてくれたものだ。

おいしいですね、とわたしが言うと、中野さんはちょっとの間目をしょぼしょぼさせてから、ヒトミちゃん優しいね、胸にしみるよ、と言った。

「悪事ばっかり働いてるから、誰からも優しくされなくなっちゃうのよ」マサヨさんはずけずけと言った。中野さんは答えず、遠くを見るような目でお茶をすすっている。

その週は引き取りの多い週で、タケオとはほとんど顔をあわせなかった。日に平均三件ほどの引き取りがあるので、タケオが帰るのは毎夜八時過ぎのようだった。

週末に、またおつかいを頼まれた。出るしたくをしながら財布にお金がいくら残っているか調べていたら、中野さんが寄ってきて、いよいよ一緒に車で行くから電車賃はいらないし、飯もおごってやるから、と言った。今日はさ、銀行とかじゃなく、市《いち》についてきてもらおうと思って。中野さんは言った。

「市」というのは、業者のせりのことで、扱っている品の種類によってピンからキリまでの種類の市がある。今回のものは中野さんによれば「ちょっとだけレートの高い市」なので、タケオでなくわたしを連れてゆくことにしたのだという。

「なんでタケオじゃだめなんですか」と聞くと、中野さんは、へへ、と笑いながら、「なんか女の子の方が華やぐじゃない、場が」と、へんな答えをした。せりに華やぎも何もないもんでしょうが、とマサヨさんが横から口をはさんだが、中野さんは「へへ」と言うばかりだった。

中野さんがわたしを連れてきたほんとうの訳がわかったのは、市が始まってからだった。正面に誰かの強い視線を感じると思ったら、会場の向こう側にサキ子さんがいた。

サキ子さんは壺《つぼ》が出たときに一回声をあげたが、すぐにおりて、それきりせりには参加しなかった。いっぽうの中野さんは、古い時計が出るたびに大声を出していた。

なじみのお客に頼まれてんだ。せりの合間に中野さんは教えてくれた。

「サキ子さん、遠慮深いんですね」中野さんにささやくと、中野さんは首を横に振った。

「いい出物がないだけだって。あいつ、これと思ったときは一歩も退《ひ》かないんで有名なんだぜ」中野さんはささやき返した。

二時間ほどせりは続き、やがて解散になった。幾人もの骨董商たちが入り口に動きはじめたころ、中野さんが、

「ヒトミちゃんてサキ子と仲いいんだよな」と言った。

べつに仲がいいとか。わたしは答えたが、中野さんは聞いちゃいない。だからさあ、サキ子に声かけて、飯でもどうって、お願いよヒトミちゃん。

わかりました。わたしはしかたなく答えた。中野さんが破顔する。少年のような笑顔、という言葉があるが、中野さんの笑顔は中年そのものだった。なんだかこぎたない。でも愛嬌《あいきょう》はある。女も歳《とし》がいくとこういう笑顔に弱くなるのかなあと思いながら、わたしは入り口のところでたたずんでいるサキ子さんの方へゆっくりと歩いていった。

夕飯は簡単にすんだ。お酒は飲まないわ、とひややかに言うサキ子さんにさからう

ことができず、わたしたちは近くのファミリーレストランに入った。なんか明るすぎない、ここ。中野さんはぼやいた。

二人きりで食事をすればいいのに、と最初は思っていたのだが、サキ子さんのかたくなさは中野さん一人で受けるにはきつすぎるということが、わたしにもすぐわかった。そのうちに中野さんの忸怩《じくじ》たる気分がわたしにも伝染してきて、食事の最後は三人とも完全にむっつりと黙りこんでしまった。

「俺、じゃ、もう行くわ。送っていきたいけど、サキ子、いやだろうから」レジで支払いをすませてから、中野さんはぽつりと言った。サキ子さんは中野さんをにらんでいたが、予想に反して、

「送ってって」と答えた。

とたんに中野さんは破顔する。さきほどの、中年じみた、でも愛嬌のある笑顔である。サキ子さんは顔をそむけた。

トラックの中も静かだった。中野さんが運転席、サキ子さんが反対側、わたしは二人の子供のようにまんなかにはさまって座った。一回中野さんはラジオをつけたが、すぐに消した。

アスカ堂へはじきに着いた。サキ子さんはするりとトラックから下りて、そのまま

裏手へまわってゆこうとしたが、急に立ちどまって振り向いた。

「ちょっと寄っていって」静かだが、有無をいわせない調子である。はい、と言いながらわたしと中野さんはのろのろトラックから下りた。

アスカ堂の中は空気が澄んでいた。外の空気はただの冷たい夜の空気だったが、アスカ堂の中は冷たくて乾燥していて、そのうえ少しだけ酸素が多い感じだった。

「壺に草がさしてあるんですね」と言うと、サキ子さんは表情をゆるめた。目の下がふっくらと厚くなる。

サキ子さんは飾り棚の下につくりつけになっている物入れを開き、エアキャップに包まれた品を取りだした。二万円で萩原氏から預かった丼鉢である。この前中野商店から持ってかえった時よりも、さらにていねいに包みなおしてある。

無言で包みを開き、飾り台に置いてある、魚が泳いでいる柄の古びたお皿と、ざらざらした白っぽい地のぐいのみを脇《わき》にどけ、かわりにサキ子さんは萩原氏の丼を中央に置いた。

しばらくサキ子さんは目を細めて丼を見つめていた。こうやってアスカ堂に置くと、ますますいいもんに見えるな。中野さんが小声で言ったが、サキ子さんは無視した。ふたたび物入れにかがみこんで、サキ子さんは布で包んだ小さな桐《きり》の箱を取りだした。

「勾玉《まがたま》かなんか？」中野さんはまたつぶやいたが、これも無視された。サキ子さんは器用に桐の箱を開いた。ふわふわした綿が敷いてあり、中に四角いものが三つ、入っていた。

「さいころ？」中野さんは言い、中野さんにしては遠慮がちに覗《のぞ》きこんだ。わたしもつられて覗きこむ。角が少し磨滅している、黄味がかった乳白色のさいころである。これ、古いものなんですか。わたしが聞くと、サキ子さんは首をかしげた。さあ。江戸後期くらいかしらねえ。

サキ子さんはさいころを丼の横に置いた。三つがバラバラに置かれ、そのまま写真にとればそれこそ「ゲイジュツ」になりそうな配置である。

「チンチロリンをしましょう」

サキ子さんが言った。

は？　と中野さんが聞き返す。は？　真似《まね》のようにして、わたしもつぶやく。サキ子さんはにっこりとほほえんだ。ひさしぶりに見るサキ子さんの笑顔である。でも目が笑っていない。

ちんちろりん。もう一度サキ子さんが繰り返したとたんに、アスカ堂の中の空気がひときわぴんと張りつめた。中野さんとわたしは、ぶるっと身を震わせた。

親はあたし。あなたとヒトミちゃんは子になって。

サキ子さんは静かに言った。あなた、というときのサキ子さんの口調に、ほんのわずかに甘いものが混じる。甘く言っているつもりはないのだろうけれど、なじんだ調子が出てしまったものか。

「チンチロリンて、わたし、したこと」わたしが言いかけると、サキ子さんは再びにっこりとほほえみ(でもやっぱり目は笑っていない)、かんたんなのよ、ここにあるさいころを三回振ればいいだけだから、とかぶせるように言った。中野さんは黙りこんでいる。

「シゴロなら親の即勝ちよ」と言いながら、サキ子さんはその華奢《きゃしゃ》なてのひらにさいころを持ち、丼の中に放りだした。

「あっ」と中野さんが言う。

「なに」サキ子さんが中野さんを見あげながら聞き返した。目の下がまたふくらんだ感じになって、上から見るとのんびりした表情にも見える。

「鋳《ニュウ》が入ったりしない?」中野さんは丼を指さしながら言った。「なにもこれを使わなくとも」

「あたしが二万出して預かったんですから、いいんです」サキ子さんはきっぱりと言った。

「でももったいねえよ」

「気をつけて振ればだいじょうぶです」

「ヒトミちゃんとか、ほんとに、気をつけられる？」わたしに矛先が向かってきた。できません、とわたしはおずおずと言い、サキ子さんを見た。中野さんもわたしと一緒にサキ子さんを見る。

中野さんとわたし、何かに似ている、とわたしは思った。そうだ。餌《えさ》を待っている雛《ひな》みたいだ。

「あらっ、もうそろっちゃった」中野さんとわたしの方は見ずに、サキ子さんは小さく叫んだ。丼《どんぶり》の中のさいころのうちの二つが、3の目を出している。もう一つは5の面をおもてに向けていた。

「さ、次はあなた」さいころを中野さんの手の中に握らせながら、サキ子さんは言う。優しい声だったが、容赦はない。

中野さんはいやいやながら、というふうにさいころを振った。サキ子さんは高いところから思い切りよく放ったが、中野さんは丼のふちすれすれのところから、放るのではなく、置くようにそっと投げた。さいころは鈍くころがった。二つはそのまま丼の底にとどまったが、一つは優柔不断な動きで丼のふちからごろりと外に出てしまった。

「しょんべん！」サキ子さんがまた叫んだ。声をたてて笑う。中野さんは仏頂面《ぶっちょうづら》をしている。サキ子さんの笑い声が薄暗いアスカ堂の中に響きわたった。わたしは圧倒されて、ただ体をこわばらせているばかりだ。

「なあ、ところで、どうしてチンチロリンなわけ」中野さんがぼそりと言った。

「賭《か》けてるの」サキ子さんが答える。

「えっ、俺、金とかねえぜ」

「お金じゃないのよ」

「あの、わたしも、賭けは」

「いいのいいの、ヒトミちゃんは気にしなくて」

さ、今度はヒトミちゃんが振って。サキ子さんは外に落ちたさいころを拾い、丼の中の二つと一緒にわたしのてのひらの上にのせた。サキ子さんの手はものすごく冷たかった。

さ。もう一度追いたてるように言われ、わたしは目をつぶってさいころを投げだした。

ちん、という音がして、さいころは丼の壁に沿って回転した。最初の一個が止まって1の目を出した。後の二つもすぐに止まり、見るとそれらも同じ1の目だった。

「ピンゾロじゃん」中野さんが押し殺したようにつぶやき、吐息をついた。

ヒトミちゃんの勝ちね。サキ子さんが言う。はあ。訳がわからないまま、わたしは頷《うなず》いた。しばらくサキ子さんは黙っていた。サキ子さんが黙れば、すなわち中野さんもわたしも黙る。

「それじゃ、これで」五分ほどたってから、サキ子さんは唐突に宣言した。え、と中野さんが言った。サキ子さんの顔を盗み見ると、意外なことに、ほほえんでいる。目も、ほんのちょっと笑っている。

ハルオさん、命拾いしたわね。サキ子さんはつぶやいた。え、なに、なんのことよ。中野さんは聞き返したが、サキ子さんはもう何も答えなかった。

そのままトラックに乗って中野商店に帰った。家まで送ってってやるのに、と中野さんは言ったが、少し歩きたかった。道で、いつかのようにタケオにばったり会えるかもしれない、とも思ったのだ。なんだか無性にタケオに会いたかった。今なら仲直りできるんじゃないか、という気がしていた。何の根拠もなかったけれど。

タケオには会わなかった。命拾い、というサキ子さんの言葉を何回か思いだしながら、わたしは部屋までの道を歩いた。冬が始まりかけていた。夜が更《ふ》けるにしたがって、空気は澄んでいくように思われた。いのちびろい、とわたしはまたつぶやき、足を早めた。

ねえねえ、ヒトミちゃんたら、すごいのね。マサヨさんに言われたのはそれから二週間ほどたった日のことだったか。

首の皮一枚のところだったハルオのこと、救ってやったんですって。マサヨさんは言って、笑った。なんのことですか。わたしが聞くと、あらあたし、サキ子ちゃんから聞いたのよ、あの夜のこと、とマサヨさんは答えた。いつの間にかサキ子「さん」がサキ子「ちゃん」になっている。

マサヨさんの言うには、サキ子さんはあの夜、中野さんとのことをさいころに託したのだという。

「託した」わたしがつぶやくと、マサヨさんは、

「そう、託したのよお」と大げさに頷いた。

サキ子さんが勝てば、別れる。中野さんが勝てば、別れない。わたしが勝てば、様子見にする。

「で結局、ヒトミちゃんが勝ったんでしょ」マサヨさんはわたしの顔を覗きこみながら聞いた。

チンチロリンて、よくわからないんです、わたし。そう答えると、マサヨさんはまた笑った。

その週のうちにサキ子さんは中野商店にやってきた。中野さんはいない時で、マサヨさんに小さな包みを渡すなり、サキ子さんはさっさと帰り支度をした。

「この前は、ありがとう」出しなに、サキ子さんは振り返って言った。わたしに言っているものらしい。あわてて「いえ」と答えたら、サキ子さんはほほえんだ。目は、やっぱり、笑っていない。

サキ子さんを見送りに外に出ると、サキ子さんは店先に陳列されているタイプライターを眺めるともなく眺めていた。

「あの」わたしは声をかけた。

「中野さんのこと、許せるんですか」

え、とサキ子さんは言った。ご、ごめんなさい、急に。わたしが言うと、サキ子さんは首を横に振った。いいのよ。

「許せないわよ」しばらくしてから、サキ子さんは静かに言った。

そ、それでも別れないんですか。わたしが聞くと、またサキ子さんは口をつぐんだ。

それから、

「それはまた違うことなの」と、慎重な調子で言った。

言うなり、サキ子さんはくるりとわたしに背を向けた。次第に小さくなるサキ子さんの背中を、わたしはじっと見ていた。さいころの目がそろったときの意外な気持ちのよさを、わたしは少し思いだした。

タケオのばか、とつぶやいてから、わたしはぎゅっと目をつぶった。しばらくしてから目を開けると、サキ子さんの姿はもう見えなくなっていた。

林檎《りんご》

「逃げられた」とマサヨさんが言った。

ちょうどタケオが荷物を運びこんできているところ、中野さんは裏口から出たり入ったりしていたし、わたしはレジから釣り銭を取りだそうとしていた刹那《せつな》だったので、最初はうまく聞きとることができなかった。

お客が出てゆき、相変わらずはっきりしないタケオ――ちかごろは、わたしから電話をすることもなくなったけれど、店ではかえってふつうにしゃべりあっている――がそそくさと帰り、中野さんが首からぶらさげたタオルで額の汗をぬぐいながらどすんと椅子《いす》に腰をおろしたあたりで、もう一度マサヨさんはつぶやいた。

「丸山に、逃げられた」

え、とわたしが顔を上げるのと、へえっ、と中野さんが妙にはしゃいだ調子の声をたてるのと、困ったようにマサヨさんが眉尻《まゆじり》を下げたのが、同時だった。

「金か」

マサヨさんの言葉を聞いてすぐに、中野さんは言った。丸山がいつ逃げたのか、何の原因で逃げたのか、だいいち、逃げた、というのが何をさすのか、ひとこともマサヨさんが説明しないうちに、である。

「ちがうわよ」マサヨさんは一瞬柳眉《りゅうび》をさかだてきっと答え、しかしそれは一瞬のことで、すぐにまたマサヨさんの眉は脱力したように下がっていった。

いつものマサヨさんではなかった。生気というものがまったく感じられない。中野さんは半端《はんぱ》な角度で口をひらいている。マサヨさんは眉を下げたまま、ゆっくりと椅子に腰かけた。中野さんは何かを言いかけたが、やめて、かわりに茶色い正ちゃん帽を脱いだ。それからあらためて、かぶりなおす。

しばらく三人で固まったようになっていたが、そのうちにいたたまれなくなって、わたしはぎくしゃくと立ちあがり、奥の部屋へと横歩きで向かった。さっきタケオが下ろした荷物で店の中はごったがえしていたので、まっすぐに歩くことができなかったのだ。

「あら、ヒトミちゃん、どこに行くの」

マサヨさんが心ぼそそうな口調で聞いた。こんなマサヨさんは初めてだった。

ちょっと、お手洗いです。そう答えると、マサヨさんはため息をついた。

「俺もさあ、そこまで出てくるから」

中野さんが、口をはさむ隙《すき》を与えないような早口で言った。表の戸をがらがらと開け、わたしと同じようなぎくしゃくした動きで出てゆく。

秋のはじめまでは開け放してあったガラス戸も、十一月を過ぎたころからは、ぴたりと閉めるようになっていた。開放してあったものが急に閉ざされたので、最初のうちはなんだかよそよそしい感じだった。

「いつも、冬になれば閉めるし、春になれば開けるのに、なんだか今年はいやに寂しいわねえ」と、そういえばマサヨさんがついこのあいだ言っていた。

マサヨさんにしては気弱な言葉だと一瞬思ったが、そのときはほとんど気にとめていなかった。

戸が閉ざされていてもちゃんと営業中であることを示すために、中野さんはこの前から「やってます」と書いたボール紙を軒先に吊《つ》り下げている。

「どうしてハルオさんはわざわざお店の格をさげるようなことをするの」

というのは、先週サキ子さんがそのボール紙を見て言った言葉である。たまたま用事で近くまで来たついでに寄ったと言いながら、サキ子さんはやってきた。このごろサキ子さんはしばしば中野商店に姿をあらわす。そのことが、中野さんとの仲のどのような展開を意味しているのかは、むろんわたしには想像もつかない。

ねえ？ とサキ子さんはマサヨさんに同意を求めた。けれどマサヨさんは生返事をするばかりだった。そのときだって、わたしはマサヨさんがいつもと違うことに、まだ気づいていなかったのだ。

最初、「やってます」の字は、ボール紙の片面だけに書かれていた。緑色の太マジックで書いた文字のまわりを、中野さんはていねいに黒マジックでふちどった。どうだこれ、けっこう、ゲイジュツ的だろ。そんなことを言いながら、中野さんは嬉《うれ》しそうにボール紙に穴をあけ、紐《ひも》を通したりしていた。

サキ子さんにくさされ、中野さんは憤然とボール紙を軒先からはずしてレジ横に放りだした。そのままうっちゃっておくのかと思っていたら、中野さんは憤然としたまま奥の部屋に駆けこみ、太マジック六色入りの箱を持って出てきた。

ボール紙を裏返し、今度は黄色い字で、中野さんは「やってます」と書いた。表の緑の文字よりさらに乱暴な文字である。それから赤いマジックのキャップをはずし、雑にふちどりをし、書きおわるとすぐさま軒先に吊るしなおした。

サキ子さんはあきれた顔で一部始終を見ていたが、「どうだ」と中野さんが口をとがらせて言うと、最後には笑いだした。

お茶を一杯飲んだあと、かなわないわね、と言いながら、サキ子さんは店を出ていった。中野さんは勝ち誇ったように腰に手を当てて、サキ子さんの後ろ姿を見送った。軒下を通りしな、サキ子さんはボール紙の下の部分を指でぱちりとはじいた。ボール紙は大きく二三回揺れ、すぐに静まった。

「五十万は確かだから」と、その男は言った。

早い午後で、マサヨさんは昼を食べに出ていったところだった。いつもならお弁当を持ってくるか、奥でラーメンやチャーハンをちゃっちゃと作るマサヨさんなのだが、丸山に逃げられた、とわたしたちに告げてからのこの一週間は、ずっと外で昼食をとっている。

お昼、いつもどこで食べてるんですか。世間話のつもりで昨日わたしが聞くと、マサヨさんは首をかしげ、さあ、どこだったっけ、と力なく言い、そのまま黙ってしまった。そのあとどうつづけていいのかわからなくて、わたしはあわててレジをからぶきしたりした。

「五十万」中野さんはおうむ返しにつぶやき、男が鞄《かばん》の中から大事そうにとりだした真鍮《しんちゅう》製のライターを片手でひょいと持った。

「あ」と男が声をだす。

「そんな乱暴に扱わないでよ」

すいませんね、と中野さんは言って、もう片方の手を申し訳のように添えた。ライターといっても、携帯用のポケットサイズのものではなく、卓上に置くための、ずんぐりとした円筒形のデザインのものだった。

「火口がピストル型になってますね」じっと見ながら、中野さんが言った。

「よくわかったね」男は自慢そうに答えた。

円筒の胴体から棒のように突き出た部分は、子供のおもちゃのピストルのさきっぽのような形になっていた。わたしだって見れば一目でわかるものを、もったいぶって「なってますね」などと言う中野さんも中野さんだが、「よくわかったね」と答えるお客もお客である。

大使をしていた伯父が、赴任先のテキサスで土地の偉いさんから贈られた、開拓時代のものなのだ、とお客は説明した。

「で、五十万というのは」中野さんは軽い調子で聞いた。

「鑑定してもらったんだよ」お客は胸をそらしながら答えた。

「鑑定」

「ほら、テレビとかで鑑定の番組があるじゃない」

「テレビ、お客さんも出たんですか」

「そうじゃないけどさ、あの番組に出てる骨董屋《こっとうや》と親しくしてるっていう知りあいがね」

はあ、と中野さんは言った。どうやら男が「鑑定」してもらった相手は、正式な骨董商ではなく、骨董商に出入りする骨董好きの友人であり、おまけにその「友人」というのも、男の直接の友人ではなく、「親類の知りあいの、そのまた友人」である、ということが話をしているうちにわかってきた。

「ちょっと金が要るんでさ」男はまた胸をそらしながら言った。

「即金での買い取りは、ちょっと」中野さんはゆっくりと言った。

「おたくに買ってもらおうとは言ってないよ」男は早口で言った。ただ座っているだけではわからないのだが、口をきくと、自信ありげなたたずまいの隙間から、ほんのわずか、男の落ち着きのない感じがこぼれ出る。

「知りあいの親類の知りあいに聞いてさ、この店がインターネットオークションのサイトを持ってるって」男はさきほどよりもさらに早口で言った。

知りあいの親類の知りあい、ですか。中野さんは真面目《まじめ》くさった口調で繰り返した。さても直接でないつての多い男である。わたしは笑いそうになったが、こらえた。

中野商店がインターネットでいくばくかの商品をさばいているのは事実だが、中野さんが自分でサイトを運営しているのではなく、お鶴《つる》さまことトキゾーさんのサイトに委託して売ってもらっているのである。けれど中野さんは詳しい説明はしなかった。

「で、オークションでこのライターを売ってもらいたい、と」中野さんは言った。

そうだよ。男は頷《うなず》く。目が、少し、泳いでいる。

そうですか。中野さんは、重々しいくちぶりで答えた。

どうなの。売ってくれるの。くれないの。男は性急に言った。そらしていた背中が、前かがみ気味になってきている。

こういうタイプの男の相手なら、マサヨさんなのに。だけど、今のマサヨさんでは、だめか。そう思うと、少し悲しいような気分になった。マサヨさんの身になって悲しいのではなく、なんだかわからないけれど、うすぼんやりと、全体的に、悲しいのだった。

中野さんはのらくらと男の相手をしている。効きの悪いエアコンが、ジュー、というへんな音をたてて、温気を吐きだした。

「それ、売りものすか」タケオが聞いた。「大使の伯父がテキサス人から贈られた」というそれ、れいのライターを見ながら、である。

結局中野さんは、「オークションですからね。五十万はたぶん無理ですけど、よろしいですね」と念を押しながら、お客からライターを預かったのである。

「タケオ、それ買う?」中野さんが聞き返した。

タケオは存外真剣に考えていた。わたしはタケオの横顔をぬすみ見た。ぬすみ見たことがいまいましくて、すぐに目をそらす。いまいましさのぶつけどころをみつけられないまま、わたしはワンピースの裾《すそ》を両手でつかんでぱたぱたと揺らした。

いつかの雷の日に中野さんが三百円にまけてくれたワンピースである。タグにはインド更紗《さらさ》百パーセントと書いてあるが、インド更紗にもピンからキリまであるのだろう、一度洗濯したら丈がものすごく短くなってしまった。以来、お店でエプロンがわりにジーパンの上にときどき着ている。

「買って、いいすか」タケオは言った。

そういえば、タケオはこの店で何か買ったこと、なかったな。中野さんは目をくりくりさせながら言った。ヒトミちゃんはけっこう、社員割引、利用してるのにな。

社員割引といったって、中野さんが気まぐれにまけてくれる時だけのものだ。割引率がきちんと決まっているようなものではない。とはいえ、けっこう家具や日用品を、わたしは中野商店で調達していた。スツールやこのワンピースもそうだけれど、いちばんよく買うのはカゴだった。大きいのや小さいのや、粗いのや細かいのや、いくつも買って、なんでもぽいぽい入れておく。おかげで、部屋が前よりも散らからなくなった。

「五十万円だって」中野さんはにやにやしながら、タケオに向かって言った。

タケオは無表情のまま、はあ、と答えた。

タケオが黙っているので、中野さんも黙った。俺、悪いこと言っちゃったかな、という顔でわたしを見る。タケオは中野さんの顔色に気づかない様子で、ただ無表情のまま立っていた。

タケオって、きらいだな。わたしは思う。なんかタケオって、いつもこういう感じ。自分の方からはほとんど人に気をつかわないくせに、人から気をつかわれることを強要する感じ。

「五十万は、おれ、持ってないす」しばらくしてからタケオは答えた。頬が少し赤らんでいる。

中野さんはあわてて顔の前で手をひらひらとさせた。

「あのさ、これ、オークションに出すからさ、タケオも入札してみたら」

タケオはぽかんと中野さんを見やった。

「インターネット、やってないの？」中野さんはまた手のひらをひるがえしながら、言った。

「ってます」タケオは短く答えた。

「じゃさ、オークションのコツ、教えたげるからさ。入札してみたら。もし落とせたら送料もいらないわけだし」中野さんは帽子をせわしなくいじりながら、言った。さっきわたしがワンピースの裾をいじっていたのと、同じいじりかただ。

タケオって、ほんと、きらい。わたしはふたたび思う。さっきよりも、もっと強く思う。なんでこんなしょうのない男のことでわたし、くよくよしてるわけ。自分にも腹がたってくる。もうタケオのことなんてきれいさっぱり忘れて、新しい男とどんどん恋をして、タケオとのこともいい思い出だったわ、なんてさらっと言えるようになって、野菜や海藻や豆類もまんべんなくとって、健康で元気な輝く毎日を過ごしてやるんだから。

考えているうちに、また、全体的な感じで、悲しくなってきた。決してタケオのことを考えたから、悲しいのではない。決して。

そういえば、マサヨさんは大丈夫だろうか。三日前から、マサヨさんの姿を見ていなかった。ライターのお客が帰っていったあと、いくら待ってもマサヨさんは昼食から戻らなかった。姉貴って、そういうとこ、昔からあるんだって。ぷいといなくなって、そのうちに何ごともなかったように帰ってくるっていうの。店じまいをしながら、中野さんは自分に言い聞かせるようにつぶやいていた。

いつもの中野さんの「姉貴」という言いかたと、その日の「姉貴」という言いかたは、ちょっと違っていた。その日の言いかたは、なんというか、ふてぶてしい中年の中野さんではなく、まだ成人していなかったころのうぶうぶしいところを残した中野さんが言いそうな感じの、「姉貴」だった。

「マサヨさんのところ、行ってみましょうか」わたしは、まだ帽子をいじり続けている中野さんに向かって言った。タケオの方はなるべく見ないようにしながら。

「そうね。それもいいかもね」中野さんは不安そうに答える。タケオがみじろぎした。

タケオが今何を考えているんだか、わたしにはぜんぜんわからない。前は、ほんの少しは、わかるような気がしていたのに。

「帰り道に、寄ってみます」わたしは言った。

中野さんはわたしに片手おがみをしながら、レジから五千円札を一枚抜きだした。ケーキとか、買ってったらいいんじゃない。そう言いながら、わたしの手にお札を握らせる。

お札はしわしわだった。タケオは、まだじっと立っている。


マサヨさんはあんがい元気だった。

あら、よく来てくれたわね。そう言いながら、わたしを家の中へ招き入れた。喫茶ポージイのケーキの箱を差しだすと、マサヨさんはすぐにふたを開け、

「やっぱりヒトミちゃんてパイ系ばっかり」と笑った。

パイ系？　わたしが聞き返すと、マサヨさんは眉《まゆ》を持ちあげた。

「ほら、前にハルオに言われて丸山との様子を偵察に来たとき」マサヨさんは言い、レモンパイを自分の前に置いたお皿に取った。ヒトミちゃんも、好きなの、取ってね。

そういえば前にも同じポージイのケーキを買ってここに来たことがあった。あれか

らもう一年近くたつのだ。

「早いわよね」マサヨさんはわたしの考えを読んだように言った。え。わたしは驚いて声をたてる。

「やっぱりチェリーパイ」

え。もう一度、わたしは言う。

「前も、ヒトミちゃんチェリーパイ取った」

そうでしたっけ。わたしがへどもどと言うと、マサヨさんは大きく頷いた。しばらくわたしたちはケーキに専念した。そういえばあのとき中野さんはいくらくれたんだっけ。五千円だっけ。三千円だっけ。パイにフォークを入れながら、わたしは考える。うまく思いだすことができない。

「ねえ、ヒトミちゃんは、性欲って、大事だと思う?」突然マサヨさんが聞いた。

「え」

「性欲がないと、つまんないのよねえ」

何と答えていいかわからず、わたしは黙然とチェリーパイのパイ生地を嚙み、飲みくだした。

「ヒトミちゃんは、まだまだ性欲はたっぷりあるんでしょ。うらやましいわあ」マサヨさんはレモンパイのふわふわしたメレンゲをフォークの先でつつきながら、ふうっとりと言った。ところでポージイのケーキって、このごろ、ちょっと味が落ちたと思わない。なんでもない調子で、つづける。

「ふだんあんまり食べないので、わかりません」礼儀正しく、わたしは答えた。

マサヨさんは、そうお、と言ってレモンパイをざっくり大きく切りとり、口にはこんだ。あら、今日はけっこうおいしい。こっちの体調なのかしらねえ。ほんとに、歳《とし》とるって、いやあねえ。

へんに明るい調子で、マサヨさんは喋《しゃべ》った。性欲。わたしは頭の中で言ってみる。マサヨさんの口調と似たような感じの、へんなふうに明るい響きの言葉に思えた。チェリーパイはほんとうはそれほど好きじゃないのにな。わたしは思う。それなのに、あの濡《ぬ》れたような赤にふらっとひかれて、つい選んでしまう。

パイ生地のバターの匂《にお》いが口の中に広がった。マサヨさんは顎《あご》を大きく動かして、レモンパイをもぐもぐとはんでいる。

丸山氏の話が始まった。

レモンパイを食べおわり、マサヨさんは「もう一個」と言いながら、ミルフィーユもぺろりとたいらげた。

「丸山、とにかく、いなくなっちゃったのよ」マサヨさんは言った。

そ、そうなんですか。わたしはおずおずと答える。人生相談みたいなことが始まっちゃったらどうしよう、と思っていた。相談するのはともかく、されるのは得意ではないのだ。

「兆候はあったのよ」

出ていったのが二週間前、その一か月くらい前から、きざしはあったのだという。落ち着きがない。うわの空。約束の時間を守らない。でも何やら、いやにはしゃいだ様子。

「それって、明らかによその女に気を移してるときの男の態度じゃない?」マサヨさんはわたしを覗《のぞ》きこむようにして聞いた。

は、はあ。「明らかによその女に気を移してるときの男」のことには全然くわしくないので、わたしはまたおずおずとそう言うばかりだった。

「そして丸山は出ていったの。おしまい」マサヨさんは簡潔に結んだ。

お、おしまいですか。

「だって、いなくなっちゃったんだもん」マサヨさんは、子供が甘いものをねだるときのような声で言った。

何と答えていいのかわからなくて、わたしはアップルパイを皿に取った。ポージイのアップルパイは酸味が強い。紅玉使ってるのね。紅玉はね、ハルオは食べられないの。あの子ってすっぱいものが苦手なのよ。味覚が子供なのね。いつかマサヨさんが言っていた。

黙ったままわたしはアップルパイを食べた。マサヨさんは最後に二つ残った生シューのうちの片方を、いったんは自分の皿に取ったが、すぐに箱に戻した。シュークリームは生クリームじゃなくてカスタードの方がいいのにな。小声で言っている。

「丸山さん、アパートにも帰ってないんですか?」アップルパイを食べおわってから、わたしは念を押すように聞いた。丸山氏はマサヨさんと同居しているのではなく、アパートの一室を借りて住んでいる。マサヨさんとの関係から「出ていった」にしても、自分の部屋には戻っているのではないか。ようやく少し落ちついてきて、思いついたのである。

「そうなの。アパートにも、ぜんぜん帰ってないの」

毎日調べにいってるんですか。そう聞きそうになって、あわててとどまった。

「電話とかも、こないんですか」

「逃げたんだから、してくるわけないじゃない」

「書き置きとか、ないんですか」

なんにもなし。ただ忽然《こつぜん》といなくなっちゃっただけ。

こつぜんと。わたしはばかみたいに繰り返す。

「喧嘩《けんか》とか、しました？」おそるおそる聞いてみる。

「しない」

「誰か親類が亡《な》くなったとか」

「それなら言っていくでしょ」

「誘拐されたとか」

「なんであんな金もない男を」

「記憶喪失？」

「年金手帳を肌身離さず持ってる人よ」

マサヨさんの口調がのんびりしているせいもあって、だんだん他人事みたいなやりとりになってくる。そのうち、ぶらっと帰ってくるんじゃないですかねえ。ほら、人間って、無性に一人で旅に出たりしたい時があるじゃないですか。

気がついてみると、自分から人生相談の答えみたいなことを言っている。マサヨさ

ん の方も、そうねえ、などと頷《うなず》いていた。

そろそろ潮時か、と思ってわたしはお尻《しり》をざぶとんからずらし、畳の上にうつった。

じゃ、わたし、と言いながら頭を下げようとして、突然思いだした。

おっ死《ち》ぬ。

　マサヨさんがいつか言っていた言葉だ。

　そんなに連絡がないとしたら、まずあたしなら相手がおっ死んじゃってるんじゃないかって思うわよ。タケオの携帯に電話しても出てくれなかったころに相談したら、マサヨさんはそうつぶやいたのだった。

「あっ」と言ったまま黙ってしまったわたしを、マサヨさんは不審そうに見ていた。一度ずらしたお尻を、わたしはふたたびざぶとんに戻す。ざぶとんに座りなおした拍子に座卓が揺れ、アップルパイの下に敷いてあった銀紙が音をたてた。ちり、というかすかな音だった。

「オークション、入札した？」中野さんがタケオに聞いた。

「まだすけど、するつもりす」

へえ、ほんとに入札するんだ。中野さんは目を丸くした。このライター、そんなにいいものなの。自分がうけおったくせに、中野さんはそんなことを聞く。

「いいっつうか、おれ、そういうの、タイプなんす」タケオは答えた。

「タイプ」

中野さんは目をさらにまんまるくした。

奥の部屋に、中野さんとタケオとわたしの三人は集まっていた。マサヨさんはいなかった。わたしが訪ねた翌日から、マサヨさんはふたたび中野商店に顔を出すようになっていたが、午前中か午後に一時間ほど立ち寄るだけで、すぐに帰ってしまうのだった。

「報告会、しようか」シャッターを閉めながら、中野さんはさきほど言ったのだ。報告ってほどのことは、何もありませんでしたけど。わたしが答えると、中野さんはタケオの方に顎を上げながら、あっちにも頼んだから、と言った。タケオにはさ、丸山のアパートの様子、見てきてもらったの。

中野さんがカツ丼《どん》を三つ電話で注文したあと、わたしたちはこたつに入った。新しいのに買い替えたから、と言いながらお客がおととい売りにきた小さなこたつである。中古のガスストーブやこたつは、あんがいよく動く商品だ。

丸山さんのアパートの郵便受けには、新聞も手紙も溜《た》まってませんでした。電気のメーターは動いてました。カーテンはいつ行っても閉めっぱなしす。あとは、特に。タケオのそっけない「報告」に続いて、わたしもそっけない「報告」をした。二週間ちょっと前からマサヨさんへの丸山氏の連絡はなし。出てゆくに際しての予告もなし。いなくなった原因は、不明（丸山がよその女に気を移したのだ、というマサヨさんの説は、伝えなかった）。

三人でこうやって顔をあわせるのは、久しぶりだった。夏前まではときどき三人でお昼を食べに出たりしていたのに。そういう時、中野さんはただ表のガラス戸に鍵《かぎ》をかけ、「昼休み中」のお知らせも何もなしに店をほっぽっておいたものだった。帳簿だってあのころは適当で、わたしやタケオの給料計算も月によって違っていたりした。このところ急激に、中野商店は店としての体裁を整えはじめている。

「俺、警察行ってきた」中野さんがぼそりと言った。

警察。タケオが緊張したおももちで聞き返す。

「死体、ないかどうか」

あったんすか。タケオが叫ぶ。ねえよ。中野さんが答える。三人そろって、ため息をついた。

姉貴、でもこのごろ、ちょっと元気じゃん。中野さんはぼそぼそと言った。そうすよね。おれ、この前久しぶりに「タケちゃん」て呼ばれたすよ。タケオもぼそぼそ言う。

わたしは、この前訪ねたときに聞いたマサヨさんの言葉を思いだしていた。食べおわったミルフィーユの銀紙にくっついているパイ生地のかけらをフォークでつつきながら、マサヨさんが言っていたこと。

あたしねえ、性欲のせいで丸山とつきあってるんだと思ってたのよ。マサヨさんはそう言ったのだった。ねえヒトミちゃん、女も男も、性欲を持ってるから、性欲を満たすために、人を好きになるんでしょう。そりゃあ、愛だの情だのいろいろ言うけどねえ、どんなきれいな包み紙でくるんでみたとしても、とどのつまりは、性欲こそがいちばん激しく人を恋愛へとつき動かすものなんだろうなって、あたし、いつだって思ってたのよ。

はあ。わたしは答えた。

でもね。マサヨさんは続けた。でもね、あたし、丸山とは、もしかしたら性欲じゃなかったのかもしれないって。マサヨさんはそこで眉をつりあげた。じっと、わたしを見る。

学校の先生と個人面談をしているような心もちになり、はあ、ではなく、はい、と思わずわたしは答えていた。

だって、丸山がいなくなってから、あたし、淋《さび》しくてしょうがないのよ。

マサヨさんはそう言ってから、鼻をくすんといわせた。

淋しいのと、性欲と、関係あるんですか。わたしは聞いた。

今までの経験だとねえ、性欲だと、淋しくならないで、まずはいらいらする。いらいら。わたしはつぶやいた。

まず最初はね。それから、そのあとしばらくして、淋しさがやってくる。

そういう順番なんですか。

そういう順番なのよ。

そうなのよ。とマサヨさんは続けた。そうなのよ、あたしねえ、淋しいだけって、はじめてなの。天真爛漫《らんまん》な表情で、マサヨさんは言ったのだ。ほんとにあたし、はじめてなの。

性欲が発端だったのでなければ、マサヨさんと丸山氏の恋愛のおおもとはなんだったのだろう。マサヨさんの家を出て歩きながら、わたしはしんと考えたのだった。

シャッターを叩《たた》く音がした。中野さんが裏口から身をのりだして、出前のおにいちゃんを呼んでいる。

蕎麦屋《そばや》のカツ丼て、とんかつ屋のよりうまいんだよな。中野さんは言いながら、カツ丼をかきこんだ。タケオとわたしは、うつむきながら無言で、食べた。

オークションの締切は次の日の夜八時だった。タケオは夕方一度家に帰って、古い型のノートパソコンを持って戻ってきた。店でネットに接続して、中野さんの指導のもとに入札をすることになったのである。

「千百円だってよ」ネットにつないであらわれた画面を見ながら、中野さんは笑った。トキゾーさんのサイトは、最低入札価格が千円なのである。このオークションに参加する人たちは、けっこう商品の価値をよく知っているので、不当に安かったり高かったりする値段がつくことは、ほとんどない。

「ひやかしじゃないの、この百円つうのは」中野さんは言いながら、マウスをかたかた動かした。くわえ煙草《たばこ》から灰が落ちて、キーボードの上にぱらりと散った。ごめんごめん、と言いながら、中野さんはぞんざいに灰を払った。タケオがぴくりとする。

「おまけに、入札者、二人しかいないでやんの」

八時五分前になっても、ライターへの三件めの入札はなかった。競争が激しい場合はぎりぎりに入札するんだけどさあ、これならもう入れちゃっていいよね。言いながら、中野さんはたどたどしくキーボードを叩いた。ほら、見てみ。中野さんが体を斜めによけると、タケオはうしろから覗きこんだ。

「千四百円」タケオはつぶやいた。

「これなら、誰も買わないでモノが戻ってきた方がずっとマシすね」

「でもさあ、オークションに出すっつったのはあのお客だから」中野さんは、容赦なし、という口調で言い、マウスを握りなおした。

あっ、と中野さんが声をたてたので、わたしもうしろから覗いてみた。ライターの横にあった数字が、千七百になっている。タケオの入札に対抗して、最初の入札者が値を上げてきたのだ。中野さんはまたキーボードを叩く。おれ、代わりましょうか。うしろからタケオが言ったが、中野さんは振り向かずに「いい」と低く答えた。画面の数字が二千に変わる。すぐに二千五百になり、中野さんがまたキーボードを叩くと、三千になった。

タケオとぴったり並んで画面に見いった。タケオにこんな近づくのは何週間ぶりだろう。タケオからは石鹸《せっけん》の匂《にお》いがした。前に、わたしの部屋に来ていたころと、かわらない匂い。

ぽーん、という音がして、売りものの柱時計が店の方で鳴った。延長、長くなんね

えといいな。中野さんはつぶやいた。しばらく中野さんはじっと画面の前で待っていたが、やがて立ちあがり、

「タケオ、やってみるか」と言った。

はあ。タケオは言い、椅子《いす》にすとんと腰かけた。低い位置になったタケオから、今度はシャンプーの匂いがたちのぼってくる。

タケオは画面をじっと睨《にら》んでいた。キーボードには触れようとはしない。パソコンの画面の上方にある表示を見たら、八時三分だった。わたしはそっとタケオから離れる。

「落ちたす」十分ほどたったころだろうか、タケオが静かに言った。

「四千百円す」

どこが五十万円なわけよ。中野さんが笑いながら言う。タケオはポケットからしわしわの五千円札を取りだした。百円玉をもう片方のポケットから一枚出し、一緒に中野さんに手渡す。

しばらく考えるような様子をしたあと、タケオは言った。おつり、いいす。お客さんにはこれで売れたって言ってください。

気前いいねえ。中野さんはまた笑い、ライターを新聞紙に包んだ。タケオは受けと

り、ノートパソコンと一緒にいったんは大きなリュックにしまったが、すぐにライターだけを取りだし、新聞紙をはがして奥の部屋の棚の上にのせた。

ここ、置いといていいすか。タケオが聞くと、中野さんは不思議そうな顔で頷いた。なんでここに置いとくの。

タケオはしばらく黙っていたが、やがて、家ではおれ煙草吸わないすから、ここに置いといてみんなで使いましょう、と答えた。

丸山氏が帰ってきた。

わたしが苦し紛れに言った、「ふらりと旅に出たくなって」という、まさにその理由で留守にしたのだと、丸山氏は説明したそうだ。

「もちろんそれって、嘘《うそ》だと思うわよ」マサヨさんは言った。

わたしたちは奥の部屋で一緒にタンメンを食べていた。いつもの、マサヨさん特製のものである。マサヨさんは箸《はし》で麺《めん》を高くつまみあげながら、鼻をぐすぐすいわせた。寒いと、いつにも増してタンメン食べたとき鼻水が出るわねえ。のんびりと続ける。

「嘘なんですか」

「嘘うそ、だって、たしかに丸山、逃げたんだもの」マサヨさんはゆっくりと言った。

「どうして逃げたってわかるんですか」

「だって、あたし、丸山のこと、愛してるから」マサヨさんは落ちつきはらって答えた。

愛してる。わたしはおうむ返しにつぶやく。

「わるい？」

い、いいえ。わたしはあわてて麺をすすりこんだ。熱くて、むせた。

トラックのエンジン音が聞こえてきた。タケオが出かけてゆくところなのだろう。棚の上に置かれた真鍮《しんちゅう》のどっしりしたライターを、わたしはちらりと見る。ライターのお客は、五千百円でしか売れなかったことを聞いて、しばらくごねていた。出るとこ出てもいいんだからね、などと言いながら中野さんを睨みつけたりした。

でもお客さん、あれ、裏っかわにメイドインチャイナって入ってましたよ。さんざんお客がごねたあとに中野さんがのんびりと言うと、お客は一瞬青ざめ、それから黙りこんだ。

「あたし、恋愛が怖くなっちゃった」マサヨさんは歌うように言った。

「今ごろ、怖くなったんですか」わたしが言い返すと、マサヨさんは、

「あらヒトミちゃん、言うじゃない」と笑った。

「性欲がほとんどなくなってからの恋愛の抜きさしならない感じが、ヒトミちゃんなんかにわかってたまるもんですか」マサヨさんは言って、タンメンをずるずるすすった。わたしも一緒にすすった。

タンメンを食べ終わったあとで、わたしは流しに立って水を一杯飲んだ。空のどんぶりを運んできたマサヨさんが、はい、と言って林檎《りんご》を一個渡してくれた。立ったまま丸ごと齧《かじ》ると、すっぱかった。紅玉よ、それ。マサヨさんは言って、自分も丸ごと齧った。

ほんとうはタケオはものすごく人に気をつかうんだっていうこと、わたし、知ってるのに。

タケオのこと、やっぱりきらいには、なれないよ。

思いながら、わたしは林檎を齧りとる。紅玉のすっぱさがしみた。二人でしゃりしゃり音をたてながら、芯《しん》まできれいに、齧った。

ジン

中世ヨーロッパの油絵かなんかで、太ったおじさんとかが、瓶ごとらっぱ飲みしてるようなのがあるでしょ、あれ、あれ、あれ。

中野さんのその説明に、サキ子さんは首をかしげた。あれって言われても。

ほら、親子そろってピーターとかいう名前で一緒に絵を描いてた奴《やつ》らがいたじゃない。そいつらの描く絵でさ、村の祭りの時なんかに、瓶の首の細くなったところを、毛むくじゃらのでかい手でむずとつかんで、あおるようにして飲んでる、あの。

ピーター？とサキ子さんはまた首をかしげる。ピーターって、日本の太郎みたいなものかしらねえ。サキ子さんは目を細めた。サキ子さんのたっぷりとしたまぶたの下が、いっそうふくらむ。

あのさ、だからさ、ブリュなんとかだって。ブリューゲルか。ペニスサックみたいのつけて、酒ばっか飲んでる中年がいっぱい出てくるような絵の。

そんな絵、ブリューゲルの工房で描いてたかしら。サキ子さんは今度は目をひらいて、中野さんの顔をじっと見た。中野さんはサキ子さんの視線を受け、ちょっとの間、かたまったようになる。

数日前にお客が売りに来た石油ストーブから吐き出される温風が、体の右半分だけに当たってへんな感じだ。冬がきてもなかなか寒くならないと思っていたら、新年になったとたんにものすごく冷えこんで、効きの悪い中野商店のエアコンだけでは、手や足の先がつめたくてしょうがなかった。

これは売らずに店で使おう。石油ストーブを置いていったそのお客が帰るなり、中野さんは言ったのだった。タケオに石油を買いに行かせ、すぐさま中野さんはストーブをつけて嬉《うれ》しそうにした。もらったばかりのぜんまい仕掛けのおもちゃを、その場で走らせている子供みたいな感じだった。

盛大に吹きだした温風を、中野さんはしゃがんだまま顔に受けた。このごろの石油ストーブって、昔のと違うのねえ。ほら、炎の照りで顔がほてったりしない。中野さんと並んでしゃがみながら、マサヨさんも、しきりに感心していた。

その酒瓶をさあ、俺、こないだ見たんだけどさあ。

サキ子さんに向かって中野さんはけんめいに喋《しゃべ》っている。サキ子さんは生返事をしながら、アケビの蔓《つる》で編んだカゴをひっくり返して底を眺めていた。

「そのカゴ、かわいいですよね」わたしが言うと、サキ子さんは頷《うなず》いた。そうね。ほとんど新品だけどね。

新品だけど、というサキ子さんの言葉に、わたしはちょっと笑った。新しかったりこぎれいだったりすることが、価値を減らす、へんな世界。中野さんは突然喋りやめ、天井を見あげている。そのまましばらく中野さんは顔をあげたままでいたが、やがて同じ姿勢のままそろそろと足だけを使って店の隅まで移動し、立てかけてあった竹《たけ》箒《ぼうき》を手さぐりで持った。また元の場所にそろそろと戻り、えい、と言いながら、竹箒のおしりを天井に突き当てる。

どうしたの。サキ子さんがくちびるをほんの少しひらいて、聞いた。花びらみたい、とわたしは思う。

ネズミ。中野さんは答えた。うまくいけば、あれでネズミ、気絶することがあるんだぜ。

そんなことで気絶なんかするのかしら。サキ子さんは笑った。

天井裏のネズミにはそれ以上かまわず、中世の酒瓶の話を、中野さんはまたしだした。

俺、なんか急に欲しくなっちゃってさあ。

値段は？　サキ子さんが聞く。

高い。

十万くらい？

二十五万だって。

つけるわねえ。サキ子さんは感心したように言い、また目を細めた。サキ子さんの目の細めかたにはいくつかの種類があって、このたびの細めかたは、あきんど、という感じのものである。不思議なことに、そういう時にはまぶたの下はほとんどふくらまないし、くちびるもいつもより薄く見える。

やっぱ高《たけ》えよな。

あたしは和物が専門だから、はっきりした相場はわからないけど。サキ子さんは言いながらも、あきらかに「高すぎるわよ」という表情をしている。

中野さんは眉《まゆ》をひそめた。酒瓶の値段で顔をしかめているのかと思ったら、ネズミのことだった。生き返りやがった。ほら、足音がまたしはじめた。中野さんは苦々しげな口調で言った。

温風が直接右半身に当たらないように、わたしはストーブの位置を少しずらした。中野さんはすぐに見とがめ、火事にならないようにしてよ、と言った。はあ。わたしが答えると、中野さんは頭をかき、そんな悲しそうな声ださないでよ、と言った。

べつに、悲しくないです。わたしが言うと、中野さんはまた頭をかいた。

俺はさあ、悲しいよ。

どうして中野さんが悲しいんですか。

だって冬だし。寒いし。金はないし。

サキ子さんは売りものの椅子《いす》に座って足をぶらぶらさせている。黒いタイツをはいた足が、細くて長い。あ、ネズミ。わたしが言うと、中野さんとサキ子さんが同時に天井の方を向いた。

うそですよ。そうつづけると、二人はがっかりしたように顔を元に戻した。ストーブが、ぼう、と小さな音をたてた。

珍しく、中野さんはいつまでも酒瓶にこだわっていた。

シャッターを開けている途中で中腰のまま、「やっぱり高えよなあ」とつぶやいてみたり、会話が終わってからも何か言いたそうにしていると思ったら、「元値はいくらくらいなのよ」とひとりごちてみたり。

「このごろ中野さん、ちょっとへんすよね」と、タケオにまで言われる始末だ。

「へんなんて、人のこと言うもんじゃないよ」わたしはつけつけと答えた。

すいません。タケオは言いながらうつむいた。

べつに、謝ってほしいわけじゃないし。わたしは口の中でもそもそと言った。

タケオは顔をそむける。体じゅうの力が抜けてゆくようだった。こんな生活、健康によくないよ。わたしは思う。中野商店を、辞めようか。このところおりおりきざす思いが、頭に浮かんでくる。

マサヨさんが入ってきた。丸山氏が帰ってきて以来、マサヨさんは前よりも、なんというか、「おしゃれ」になった。今日はくるぶしまでの丈の民芸調の紫っぽいスカートをはき、首には草木染のスカーフをだらりとさげている。マサヨさんが自分で染めたものにちがいない。

「ねえねえヒトミちゃん、このごろハルオ、へんだと思わない」

レジ横の椅子に座るなり、マサヨさんは言った。

「へん」わたしはどう答えていいかわからず、中途半端《はんぱ》に聞き返す。タケオが一瞬、妙な声をたてる。振り向くと、タケオはうつむいたまま笑いをこらえていた。

「へんよ、絶対に、へん」マサヨさんは、床に垂れているスカートの裾《すそ》をくるりと巻きあげながら、繰り返した。たくしあげた裾を、ふろしきをたたむように膝《ひざ》のところで重ねあわせる。

「へんなんて、人のこと」わたしは言いかけたが、しまいまで言えず、タケオがくすくす笑いだしたのに釣られて、吹きだしてしまった。

あらまあ、なんなのよ、とマサヨさんが聞く。いやあの、タケオも中野さんのこと。わたしがもごもご言うと、タケちゃんがハルオのこと、どうしたの、とマサヨさんはタケオの方を向いて、天真爛漫《らんまん》な口調で訊《たず》ねた。

いや、おれ、中野さんがへんなんで、このごろ。タケオの言葉も答えになっていない。

ほんとに、へんねえ、この店の人たちはみんな。マサヨさんは肩をすくめた。タケオが盛大に笑いだした。わたしも声をそろえて少しだけ笑う。こんなふうにあけっぴろげな感じで笑うタケオを、久しぶりに見たなあと思いながら。マサヨさんもなんとなく一緒に笑いはじめた。そういえばタケオの肩幅は、最初に会ったころにくらべてちょっと広くなった。マサヨさんが、からげた裾をふたたび下ろし、椅子に座ったまま膝を上下させてスカートを揺らしている。紫色の、濃い部分や薄い部分が、広がったりすぼまったりして、見ているうちに、わたしはだんだん眠気をもよおしてきた。

中野さんが「へん」なのは、酒瓶のことだけではなかった。

まず、市に出る回数が減った。引き取りも、電話がきた時点で、半分以上断ってしまう。絞りこんだ引き取り先には、前はタケオ一人を行かせることも多かったのに、今は必ず自分も一緒についてゆく。帰ってきたかと思うと、がっかりしたような顔で座りこみ、出物って、なかなかないよねえヒトミちゃん、などとぐちる。

「なんだかこれって、知ってるわよ」マサヨさんがある日言った。

「知ってる？」タケオが聞き返す。

知ってるわよあたし。あのねえ、ハルオが会社辞めて、この店開いたばっかりの時と、おんなじなの。マサヨさんはひそひそと言った。

「同じ？」タケオがまた聞く。タケオは、そういえば声も前よりはっきりとだすようになった。

「そう、ピントのずれた張りきりかたしてる、っていうの？」マサヨさんは言って、煙草《たばこ》を吸いつけた。

午後になると、中野さんは銀行にでかけてゆく。昔わたしとタケオが符丁に使っていた「銀行」ではなく、正真正銘、ほんものの銀行である。

「ハルオったら、柄にもなく、経営方針を変えようとしてるんじゃないかって、あたし思うのよねえ」

マサヨさんはひそひそ声のまま、言った。

え、とタケオが息をのむ。わたしはまだマサヨさんの言葉の意味がよくわからなくて、うまく反応できない。

「おれたち、用なしっすか」タケオは小さく叫んだ。

なんですぐそういうことになるの。マサヨさんは笑った。タケちゃん、見かけによらず心配性なのね。

すいません、とタケオは謝った。

謝ること、ないのよ。マサヨさんはまた笑った。

すいませんて言うの、癖なんす。すいません。

「あらあら、タケちゃん、なんだか大人になったわねえ」

マサヨさんにそう言われて、タケオは一瞬憮然《ぶぜん》とした表情になった。タケオがわたしのジーパンをつるりと脱がせた時のことを、わたしは脈絡なく思いだした。あれは、いつのことだったんだろう。ずいぶんと昔のことみたいに思える。五百万年くらい前、まだわたしもタケオも、そもそも人類というもの自体が生まれていなかったくらい、昔のこと。

「あの子、銀行にお金借りて、店の改装するつもりなんじゃないかって、あたし」マサヨさんは言い、煙草のけむりをはーっとはきだした。

するんすか？　タケオが聞く。

ううん、推測なんだけどさ、あくまで。マサヨさんが答える。

すいそく。わたしはぼんやりとマサヨさんの言葉を繰り返した。マサヨさんの言葉の意味が、やっぱりうまく理解できなかった。五百万年前の、タケオとの短いセックスの光景が、頭の半分くらいの部分に、はりついたようになっているからだ。あとの半分は、石油ストーブからの温風みたいな、なまあたたかなもやもやしたもので、満たされている。

頭をひとふりして、わたしはもやもやを吹き飛ばそうとした。でもだめだった。タケオの裸の背中や、裏返ったジーパンのうす青い色が、断片となって、今度は頭ぜんたいに散らばるばかりだった。

あの、わたし、ちょっと休んできます。そう言いながら、わたしは表の戸を開けて外へ出た。タケオの気配がなくなると、急に頭が晴れた。やっぱり、辞めようか。何回めになるだろう、わたしは思う。前によく猫がおしっこをしていた場所に、霜柱が融《と》け残っている。踏むと、ざり、という音がして、霜柱はかんたんに崩れた。

「どうしても俺、あの酒瓶、手に入れるつもりだから」

電話に向かって、中野さんは言っている。うん。うん。そう。十二時半ね。はい。三田線。わかるって。え、わかんなきゃ携帯に電話するから。金？ あんまりねえけどさ。

どうやら相手はサキ子さんらしい。おまえさあ、という呼びかけが途中にときどき入るので、そうとわかるのである。

「三田線なんて、あんた、乗ったことあるの」中野さんが電話を終えると、マサヨさんが聞いた。

「ばかにしないでよ〜」中野さんは、へんな節をつけて答えた。あ、モモエちゃん。マサヨさんが言い、自分も「ばかにしないでよ〜」と歌ってみている。

「持つべきものは、能ある愛人ね」歌い終わるとマサヨさんは言った。

ふん、と中野さんは鼻をならした。サキ子さんのつてで、中野さんは西洋骨董《こっとう》の業者の集う、都内でも有数の格式の高い「交換会」に連れていってもらうことになったのだ。

「交換会って、どんなもんなんすか」タケオが聞いた。

「まあ、格式高いっつっても、根本的には、いつも俺らが行く市とおんなし」

「せり、するんすか」

「そう、せり」

業者だけで行う商品のせり売り会である「市」に、ときどきタケオも連れてゆかれる。市って、どんなの。中野商店に勤めはじめたばかりで、まだ何も知らなかったころにわたしが聞いたら、タケオはしばらく考えていたが、やがて、

「掘っ建て小屋みたいなとこで、おっさんたちが、たたき売りっつうかたたき買いっつうか、するとこす」と答えたものだった。

中野さんはいつも「市」で、中途半端な皿小鉢やら古びた鏡やら昭和のおもちゃやらを安く買いつけてくる。こまかな「古っぽい」ものが、中野商店の売れ筋なのである。

「交換会と、市とは、違うんすよね」

「違うすよ」中野さんは質問に答えるのが面倒になったのか、わざとタケオの口真似《まね》をした。

「どう、違うんですか」けれど悪びれる様子もなく、タケオは重ねて聞いた。

おまえ、やっぱ、大人んなったわけ？　中野さんが面食らったように聞き返した。

タケオは以前と同じ口調で「はあ？」と言いながらも、以前と違うのは、おどおどしていないことだった。

そういうことなら、君たちも、行っちゃったりする？　中野さんはタケオとわたしに向かって、聞いた。

「むり言って内々だけの会に連れてってもらうのに、いいの？」マサヨさんがとがめた。

中野さんは火をつけていない煙草をくわえたまま、「いいんじゃないの」と言う。俺にはさ、能ある愛人がついてるわけだし。中野さんはそう続け、煙草の根元を軽く嚙《か》んだ。

あらこの子ったら、すねてる。マサヨさんが笑う。

そんなんじゃねえよ。中野さんは煙草を嚙んだまま、口をとがらせた。タケオとヒトミちゃんの、のちのちの勉強にもなるしさ。

勉強すか。タケオは言い、口をぽかんと開けた。いつものタケオに戻っている。明日十一時ごろ出るから。勉強したい奴《やつ》は遅れずに来るように。先生みたいな口調で中野さんは言った。タケオはいつまでもぽかんとしていた。わたしは中野さんの正ちゃん帽のてっぺんについている房飾りを、眺めるともなく眺めていた。

風の強い日だった。中野さんの正ちゃん帽まで飛ばされそうになっている。今日の正ちゃん帽の色は、えんじ。

ビル風っつうの、こういうの。中野さんが大声で言うと、淡島さんが小さな声で、そうですね、と答えた。淡島さんの隣にサキ子さんが並び、その斜めうしろを、中野さんとタケオとわたしが歩いてゆく。

淡島さんは色白だった。西洋骨董商という言葉の響きからわたしが想像していたような、肌が浅黒くてもみあげを恰好《かっこう》よくのばした、といった態の男とは、淡島さんはぜんぜん違うタイプだった。三十代はじめだと言っていたが、すでに髪は薄い。猫背で目がぎょろぎょろしていて、深海に泳ぐ魚の感じがある。おれ、淡島さんて、なんか安心するす。交換会が終わって中野商店に帰る道すがら、タケオがそんなふうに言っていた。わたしも同じ印象を抱いた。それが商売上手ってものよ。お客を油断させられれば、もうしめたものだしね。サキ子さんはタケオのその言葉を聞いて、ひややかに言っていたが。

淡島さんは角のビルに入っていった。エントランスからさらに奥へ進むと、一段高くなったところに絨毯《じゅうたん》が敷きつめてある。受付に立っている黒い服の女に軽く会釈《えしゃく》してから、淡島さんは靴を脱いで下駄箱に入れた。わたしたちも淡島さんに倣う。スリッパは用意されておらず、くつしたで絨毯を踏んでゆく。

会議室にあるような長いテーブルの前に椅子が並べてあり、業者らしき人たちが三々五々、食事をしていた。コンビニのおにぎり、惣菜屋《そうざいや》の白い発泡スチロールに入った鶏のからあげ、缶のお茶などが、それぞれの前にてんでんばらばらに置かれている。タケオのお腹《なか》が鳴る音がした。

「始まるまで、適当にしててくださいね」淡島さんは小さな声でそう言ってから、顔見知りの方へ歩いていってしまった。

交換会を行う部屋は三十畳ほどの広さだった。白いざぶとんが、大きな四角形の四辺上にぐるりと並べられており、ざぶとんで囲われた四角形のまんなかはすっぽりと空いている。

中野さんはきょろきょろしている。サキ子さんは中ほどのざぶとんにすっと座った。わたしも一つあけて座る。そのまた横に、タケオが座った。サキ子さんは足や腰が薄いので、正座しても身の丈が低い。わたしやタケオよりも、頭ひとつぶんくらい、低い感じだ。

会場はざわついている。中野さんはうろうろ歩きまわっていた。タケオもいったん座ったざぶとんから立って、中野さんのあとについて歩いた。

「ねえ、ヒトミちゃん」サキ子さんがささやいた。

はい。サキ子さんの声が低いので、わたしもあわせるように低い声で答える。

「ヒトミちゃん、やめちゃうの？」

え。

「やめちゃうんでしょ、ハルオさんのとこ」

いや、そんな。

中野商店を辞めるかもしれない、という心づもりのことは、まだ誰にも言っていなかった。

どうしてそんなこと。わたしは低い声のまま、サキ子さんに聞いた。

「なんだか、そんな気がしたの」サキ子さんは言った。ささやくような調子なのにはっきりと聞こえる、不思議な声だ。

そんな気？

「あたしも、やめようと思ってるからかな」

サキ子さんの顔を、わたしは見やった。削《そ》いだような目の中の光が、いつもより強い。

やめるって、な、何を。

「ハルオさん」簡潔に、サキ子さんは答えた。

でも前に、別れないって。わたしはさらに低く、聞いた。中野さんとタケオが戻ってくるのが見えた。

「うん。でもようやくやめられそうって思ったから」

ようやく？　わたしは思わず聞き返したが、その時中野さんがわたしとサキ子さんの間のざぶとんにどさりと座ってしまった。

サキ子さんは中野さんに顔を向けてほほえんだ。おだやかなほほえみだった。いつかサキ子さんの店であるアスカ堂で見た鎌倉時代の女神像《めしんぞう》のような、ふっくらとした、ほほえみだった。

四角い大きなお盆にのせられた商品が、お盆ごとまわってくる。見おわると、横に座っている業者の前に押し出す。流れ作業のようにして、つぎつぎに皿やランプやエッチングを見てゆく。

「これ、けっこう、向《む》きじゃない？」サキ子さんが淡島さんに言っている。サキ子さんをはさんで中野さんと反対側に、淡島さんはいつの間にかあぐらをかいて座っていた。

「うーん、好きだけどね。今そういうの、ものすごく高いから、なかなか売れないんだな」淡島さんはあいかわらず小さな声で言い、それでもお盆からサキ子さんの言うその「向き」のものである、てのひらにすっぽり入るくらいの複雑な色の小さなグラスを取りだし、子細に観察した。

「疵《きず》あり、か」言いながら、淡島さんは一人で頷《うなず》いている。

タケオはまわってくる品全部を、いちいち手に取っていた。淡島さんをはじめとする専門の業者たちは、無造作にひょいと手に取るのに、タケオだけはいやに慎重に品を扱っている。

「その方が、もちろんいいのよ」サキ子さんは優しい声で言った。タケオのくびすじが一瞬あかぐろく染まる。

一方の中野さんは、まわってくる品にはぜんぜん手をふれず、ただお盆の真上に顔をもってゆき、じっと上から眺めているばかりだ。

「欲しいもの、あったら、言ってください」淡島さんが中野さんに言った。中野さんと淡島さんのまんなかに座っているサキ子さんは、淡島さんと中野さんが言葉を交わすたびに、いちいち身をひいて両腕をうしろについている。

「寒さも厳しくなってまいりました、皆様変わらずお元気のことと思います」というかんたんな挨拶《あいさつ》のあと、すぐにせりが始まった。鉦《かね》や太鼓で始まるとは思っていなかったが、格式が高い、と聞いていたので、もうちょっと四角ばった雰囲気のものかと思っていた。

「かんたんなんだね」わたしがタケオにささやくと、タケオは、うん、と頷いた。うん、いつもの市と、あんま雰囲気、変わんない。場所が小屋じゃなくて、ビルっていうだけで。

久しぶりにタケオがていねい語でない喋《しゃべ》りかたをしたことに、わたしはぴくりとした。瞬間的に、嬉《うれ》しさがこみあげてきた。ばかみたい、と思いながら、なんだかやたらに嬉しかった。

「始まるよ」何を言っていいかわからなくて、でもタケオと同じような調子で喋りたくて、わたしは言った。ばかみたい、と、もう一度思う。

最初のつけ値を意味する「発句」は、三千円から始まった。だみ声の仕切りの男の発声は、さんぜんえ、と聞こえた。

五千円、七千円と、値段は軽快に上がってゆく。タケオはくいいるように仕切りの手元を見つめていた。

今日はぜんたいに低調だね、と淡島さんがつぶやいた。値がどんどん上がっていく品もあったが、声を出すのが二人くらいで、発句が一万円だったのに、一万七千円くらいまでしか上がらないような品も多かった。

順調に数万円、数十万円単位で値がはねあがっていった時には、仕切り役の斜めうしろに立っている出品者は、首をゆっくりと縦にふる。

「出来ました」と仕切りが締めると、それが売り値が決まったという合図であることが、しばらく見ているうちにわかってきた。

声を出す業者は多いのだが、上がりかたの渋い品もあった。五千円、七千円、一万円、一万一千、一万五千と、じらすようにしか値がついてゆかない。

「十貫目《じっかんめ》」という声がとんだ。

なんすか、あれ。タケオが中野さんに聞く。

「一六五ってこと」中野さんは仕切りの方をじっと見たまま、タケオには顔を向けずに答えた。

「いちろくご」タケオは繰り返す。

「この場合だったら、一万六千五百円っていうことよ」サキ子さんが、こちらはタケオの顔を覗《のぞ》きこむようにして、言う。

「十万の位に乗ってたら、十六万五千円っていう意味になるし」サキ子さんは説明を続けた。タケオはまた口をぽかんと開けた。

「百万だったら、百六十五万」

そうすかー。タケオはぽかんとしたまま、言った。

十貫目の声のあとは、なかなか声があがらなくなってしまった。シブすぎるって。中野さんはぶつぶつ言っている。でも今は不況で物が売れないからねえ。淡島さんが首を振りながら答える。出品者はついた値が不満だったらしく、眉《まゆ》を寄せていた。

仕切りの男がうしろを振り返って出品者にうかがいをたてる。出品者がてのひらを軽く体の前で振ったのを見て、仕切りの男はあっさりと「違いましたー」と言い、品物を引きあげた。

絵がひとわたり出た後は、陶磁器のせりに移った。ローゼンタールだよ、ローゼンタールっ。五客ぞろい。あれれ、四客か。さっきのも四だったね。今日はそういう日なんだね。仕切りの口上は軽妙だ。

陶磁器が終わると、次は雑貨だった。装飾的なピンクとブルーのランプ、猟犬と貴族を描いた額入りの小さな絵二組、それにワインスタンドとワイングラスをあわせたもの全部をぎっしりと盆に載せ、はい、これでホテルの部屋が二つできるよー、などと仕切り役は呼ばわる。

さんまんえ、というだみ声の発句で始まったその「ホテル」セットは、しかしちっとも値が上がらなかった。ああいうのが置いてあるホテルって、どんなホテル？　サキ子さんが笑いながら淡島さんに聞いている。超豪華ホテルですねえ。淡島さんは小さな声で答えた。サキ子さんの声と、淡島さんの声は、なんだか質が似ている。小さいのにしっかりと耳に届く声。

「和物の交換会って、いくらぐらい動くの」今度は淡島さんがサキ子さんに聞いた。

「先週の会では、六千万くらいだって聞いたわね」

「すごいですねえ」淡島さんはさしてすごそうにでもなく、たんたんと言った。

中野さんが体を前に乗りだしはじめていた。そろそろですかね。淡島さんが言う。お願いします。中野さんは淡島さんに向かって軽く頭を下げた。先ほどまわってきた盆の一つに、真っ黒な煤《すす》を塗りつけたような、わたしから見ると何の面白みもないような瓶がのっていたのが、どうやら中野さんのお目当ての酒瓶らしいのだった。

まだもうちょっと先ですから。淡島さんが言う。中野さんはまた頭を下げた。自分も市に出て、千円だの五百円だのの細かくて辛辣《しんらつ》な駆け引きをしていることなんか、きれいさっぱり忘れている様子である。

仕切りが笑いながら「どうする〜」と節をつけて、品を高く上げた。パグ犬の飾りのついた文鎮だった。可愛《かわい》い犬は買って帰ってやらなきゃあ、と仕切りが言うと、六万円、と声がかかった。パグの文鎮は、結局十五万円まで値が上がった。

次がいよいよ中野さんの酒瓶である。せりの前に盆がまわされた時に、タケオの二つ隣のざぶとんに座っていた男女連れの業者が、酒瓶を長い時間手に取って見ていた。「山、変わります」と仕切りが言う。パグの文鎮とあと六点ほどを出していた業者の品が終わって、いよいよ中野さんの目《もく》する瓶の出品者の番になったらしい。にまんえ、というだみ声が響いた。中野さんは本格的に身を乗りだした。

胴体と首のところは煤黒くなっていたが、底をひっくり返して見るとでこぼこで、鏡のように光っていた。顔を近づけると、虹《にじ》が見える。

「黒真珠の表面みたいすね」タケオが言った。

「洒落《しゃれ》たこと言いますね、タケオくんは」淡島さんは言い、にこやかにタケオを眺めた。

酒瓶は七万円で落とすことができた。タケオの横に座っていた男女の業者が、予想通りかなり激しく競《せ》ってきたのだが、淡島さんの方が業者としてはずっと先輩格で、結果的にはその威光でもって、思ったよりも値をせりあげずに落とせたのだと、会が終わってから中野さんは少しばかりうわずった口調で教えてくれた。

「ジンの瓶なのね、それ」サキ子さんが静かに言った。

ジンか。中野さんはうっとりと言った。

「ジンって、あたし、好き」サキ子さんは言った。なんでもない言いかただったが、わたしはどきどきした。中野さんはうんうんと生返事をしている。

エアキャップに包まれた瓶をさらに持参の新聞紙でくるみ、箱型の鞄《かばん》に入れたものを上から撫《な》でながら、中野さんはもう一度、ジンか、と繰り返した。サキ子さんはほほえんでいる。中野さん、しあわせそうすね。タケオが、少しうらやましげに言った。しあわせそう、というタケオの言葉に、わたしは声を出しそうになる。あわてて下を向く。

せりが始まる前のサキ子さんの言葉が、さっきからわたしの頭の中でずっと響いていた。

ようやく、やめられそうって思ったから。

そろそろと顔を上げてサキ子さんの顔を見たら、サキ子さんはほほえんだまま、ウインクをした。右目をつぶると、つられてくちびるの右半分が持ちあがって、ほほえんでいるのに、泣いているような表情になった。

いいんですか。

声に出さずに、くちびるだけで言うと、サキ子さんは頷いた。

いいの。

サキ子さんも、くちびるだけで答えた。それからほほえみをひっこめて、またウインクをした。おんなじように口の右半分が持ちあがったが、ほほえんでいない今は、さっきとは反対に、笑ったような表情になった。

「ヒトミちゃんも、がんばってね」声に出して、サキ子さんが言った。いつもより、大きな声だった。

中野さんがびっくりしてサキ子さんの顔を見る。サキ子さんはまっすぐに中野さんを見返した。淡島さんがタケオに何かしきりに話しかけている。サキ子さんの頬のあたりの皮膚が底光りしていた。ジンの瓶の底みたいに、にぶくてきれいな光をたたえていた。

中野商店をいったん閉めると中野さんが宣言したのは、節分を一週間ほど過ぎたころだった。

朝からちらほらと雪が舞っていた。風花《かざはな》っていうのよ、こういうの。マサヨさんが言うと、タケオは外へ出て空をじっと眺めあげた。店先で、いつまでも真上を向いたまま、じっとしている。犬みたいな子ね。マサヨさんが笑った。

中野さんがやってきたのは午後遅くで、雪はもう止《や》んでいた。

「全員集合」中野さんはへんな号令をかけた。

引き取りもないのにタケオが朝からずっといるのはどうしてだろう、と思っていたところだった。中野さんはごくかんたんに店じまいのことを説明した。扱う商品を少し変えたいから。そのためには金が必要だから。店舗はいったん人に貸して、しばらくはトキゾーさんのインターネットサイトだけでやってくから。退職金は出せないけど、今月のバイト代は五割増しにするから。

中野さんは今月に入ってからまた少し痩《や》せた。サキ子さんがきっぱりと中野さんに別れを告げたことは、少し前にマサヨさんから聞いていた。男も女も、老いも若きも、恋が終わると痩せるのかな。わたしは思ったりした。

じゃ、と中野さんが言って、それですぐに解散になった。マサヨさんは、わたしとタケオとを交互に見た。「おしゃれ」になって以来愛用している草木染のスカーフを、今日はマサヨさんは幾重にもぐるぐると首に巻いている。スカートは、茶色のロング。ショートブーツも茶。

「ヒトミちゃん」とマサヨさんが言った。

はい。わたしは答えた。

マサヨさんは何か言いたそうにしばらく口をとがらせていたが、結局は何も言わず、もう一度「ヒトミちゃん」と言った。わたしも、もう一度、はい、と答えた。アケビの蔓《つる》のカゴ、持っていったら。マサヨさんは最後にそれだけ言って、あとはまた黙ってしまった。

タケオと並んで店を出た。中野さんも何も言わなかった。同じ姿勢で、同じように火をつけていない煙草《たばこ》をくわえたまま、中野さんとマサヨさんは店先に立って、いつまでもわたしたちを見送っていた。角を曲がるときに振り返ると、中野さんの正ちゃん帽の房飾りが見えた。今日の中野さんの正ちゃん帽は、マサヨさんのスカートと同じ茶色だった。

これから、どうする。

わたしが言うと、タケオは首をかしげていたが、やがて、

ヒトミさんこそ。

と答えた。

無言のまま、二人で並んで歩いた。アケビの蔓のカゴの入ったスーパーの古い袋の持ち手を、わたしはぎゅっと握りなおした。風花が、また舞いはじめていた。

パンチングボール

一瞬、どこにいるのか、わからなかった。

カーテンの隙間《すきま》から薄く日が差している。枕《まくら》もとの目覚まし時計から響く、リ、リ、リという音が、次第に早まってゆく。リリリリリ、という連続音になってから、ようやくわたしは時計に手をのばした。

今自分がいるのが、中野商店のあった町のアパートではなく、あのアパートよりさらに手狭ではあるけれど、私鉄の乗換駅から歩いて五分という至便な場所にある、白い外壁のこぎれいなマンションの三階の部屋であることを、わたしはまだ覚めきっていない頭の中で、ぼんやりと反芻《はんすう》した。

引っ越したのは、もう二年も前のことだ。

ベッドからゆっくりと床に降りたち、目をしばしばさせながら、洗面所に向かった。

水でざっと顔を洗い、歯をみがく。ゆうべ使ったクレンジングクリームのチューブのふたが、あけっぱなしになっていた。見まわすと、洗面台のすみっこの方に、三角形のふたはぽつんと落ちていた。拾って、チューブの絞り出し口にはめこんだ。

冷蔵庫からトマトジュースの缶を取りだす。かちんと音をさせて開け、コップには注《つ》がず、そのまま飲んだ。振るのを忘れたので、最初のうちは水っぽくて、それから急に濃くなった。

前髪から水滴がぽたりと落ちてくる。トマトジュースを飲みおえ、缶をすすいで水切りの上に伏せ、ベッドの横にある小さな鏡をのぞきこむ。耳の先っぽが赤みを帯びていた。指先で触れてみる。冷たい。

窓を開けると、風が吹きこんできた。真冬の、湿りけをふくんだ寒風である。あわてて窓を閉め、長そでのシャツとタイツを身につけ、厚手のスカートとセーターを着こんだ。先々週フリーマーケットで買ったベージュのコートを、押し入れの上段から取りだしてベッドの上に放り投げる。

ふたたび鏡に向かい、下地クリームを指にとって、両頬と鼻の頭と額にぽつんぽつんと置いてゆく。満員電車に乗って通勤することにも、正社員の女の子たちとうまく距離を置く方法にも、エクセルの使い勝手にもあんがいすぐに慣れたけれど、こうして毎朝「正式」にお化粧をすることには、どうしても慣れることができない。

中野商店にいたころは、下地クリームなんていうものは、その存在もほとんど意識したことがなかった。化粧水をぱたぱた叩《たた》きこんで、気が向けば色つきのリップを塗るくらいだった、あのころ。

中野商店が「解散」してから、三年近くが過ぎた。

今の会社は、もう半年になる。芝にある健康食品の会社である。

契約は二回延長されたけれど、たぶん次の契約はもうないだろう。居心地のいい会社だったけれど、しょうがない。

チークを乱暴にはたきつけながら、わたしは両肩を軽く上下させた。日に何時間もパソコンの画面を眺めるせいか、肩こりがひどい。こんどの土曜は、新しく駅前にできたマッサージ屋さんに行ってみようかな。そんなことを思いながら、わたしは何回でも、肩を上下させた。

マサヨさんと、久しぶりにお酒を飲んでいる。

「ヒトミちゃんがOLやってるなんてねえ」手酌で燗酒《かんざけ》を注ぎながら、マサヨさんは言った。

「正式のOLじゃなくて、派遣です」

「どう違うの」

説明すると、マサヨさんはふんふん頷《うなず》きながら聞いていた。でもきっと、すぐに忘れてしまうにきまってる。

マサヨさんは、このところ「おおいそがし」なのだそうだ。れいの創作人形が、その道ではちょっと名のある賞を取ったのである。

「賞金は五万円ぽっちだったけどね」マサヨさんは説明した。

「でもハクがつくの」眉《まゆ》をはんぶんくらい持ちあげながら、言う。

ハクがついた結果、マサヨさんは地元のカルチャースクールに一つ、あちこちの公民館に全部で三つ、講座を持つようになった。

「だから、おおいそがし。やあねえ」セブンスターを吸いつけながら、マサヨさんは言った。ほんとうに、嫌そうである。

「収入があるって、いいことですよ」わたしが言うと、マサヨさんは笑った。

「ヒトミちゃんたら、おばさんみたいなこと言ってる」

「もうおばさんです」

「三十になったくらいで、いばらないでよ」

途中だったけれど、わたしたちはなんとなく乾杯をした。

「ヒトミちゃんのおばさん化に、かんぱい」マサヨさんは言いながら、小さな杯をほした。

「やめてくださいよー」わたしはコップに三分の一ほど残っていた焼酎《しょうちゅう》のお湯割りを、ぐっと飲みほした。ほぐれた梅ぼしの実の混じったほのあたたかいものが、喉《のど》をすべり落ちてゆく。

「引っ越したのね」という電話が、マサヨさんからかかってきたときの、マサヨさんの声を、はっきりと覚えている。

前のアパートを引き払ったばかりのころだった。通知見て、とマサヨさんは言った。手書きの転居通知を十人ほどに出した、そのうちの一通はマサヨさん宛《あて》だった。中野さんとタケオには、考えたすえ、出さなかった。

「なけなしの貯金、はたいちゃいました」わたしが言うと、マサヨさんは電話の向こうで、ああ、と色のあるため息をついた。

最初から、声がいやに艶《つや》めいている、と思っていた。

「よかったわね」

「そうですかねえ」

「よかったわよ」

なんでもないやりとりだったが、やっぱりマサヨさんの声はいつもと違っていた。しばらく世間話やお天気の話がつづき、そろそろ切りごろかと思ったその時、マサヨさんが、

「お通夜《つや》は今日で、告別式は明日なの」と言ったのだ。

え。わたしは聞き返した。

「丸山の」マサヨさんはつづけた。

丸山の？　おうむみたいに、わたしは繰り返した。

「心臓で。三日連絡がないから行ってみたら。この季節だから、そのままのきれいな姿だった」

丸山の元妻のケイ子ちゃんがとりしきる葬式なんて、あんまり行きたくないんだけどさ。浮世の義理ってものもあるし。告別式はハルオと一緒に行くけど、今夜はハルオ、どうしてもお客に届けなきゃならないものがあるって、ねえヒトミちゃん、一緒に行ってくれない？

ものすごくなめらかな口調だった。中野商店に一見《いちげん》のお客が入ってきたときに、い

いかげんな商品を適当に勧めるときのマサヨさんの口調と、同じだった。

「行きます」わたしはそっと答えた。

「ああ」マサヨさんはまた、色のあるため息をついた。

「住んでたアパートの大家がまた、大げさに騒ぎたててねえ、最後まで大家にめぐまれない人だったわよ、まったくもう」そう言ったときだけ、いつものマサヨさんの声に戻った。けれど、

「丸山、ほんとに死んじゃったのよ」とへんなふうにあっけらかんとつぶやくマサヨさんの声は、やっぱり今まで聞いたこともないような不思議な声だった。

「引っ越し、ともかく、おめでとう」というマサヨさんのへんなしめくくり方で、電話は終わった。

丸山、ほんとに死んじゃったのよ。マサヨさんのその妙にあでやかで湿った声が、こわれた機械のように、何回でも頭の中で鳴り響きつづけた。

後刻待ち合わせた駅の改札に行くと、すでにマサヨさんは来ていた。茶色いコートに茶色のショートブーツ。「解散」の時に首に巻いていたのと同じ草木染のスカーフを、その夜は、頭にかぶっていた。

「お通夜に、そういう恰好《かっこう》でいいんですか」思わず聞くと、マサヨさんはむっつりと頷いた。スカーフが、マサヨさんの頭の動きと共に軽く揺れた。

「あんまりきちんとした喪服を着てくと、死を予期してたみたいだから、お通夜はこういうのじゃないと、いけないの」言ってから、マサヨさんはわたしの服装をじろじろ眺めた。喪服に黒のストッキング、コートも黒っぽいのを、わたしは着こんでいた。

「きちんとしてちゃ、いけないんですか」わたしがこわごわ聞き返すと、マサヨさんはためらいなく頷いた。

「いけないのよ」

駅から歩いて十五分の小さな葬祭センターが、お通夜の会場になっていた。「緑川家」と「丸山家」と「秋元家」の、三つのお通夜が同時におこなわれていて、人がざわざわと出入りしていた。

「閑散としてなくて、よかったわ」マサヨさんは言って、そそくさと列にならんだ。

祭壇の横に、中年の夫婦と女の子が二人、それに「元妻のケイ子ちゃん」とおぼしき白髪の女が並んで、無表情で座っていた。女の子たちはそろって地元の私立小学校の制服を着ていた。

マサヨさんは「ケイ子ちゃん」と目をあわせることもなく、さっさと祭壇に背を向けた。マサヨさんにつづいて焼香をしながら見あげると、丸山氏のにこやかなカラー写真が飾られていた。ずいぶん若いころの写真だ。口もとや額にぜんぜん皺《しわ》がなくて、顔の輪郭がほっそりとしている。

「ちょっと飲んで帰りますか」会場を出てからマサヨさんに聞いたが、マサヨさんは何も答えず、どんどん歩いていってしまう。

「いい」

しばらくしてから、マサヨさんは言った。五分ほども歩いたあとだったので、何のことだか最初はわからなかったが、さっきのわたしの言葉への答えらしいと、じきに気づいた。

「亡《な》くなっちゃったんですね」わたしが言うと、マサヨさんはまた無言で頷いた。

黙然と、駅まで歩いた。切符を買って改札に行こうとすると、わたしの背中に向かって、

「世界でいちばん愛してる」とマサヨさんが言った。つぶやくのでもなく、声を張りあげるでもなく、ただの会話の続きのように、言った。

「え」と振り返ると、マサヨさんはむっつりした顔のままで、もう一度、

「世界でいちばん愛してる」と繰り返した。

マサヨさんに向き直り、顔を見たが、それ以上マサヨさんは何も言わなかった。会社の退《ひ》け時で、改札から出てくる人がいくたりもわたしたちにぶつかっていった。「丸山に、そのこと、言いそこねたわ」人波が一瞬途切れたとき、マサヨさんは小さな声でそう言い、くるりと駅に背を向けて歩きだした。

マサヨさんの頭をおおっている草木染のへんな色のスカーフが、街灯の光を受けて、いつもよりもっとへんな色に見えた。きりりと背筋をのばし、マサヨさんは、まっすぐに遠ざかっていった。

「二級の試験にとおったよ」と言うと、母はものすごく小さな声で、

「ひとみ」と言った。

そのまま、母は電話口で黙りこんでしまった。

「そんな、たいしたことじゃないんだけど」つづけたが、母は泣いているようで、答えがない。

これだからなあ、とわたしはため息をおしころした。

「そんなにわたし、心配かけてたの？」わざと明るい声で聞いてみる。

「ひとみちゃん、よかったわね」母はわたしの問いには答えず、言った。母親という

存在を体現したような、優しげな声。いや、優し「げ」なんじゃなくて、実際に優しいのだ、母は。

簿記学校に通うから、お金を援助してほしい。ずっと連絡していなかった母に、去年突然電話をかけて頼んだときには、母はただ不安そうな声を出しただけだった。それでもお金はすぐにわたしの口座に振り込まれた。頼んだ金額よりも十五万円多かったことに、わたしは少しげんなりしたものだった。心配されていることに困惑する、というのではなく、なんというか、これが世の中っていうものだったよね、という、現実に引き戻された感じ。ありがたいと思わなきゃならないんだけど、そのありがたさに妙な徒労感があって、お尻《しり》がもぞもぞする感じ。中野商店が「解散」になって以来、ことあるごとに身にしみる、この感じ。

「次は、一級の試験、受けるつもり」さらに明るい声で言うと、ようやく母も弾んだ声になった。ひとみちゃん、えらいわよ。お母さん、きっとひとみちゃんが頑張って勉強続けるって、思ってた。

どうせひとみは簿記学校なんて、途中で飽きてやめるよ、と言っている父や兄の顔がありありと目にうかぶようだった。母は何も言わなかったけれど。

マサヨさんに会いたいなあ、とわたしは思ったのだ。母との電話を切って、そのまますぐマサヨさんに電話をかけた。

久しぶりに、お酒、飲みませんか。二年前のあの丸山氏のお通夜以来の久しぶりの電話だったけれど、前おきもなしに、わたしは言った。

いいわよ。驚いたふうもなく、マサヨさんは答えた。

それで、今こうして、一緒に飲んでいるのである。

マサヨさんが少し酔っぱらってきた。

「中野さん、元気ですか」聞いてみた。元気じゃないわよ、とマサヨさんが平然として答えるかもしれないと思うと、ちょっとこわくて、それまで聞けなかったのだ。

「元気、元気」マサヨさんはさらりと答えた。

「オークション、今もやってるんですか」

「トキゾーさんとこから独立して、自分のサイトを作ったのよ」

お酒、二本ね、とマサヨさんは叫んだ。お燗《かん》つけなくていいから。冷やでね。すぐ持ってきてね。やつぎばやに言う。店員はわかっているんだかわかっていないんだか、「はあ」などと気のない返事をしている。

「なにあれ、タケちゃんみたい」マサヨさんは、品書きの紙でぱたぱた顔をあおぎながら言った。

「タケちゃんていう呼び方、なつかしい」わたしが言うと、マサヨさんはわたしの顔を覗《のぞ》きこんだ。

「ヒトミちゃん、タケちゃんとアレだったでしょ」

「アレってなんすか、アレって」

「あ、その言い方も、なつかしい。アレって、アレすよ、ヒトミさん」後半、タケオの声音を真似《まね》しながら、マサヨさんは言った。あんまり似ていなかった。

「でね、オークションで丸儲《もう》けしたんで、ハルオ、中小企業向けの融資が受けられることになったんだってさ」

思ったよりも早く運ばれてきた冷や酒を、マサヨさんはビールのコップにどくどく注いだ。まだ残っているビールの泡が、とろりとした冷や酒の表面にうっすらと浮かぶ。

丸儲けで融資って、なんだか要約しすぎてません？　わたしが聞くと、マサヨさんは手をひらひらと振りながら、あらヒトミちゃん、さすが簿記二級、と言って笑った。丸儲けで融資を受けられることになったので、中野さんはいよいよ西荻《にしおぎ》に店舗を借りて、西洋アンティークの店を開くことになったのだという。

「すごいじゃないですか」わたしが小さく叫ぶと、マサヨさんは苦笑いした。

「あやしいけどね、ハルオのすることだし」

わたしたちはまた乾杯した。それから二皿ほど料理を追加し、さらに杯を重ね、夜はどんどん更《ふ》けていった。


閉店です、と言われて、店を出た。わたしもずいぶん酔っぱらっていた。

「タケちゃんとは、ぜんぜん、会ってないの？」マサヨさんが大きな声で聞く。そんな大きな声出さなくても、聞こえます。わたしも、どなり返した。

「会ってないの？」マサヨさんは繰り返した。はんぶん笑ったような、はんぶん怒ったような表情、首に巻かれたスカーフは、やっぱりれいの草木染である。

会ってません。わたしはきっぱりと答える。

そお。マサヨさんはがっかりしたような声で言った。タケちゃん、どうしてるのかしら。ちゃんとやってるのかしら。のたれ死にとか、してないといいわよねえ。眉《まゆ》を寄せて、マサヨさんは言った。

縁起でもない。わたしが急いで言うと、マサヨさんは口を大きく開けて笑った。

ほらヒトミちゃん、やっぱりなんか、おばさんぽい言いかた。

おばさんですよ、ほんとにもう。

でもね、ほんとのおばさんは自分のことおばさんなんて言わないものよ。

ねえねえマサヨさん、少し太りました?

そうなのよお、忙しいと太っちゃうんだな、これが。

ポージイのケーキばっかり食べてるんでしょう。

それが、ポージイ、代替わりして息子が社長になったら、ケーキの傾向が変わっちゃって。しゃらくさい長ったらしい名前のケーキばっかりになっちゃってさ。

ポージイが代替わりした、というマサヨさんの言葉を聞いて、わたしはなんだか急に脱力した。タケオの顔を思い浮かべようとしたけれど、うまくゆかなかった。断ち切られた右手の小指の先が、いやにくっきりと思いだされるばかりだった。

終電が、と言って、わたしは走りだした。さよならー。マサヨさんがまのびしたような声で言っている。すぐに息が切れたけれど、かまわずわたしは走りつづけた。世界でいちばん愛してる。そんな言葉、誰にも言えない。言いたいと思ったこともない。走りながら、思った。終電まではまだ時間があったけれど、わたしは駅まで、休まずに走りとおした。

翌月の決算期に、契約期間が終わった。花束を一つ、女の子たちからもらった。初めてのことだったので、ちょっとばかり、ぐっときた。

「次はどんな会社に行くの」佐々木さんという、わたしより少しだけ年下の女の子が聞いた。

「コンピューター関係の会社みたいです」

「みたいですって、あいかわらずマイペースねえ、菅沼さんは」佐々木さんは笑った。

マイペース。花束を提げて歩きながら、わたしは頭の中で繰り返した。八か月間、いっしょにいた女の子たち。ちょっと意地悪い人や、ちょっと親切な人や、ちょっと几帳面《きちょうめん》な人や、ちょっと変わった人がいた。その中で、わたしの位置は「マイペース」だったわけか。

なんかこう、自分のこと、小出しにしてたなあ、みんな。全開じゃなく。

中野商店の面々のことを、少しだけ、思いだす。

花は花瓶に入りきらなかった。マヨネーズの空き瓶に水を入れ、残りをさした。週明けには、次の会社に行くことになっている。やっぱりマッサージ屋さんに行ってみよう、明日は。そう思いながら新しい勤め先の資料を入れてある封筒を出そうとひきだしを開けると、紙きれが一枚、ひらりと落ちた。

いつかの、タケオが描いたスケッチのうちの、「着衣」の方だった。

こんなとこにあったんだ。そうつぶやきながら、わたしは拾いあげた。ジーパンにTシャツ。きまじめな顔をしたわたしが寝そべっている。上手だった。以前思っていたのより、タケオはずっと絵が上手だったのが、今になってわかった。

タケオって、のたれ死にしたかな。

のたれ死にしているタケオのことを思うと、ちょっといい気味だった。いい気味、という気分はすぐに消えて、そういうこと感じるのって、めんどくさいな、生きてるのって、ほんと、めんどくさいな、と思った。恋愛、もうしたくないな。肩凝り、なおるといいな。貯金、今月はけっこうできるかも。小さな泡みたいに、少しずつ思った。

花瓶にさした花は、造花みたいに見えた。マヨネーズの空き瓶にさした方は、ふつうの生花に見えるのに。

封筒の下に、ふたたびスケッチの紙をしまった。コンピューター関係の会社って、ふつうの会社よりもっとたくさんのコンピューターが置いてあるのかな。コンピューターって、四角いよね。電子レンジも四角。中野商店で最後に使っていた石油ストーブも四角かったな。埒《らち》もなく思いながら、ストッキングを脱いで、くるくるとまるめた。

「菅沼さんの机は、これです」ではなく、「菅沼さんのピーシーは、これです」という言いかたが、コンピューターの会社っぽいな、と思った。

言いかたは違ったし、前の健康食品の会社よりずっとちっぽけな会社だったけれど、仕事の内容はほとんど変わりなかった。コピーにおつかいに伝票整理に資料づくり。三日行ったらすっかり慣れて、前からいた会社のような気分になった。女の子たちが一緒にお昼を食べに行かないというのも、慣れが早かった理由だ。あれは、疲れる。

この会社では、男も女も、みんないちようにじっと机に陣どって、コンピューターの画面にかじりついている。ときどき「あーっ」とか「もうなー」とかいう声があがる。男の人は高めの声で、女の人は低めの声で言うのが、面白かった。

わたしは定時に会社に行き、定時に帰ったが、午後遅くや、わたしが帰ったあとに出社してくるような人も多かった。朝行くと、徹夜をした人がもそもそとコンビニのゆでたまごの殻をむいていたりした。

会社の廊下でタケオにばったり会ったのは、その会社に行きはじめてから十日ほどたったころのことだった。

「あれ、ヒトミさん」タケオは言った。昨日まで毎日会っていたような、すんなりとした言いかただった。

わたしは、息をのんだままだった。

「どうしたんすか」

どうしたって、そっちこそ。ようやく、言った。

廊下で、わたしは立ちすくんでいた。タケオはきれいな色のファイルを両手にかかえている。オレンジと、黄色と、うすむらさきと、緑のファイル。

「ヒトミさんが、化粧、してる」タケオは、以前と同じ、ぽかんとした口調で言った。

はあ？　わたしは言い返した。タケオのその口調を聞いたとたんに、わたしも、中野商店のころと、おんなじ言いかたになった。

二人で、しばらく廊下のまんなかで、突っ立っていた。

中野商店が新装開店する、という案内状が来たのは、それからしばらくしてからだった。

「さすが中野さん、嘘《うそ》くさいすね」わたしのところに送ってきた案内状を見せると、タケオはそんな感想を述べた。開店日が四月一日となっていたのだ。

名前も「中野商店」ではなく、「なかの」になっている。

「小料理屋みたいな名前」と言ったのは、マサヨさんだ。

タケオは、あのあと、廊下ですぐに名刺をくれた。

「ウェブデザイナー」わたしは棒読みで、名刺の肩書を読みあげた。

やめてくださいよ、声にだして読むの。タケオはそわそわと腰のあたりを揺らした。

ファイルがすべって、落ちそうになった。

「ほんとに、タケオなの？」わたしが聞くと、タケオは憮然《ぶぜん》とした表情で、

「そうです」と答えた。

「あ、やっぱりタケオじゃないかも」

「どうしてですか」

「そうす、とか、どうしてすか、とか言わないし」

「会社では、言わないす」

タケオが答えた拍子に、ファイルが二つ、すべり落ちた。かがんで拾おうとしたわたしの肩先に、こちらもやはりかがんだタケオの息がかかった。

「できの悪いドラマみたいだし、これって」タケオはぶつぶつ言いながら、ファイルを拾った。肩幅が前よりもっと広い。やっぱりこれ、タケオじゃないかも。わたしは

思った。

そのまますぐにタケオは行ってしまった。廊下をへだてた向かいの部屋に、タケオの「机」ならぬ「ピーシー」は、あるらしかった。

ばったり会ったあと、タケオからは一週間ほど何も言ってこなかった。

まあ、べつに昔の知りあいっていうだけだし。

定時に会社を出て、簿記学校で授業を受けながら、わたしは廊下で出くわしたときのタケオの顔を思いだしてみた。タケオの顔だけれど、見慣れたタケオの顔とは違う顔だった。

どうやってデザイナーになったの。聞いたら、専門学校に行ったんです、とタケオは答えた。

やっぱり、タケオじゃなかったのかも。

時間がたつにしたがって、強く思うようになっていた。人間の細胞って、三年で入れ替わるって聞いたことがあるし。名前はタケオだけど、外側もタケオっぽいけど、もうきっと全然違う人間なんだ、あれは。

十日ほどたって、退社時刻の少し前にタケオがわたしの「ピーシー」の前にすっと立ったときには、ほんとうに知らない人がそこに立っているような感じだった。

こんにちは。

知らない人に向かって言うと、知らない人は、いやまあ、こないだはどうもす、と言った。

とたんに、知らない人は、タケオに戻った。

しばらく、とわたしも言った。それから、タケオの顔を横っちょから見あげた。頬がしまって、髭《ひげ》が少し濃くなっていた。タケオは、照れたように口の端を一瞬持ちあげた。やっぱ、化粧、してるんすね。タケオはつぶやいた。

してるよ。わたしは答え、タケオの真似をして、同じように口の端を持ちあげた。

四月一日は、土曜日だった。

タケオとは、あれから二回夕飯を一緒に食べた。

「納期がせまってるんで、また会社に戻らないと。酒、飲みたいけど、またこんどゆっくり、ですね」とタケオが言うのを、わたしはぼんやりと聞いていた。

「納期？　タケちゃんが？」わたしがそのことを言うと、マサヨさんは大笑いした。

前の中野商店よりも、「なかの」の店舗面積は小さかった。けれど前の店よりも、よっぽどひろびろとしてみえる。

「余白の美が、ようやく俺にもわかってきたってことよ」中野さんは言った。

店の壁はすべて棚になっていて、そこにぽつりぽつりと品が並べられていた。十九世紀から二十世紀くらいにかけての、オランダやベルギーやイギリスの器もの、台所用品、それにガラス製品と少しの家具。

「雑誌にのってるお店みたいですね」と言うと、中野さんは黒い正ちゃん帽の角度をなおしながら、

「雑誌にのっている店よりもいいよ、うちは」と言った。

「この店、いつまでもつの」マサヨさんが聞いた。

「そうねえ、半年くらいかな」中野さんはにこにこと答えた。よくわからない人たちだ、あいかわらず。

開店の日には、たくさんの人がやってきた。

ふりの客も来たが、中野商店のころのお得意も来た。

午前中には、お鶴《つる》さまが来た。ひとわたり、店をみまわすと、

「あしは、こういうお店、落ちつかないけど、まあそれなりにいいんじゃない」と言い、いつものように「うっほっほっ」と笑った。

マサヨさんがいれたお茶を二杯飲んだ後に、ゆらゆらした歩きかたで出ていった。

午後いちばんに、田所が来た。なめるように店内を見まわし、マサヨさんのいれたお茶を落ちつきはらって飲み、高級な店だな、と言った。

「ガラス器がお買い得ですのよ」マサヨさんがわざとらしい上品ぶったくちぶりで言うと、田所は首を振り、いつもの悠揚せまらざる口調で、

「貧乏暇なしでねえ」と言った。

二時間ほども、田所は店に居すわった。ふりのお客が次々に来るのを、にやにやしながら見ていた。

ほとんど色のついていない、五杯めくらいになるお茶をわたしがこれみよがしに出したら、田所は、

「ヒトミちゃん、またここで働くの」と聞いた。

いいえ。そっけなく答えると、田所は笑って立ちあがった。

「そんなに嫌わないでいいのに、もうすぐ死ぬじじいなんだからさ」そんなことを言いながら、田所は出ていった。

淡島さんは午後遅くにやってきて、店内を一瞥《いちべつ》すると、あっさり、

「いいじゃないですか」と言った。出したお茶は飲まずに、忙しそうに帰っていった。

ミチ叔母さんとポージイの先代社長は、そろってやってきた。開店祝い、と書いた紅白の水引の結んである袋を中野さんに差しだし、こわごわ店内を見まわしてから、そそくさと出ていった。

夕方近くにお客が途切れたころ、見覚えはあるのだが、どうしても思いだせない男がやってきた。

「誰だっけ」マサヨさんが小声で聞く。

「誰だっけ」中野さんも、小声で聞く。

ヒトミちゃん、若いんだから、ここはしっかり記憶を。二人でこそこそ言ってくる。喉《のど》もとまで出かかっているのに、どうしても出てこない。

「このお店では、西洋ものを扱うんですね」と男はにこやかに言った。

「同業のかたですか」中野さんは、なんでもないふうを装《よそお》って、聞いた。

「いや、ちがいます」

それきり話が続かなくて、マサヨさんがさしだしたお茶に男が軽く口をつける間、店の中はしんとしていた。

お茶を飲むと、お客は立ちあがって店の中を二度、巡回するように見てまわり、最

後に、

「すてきなお店ですね」と言った。

男がいつか高麗《こうらい》青磁の丼《どんぶり》を預けに来た「萩原《はぎわら》お客氏」だということをわたしが思いだしたのは、萩原氏が帰ってから一時間ほどもたった後のことだった。

「恋人に呪《のろ》いをかけられた人ですよお」と、わたしが言い、そのあとひとしきり三人で騒いでいると、扉が静かに開いた。あ、と中野さんが言った。マサヨさんとわたしは、少し遅れて同時に顔を上げた。

中野さんが顔を上げた。

サキ子さんだった。

「やあ」とサキ子さんは言った。やわらかで、よく通る声。

「やあ」と中野さんも言った。少し気弱な、けれど芯《しん》に負けん気も混じった、声。

しばらくサキ子さんは黙って中野さんの顔を見つめていた。マサヨさんがわたしの袖《そで》をひっぱるようにして、ガス台と水道のある奥の小さなスペースに連れこんだ。

お湯をわかしながら、マサヨさんは、

「アスカ堂は、あいかわらず美人ね」と言った。

「前より女っぷりがあがったんじゃないですか」わたしが言うと、マサヨさんは大き

く頷《うなず》きながら、

「ヒトミちゃんも、そう思った？」と言った。

隙間《すきま》から覗《のぞ》くと、サキ子さんと中野さんはにこやかに談笑していた。大人みたい。中野商店関係のひとたちなのに。わたしは思う。

サキ子さんは三十分ばかりいてから、去った。中野さんは少し先までサキ子さんを送っていった。

「サキ子さん、来てくれたんですね」帰ってきた中野さんに言うと、中野さんはため息をついて、

「いい女だなあ」としみじみつぶやいた。

「惜しいことした、ほんと」

「より、戻さないの」マサヨさんが聞くと、中野さんは、

「戻させてくれっこないでしょ」とぼやいた。

サキ子さんの白檀《びゃくだん》の残り香が、まだ店内に淡くただよっていた。

七時になって店じまいをしようと表に出ると、歩いてくる人影があった。もうすっかり暗くなっていたが、タケオだということはすぐにわかった。

わたしの姿をみとめたのか、タケオは足を早めた。手を振ると、走りだした。

「もう、閉店?」タケオは聞いた。

「そろそろ」わたしが言うと、タケオはガラス越しに店内を覗きこんだ。

走ってきたのに、タケオは息ひとつ切らしていない。

「なんか、丈夫になったんだね」わたしが言うと、タケオは笑った。

「肩幅なんかも、広くなっちゃって」

そうかな、と言ってタケオはまた笑った。おれ、会社に勤めはじめてから、ジムに行ってるんだ。

「ジム?」わたしは驚いて聞き返した。タケオとジム。どう考えても結びつかない組みあわせだ。けれど、知らぬ間にウェブデザイナーなんかになってしまったタケオなのだから、むろんジムくらい、じゅうぶん予想はつくはずのことなのかもしれない。

「パンチングボールが好きで」タケオは言った。

パンチングボール? また聞き返す。

「ほら、ボクシングなんかの練習に使う、ボンてパンチすると、キュって向こうに行って、またすぐに跳ね返ってくるやつ」

ああ、とわたしは頷いた。ボン。キュ。説明するタケオの喉のあたりを、薄暗がりの中でぼんやり見ていた。

「あら、タケちゃん」という声がして、マサヨさんが戸を開いた。中野さんも出てくる。

タケオ、立派んなったんだってな。中野さんが言うと、マサヨさんも、故郷に錦《にしき》飾っちゃった感じ？とつづけた。タケオは頭をかいている。

四人で店に入ると、中野さんは表にまわってシャッターを閉めた。タケオは店じゅうをぐるぐる見まわしている。昔の、ぽかんとした表情になっている。

椅子《いす》が二脚しかなかったので、奥からおりたたみのを一つ、売りもののアンティークのを一つ持ってきた。中野さんがワインをあけて、茶碗《ちゃわん》に注いだ。

「ひさしぶりの酒す」とタケオが言った。

「納期？」マサヨさんがいたずらっぽく聞くと、タケオは、

「入ったばっかりの下っぱなんすけど」と言いながら、また頭をかいた。

つまみもなしに、四人でワインをどんどん飲んだ。中野商店でワインすか。顔を赤くしたタケオが言うと、中野さんは二本めのワインをあけ、ワインだぜ、どんなもんだ、と威張った。

マサヨさんが鞄《かばん》をごそごそさぐって、半分くだけた豆菓子を取りだし、紙皿に並べた。

二本めのワインも、すぐに空いた。

最初に中野さんが寝いった。机につっぷすようにして、いびきをかいている。そのうちにマサヨさんが舟をこぎだした。タケオも、ときどきあくびをしている。

「納期、まにあった？」と聞くと、タケオは浅く頷いた。

中野商店、なつかしいね。わたしが言うと、タケオは頷いた。タケオは、ずっと、元気だったの？　聞くと、また頷いた。四人そろうと、昔みたいだね。そう言うと、タケオは今度は頷かずに、口を開きかけた。でも何も言わなかった。

しばらく沈黙がきた。

ごめん。

小さな声で、タケオが言った。

え。

ヒトミさんに、おれ、ひどかった。ごめん。

タケオは言い、頭を下げた。

いや、わたしこそ、子供で。

おれも。

しばらく、二人で、なんだか頭を下げあっていた。

酔っぱらっているせいか、涙腺《るいせん》がゆるくなっている。うつむいたまま、ちょっと、泣いた。いちど泣きはじめると、そのままどんどん、泣けた。

ごめん、とタケオは何回も言った。悲しかったよ。わたしが答えると、タケオはわたしの肩に手をまわして、少し抱きしめた。

中野さんがみじろぎした。マサヨさんの方をそっと見ると、薄目をしてこちらをうかがっている。わたしと目があうと、マサヨさんはあわてて目を閉じ、寝たふりをした。

マサヨさん、と呼びかけると、マサヨさんは目をぱっちり開き、舌をぺろりと出した。タケオは静かにわたしから離れた。

「やめないで、どんどん行っちゃえー」とマサヨさんは、タケオの方に人指し指をつきだしながら、酔いのにじんだ声で言った。

どんどん行っちゃえー。マサヨさんはまた言った。

中野さんも突然むっくりと起きあがり、どんどん行っちゃえー、と声をそろえた。

茶碗に残ったワインを、あおるようにして飲みほした。四人で顔をみあわせて、笑った。ワインがふたたび体じゅうにまわってきて、空中を歩いているみたいな気分になった。タケオの方を見たら、タケオもわたしを見ていた。

中野商店は、もうないんだね。わたしが言うと、みんな、うんうん頷いた。

それでも、中野商店は、不滅です。中野さんが立ちあがって、ぼそぼそ言った。合図のように四人がてんでに喋《しゃべ》りはじめて、誰が何を言っているんだかわからなくなった。どんどん何が何だかわからなくなってきて、またタケオを見たら、タケオはまだじっとわたしのことを見ていた。

今わたし初めて、タケオのこと、ほんとに好きになったんだ。わけのわからなくなっている頭の隅で、思った。

新しくあけたワインの瓶が、茶碗のふちにあたって、かりん、と澄んだ音をたてた。

解説　川上さんと「びっくり」

長嶋康郎

「古道具　中野商店」というお話しを、川上さんは何故《なぜ》書かれたのだろうか、と考えてみた（！）。いや、何故この表題が付けられたのだろう、が正しい。と云《い》うのも、まずは私が古道具屋をしているから、なのだ。

　私などが考えるのとは別に、川上さんにしてみれば実の弟さんがれっきとした古物商を営んでいるわけで、（この弟さんの屋号は文中での「トキゾー」≪実際は『時間《トキ》蔵《ゾウ》』さん≫で、私と時間蔵さんとは全く別にある骨董《こっとう》市で知り合っており、先頃までは同じ草野球チームのメンバーだったりしての時々ではあるがお付き合いのある方である。）「古道具屋」が舞台となるお話しが書かれても自然の成りゆきであるかも知れないのであるのだが。

　なのだが、川上さんは文学らしいいわゆる〝骨董〟がらみのお話しを描くのではなく、何故ここでは〝古道具屋〟をあえて選んだのかな、とやはり考えてしまうのだった。（しかもタイトルがそのまま「古道具　中野商店」。）で、さらさらと読んでいて、びっくりした。実に〝古道具屋〟が描かれているのである。古道具屋と一口にいっても、露店商もいればハイカラなアンティーク屋もある。学者風の人もやっていれば任侠《にんきょう》肌の人も営んでいる。ビルを建てる者もあれば私のように、ただ釘《くぎ》を抜いて暮らしているようなのもいる。なのに、ある種の〝古道具屋〟の具体が、私が自覚していた以上のリアルさで押さえられている。

料理の品々を一つ一つ名称を並べてくれるごとくはなはだ実際の〝骨董屋〟とも又違うノリのウンチクが述べられる。（ヒトミさんや登場人物達の色恋の沙汰《さた》の本題とは別に）うんうん、そうそう、「そこ！」、等とつい膝頭《ひざがしら》を叩《たた》いたりしてしまう。（私が。）

「古いもんこそ、清潔に。でも清潔すぎちゃだめ」「総体に、レジでの支払いや品物の受け取りの時の視線がねばっこい」（客からの買い取り電話で）「（三回以上呼び出し音を聞いてから出なさい、《中略》すぐさま飛びつくように出るとお客はひいてしまう）」「信号で止まるごとに、物が動くような音がトラックの荷台の方から聞こえてきた」「『困るんだよね、こういう機械もの（傍点私）は』」（！）等々。

そんな古道具屋中野商店の中野さんはずいぶんと楽天的である。私が逆にはなはだ悲観的であり過ぎるのかも知れないが。しかし自称悲観性であるにもかかわらず、私はのんびりと気楽な態度、営み方だと思われて来たフシがある。羨《うら》やましがられたりもした。第一にそののんきさは私の風貌《ふうぼう》の所為《せい》かも知れない、しょっちゅう露店でも店でも「横になってる」からもあるだろうし、だいたいが〝古道具屋〟なる何がしかに既にそののんびり感や不可解感（値段とかも含めて）が付いて廻っているのかも知れない。（期待されているのかも。）

古道具屋中野商店の中野さんは、当人が気楽であるばかりでなく（時々いわれなくそれ故淋《ゆえさび》しそうだが）商売自体きわめて調子いい。（私の店では考えられないくらいいい、損しないい。）

また、〝古道具屋〟なので取り扱う品々が、電気釜《がま》やコタツ、Tシャツや洗うと縮むワンピース、灰皿、ライター、メンコやキャラクターグッズから「手塩皿」、中国の掛け軸、兜《かぶと》や鎧《よろい》に至るまで実に幅広く、それらを掌握する店主はそれ故にか「何を考えているかよくわからない」。お金にシビアだったりするが貧乏臭くないしアクセクせず汗水感もない。要するに〝浮世離れ〟しているのだ。そんな古道具屋に集う人々もあやしく不可解さに満ちている。

この軽い不可解さは小説の冒頭にヒトミさんのことばに現われる。

「～と突然言われて、驚いた。」

この「驚いた」はすぐに「びっくりした」となる。ところで、「びっくりした」と云うことばを文学で見知ったのは川上さんが初めてだった。(私は高校生までまともな本など読んだこともなく、世に云う本のムシでもない。たいがい本屋でフンフンなどとただその立ち並びに作風のあたりをつけるような人間だったがそんな私が)そもそも(川上さんがメジャーデビューした)「神様」はびっくり文学の誕生であるだろう、と秘かに思ったものの一人である。(私なんぞはそれまで良い文学には勘として《読書量は少ないから》おもたるい不安とよばれる類のことばかりを見つけて合点していたのだ。)

もちろん川上さんが「びっくりした」と語るときは端的にびっくりした状態なのだが、実は内心それ以上の何かがせり出して来そうな時にも、そこであえて、不安なんぞと大仰に言わず「びっくり」した程度に扱うのである。そのびっくりは、まるで無防備な性感帯のように身をその対象にゆだねる。(「神様」では実際、クマに抱擁されるのだ。なのに、単に「びっくりした」ぐらいの態で。)

今回のヒトミさんの「びっくり」はその対象に自ら打って出る。(実際の行動は控え目だが)つまり、しっかりびっくりさせてくれないモヤモヤした対象に、である。

（ヒトミさんの場合「え」を繰り返していく。）

中野さんと違って調子の出ないタケオにヒトミさんはむしろはっきりイライラする。具体的な中野さんと逆に「生きてくのとか苦手すか」などと「不安」を垣間見《かいまみ》せられ、いつの間にかずいぶんと入れ込んでいく。これは又かなり正々堂々とした恋心である。一人悶々《もんもん》とするヒトミさんのくだりなど、私はあのヘミングウェイの「武器よさらば」（死んでほしくない女を想《おも》う場面）を思い出したくらいだ。（引き合いの文学にかぎりあってゴメン。）

よくわからない中野さんの背後からは怪しい人達が、異和と親和を伴なってヒトミさんに小動物のように絡《から》む。けれどヒトミさんは（一番無味《わからない》なタケオに）「怖い」などと云いながらよくわからない古道具屋のおかげか同時にすぐに又「力が抜け」てキハクになる。その立体的な全体は、（ただのライターなんぞには具体的に興味を示すタケオも含め）摑《つか》み所のない古道具屋を舞台に、ヒトミさんをして自らを駆り立て、「え」（びっくり）をくり返し（ヒトミさんは二十三回「え」と云う）、自分を発見し、又新しい人、物、こととその間柄を見つけ る世界のたちいたりを体感させてくれる。（そー云うのを、川上さんは「びっくりする」ぐらいの覚悟でいきたい、と、つまりは〝古道具〟で単なる中野商店だと。なるほど。私はついにまたまたかってにだが思うに至った。）

さて、まことに私ごとだが、この原稿の依頼を出版社の方より受けた時、我が古道具屋ニコニコ堂はある種つぶれたも同然となり引っ越しやむなしとあいなって、かたづけの真最中であった。けれども、こんな私でいいのかと思う一方、こんな時に「古道具～」の表題のお話しについて書いてほしいと云うのも縁、と、ズーズーしくもあえてお受けした。（全く天下の川上文学に一筆そえるなどと無謀なことをしかも素人をいいことに気付けばついつい自分だけの思い込みばかりをつらねてしまったが。）お受けして、改めてこの本を読めて私はつくづく良かった、と感じている。（古道具屋もまんざらではないなと思い直すと同時に）端的に、私は「びっくりした」自分を発見したからだ。

（平成二十年一月、古道具ニコニコ堂店主）

この作品は平成十七年四月、新潮社より刊行された。

センセイの鞄
川上弘美著
谷崎潤一郎賞受賞

独り暮らしのツキコさんと年の離れたセンセイの、あわあわと、色濃く流れる日々。あらゆる世代の共感を呼んだ川上文学の代表作。

パレード
川上弘美著
吉富貴子絵

ツキコさんの心にぽっかり浮かんだ少女の日々。あの頃、天狗たちが後ろを歩いていた。名作「センセイの鞄」のサイドストーリー。

おめでとう
川上弘美著

忘れないでいよう。今のことを。今までのことを。これからのことを——ぽっかり明るくしんしん切ない、よるべない十二の恋の物語。

椰子・椰子
川上弘美著
山口マオ絵

春夏秋冬、日記形式で綴られた、書き手の女性の摩訶不思議な日常を、山口マオの絵が彩る。ユーモラスで不気味な、ワンダーランド。

ゆっくりさよならをとなえる
川上弘美著

春夏秋冬、いつでもどこでも本を読む。まごまごしつつ日を暮らす。川上弘美的日常をおおどかに綴る、深呼吸のようなエッセイ集。

ニシノユキヒコの恋と冒険
川上弘美著

姿よしセックスよし、女性には優しくこまめ。なのに必ず去られる。真実の愛を求めさまよった男ニシノのおかしくも切ないその人生。

小川洋子著　薬指の標本

標本室で働くわたしが、彼にプレゼントされた靴はあまりにもぴったりで……。恋愛の痛みと恍惚を透明感漂う文章で描く珠玉の二篇。

小川洋子著　まぶた

15歳のわたしが男の部屋で感じる奇妙な視線の持ち主は？　現実と悪夢の間を揺れ動く不思議なリアリティで、読者の心をつかむ8編。

小川洋子著　博士の愛した数式

本屋大賞・読売文学賞受賞

80分しか記憶が続かない数学者と、家政婦とその息子――第1回本屋大賞に輝く、あまりに切なく暖かい奇跡の物語。待望の文庫化！

堀江敏幸著　いつか王子駅で

古書、童話、名馬たちの記憶……路面電車が走る町の日常のなかで、静かに息づく愛すべき心象を芥川・川端賞作家が描く傑作長篇。

堀江敏幸著　雪沼とその周辺

川端康成文学賞・谷崎潤一郎賞受賞

小さなレコード店や製函工場で、旧式の道具と血を通わせながら生きる雪沼の人々。静かな筆致で人生の甘苦を照らす傑作短編集。

石田衣良著　4TEEN【フォーティーン】

直木賞受賞

ぼくらはきっと空だって飛べる！　月島の街で成長する14歳の中学生4人組の、爽快でちょっと切ない青春ストーリー。直木賞受賞作。

山田詠美著

ぼくは勉強ができない

勉強よりも、もっと素敵で大切なことがあると思うんだ。退屈な大人になんてなりたくない。17歳の秀美くんが元気溌剌な高校生小説。

山田詠美著

アニマル・ロジック

泉鏡花賞受賞

黒い肌の美しき野獣、ヤスミン。人間動物園、マンハッタンに棲息中。信じるものは、五感のせつなさ……。物語の奔流、一千枚の愉悦。

山田詠美著

ご新規熱血ポンちゃん

ポジティブ全開、でもちょっぴりポンチな愛すべき言葉の御馳走。美味なるフレーズが幸せ運ぶ大人気エッセイ、装いも新たに登場！

井上荒野著

しかたのない水

不穏な恋の罠、ままならぬ人生。東京近郊のフィットネスクラブに集う一癖も二癖もある男女六人。ぞくりと胸騒ぎのする連作短編集。

保坂和志著

カンバセイション・ピース

東京・世田谷にある築五十年の一軒家。古い家に流れる豊かな時間のなか、過去と現在がつながり、生と死がともに息づく傑作長篇小説。

本多孝好著

真夜中の五分前

five minutes to tomorrow side-A side-B

双子の姉かすみが現れた日から、五分遅れの僕の世界は動き出した。クールで切なく怖ろしい、side-A から始まる新感覚の恋愛小説。

梨木香歩著
春になったら苺を摘みに

「理解はできないが受け容れる」——日常を深く生き抜くことを自分に問い続ける著者が、物語の生れる場所で紡ぐ初めてのエッセイ。

梨木香歩著
家守綺譚

百年少し前、亡き友の古い家に住む作家の日常にこぼれ出る豊穣な気配……天地の精や植物と作家をめぐる、不思議に懐かしい29章。

梨木香歩著
ぐるりのこと

日常を丁寧に生きて、今いる場所から、一歩一歩確かめながら考えていく。世界《ぐるり》と心通わせて、物語へと向かう強い想いを綴る。

舞城王太郎著
阿修羅ガール
三島由紀夫賞受賞

アイコが恋に悩む間に世界は大混乱！同級生は誘拐され、街でアルマゲドンが勃発。アイコはそして魔界へ!?今世紀最速の恋愛小説。

舞城王太郎著
みんな元気。

妹が空飛ぶ一家に連れ去られた！彼らは家族の交換に来たのだ。『阿修羅ガール』の著者による、〈愛と選択〉の最強短篇集！

舞城王太郎著
スクールアタック・シンドローム

学校襲撃事件から、暴力の伝染が始まった。俺の周りにもその波はおし寄せて。書下ろし問題作を併録したダーク＆ポップな作品集！

平野啓一郎著

日蝕

芥川賞受賞

異端信仰の嵐が吹き荒れるルネッサンス前夜の南仏で、若き学僧が体験した光の秘蹟。時代に聖性を呼び戻す衝撃の芥川賞デビュー作。

平野啓一郎著

葬送

第一部（上・下）

ロマン主義全盛十九世紀中葉のパリ社交界を舞台に繰り広げられる愛憎劇。ドラクロワとショパンの交流を軸に芸術の時代を描く巨編。

平野啓一郎著

葬送

第二部（上・下）

二月革命が勃発した。七月王政の終焉、共和国の誕生。不安におののく貴族、活気づく民衆。時代の大きなうねりを描く雄編第二部。

吉本ばなな著

アムリタ

（上・下）

会いたい、すべての美しい瞬間に。感謝したい、今ここに存在していることに。清冽でせつない、吉本ばななの記念碑的長編。

よしもとばなな著

ハゴロモ

失恋の痛みと都会の疲れを癒すべく、故郷に舞い戻ったほたる。懐かしくもいとしい人々のやさしさに包まれる——静かな回復の物語。

よしもとばなな著

なんくるない

どうにかなるさ、大丈夫。沖縄という場所が、人が、言葉が、声ならぬ声をかけてくる——。何かに感謝したくなる四つの滋味深い物語。

恩田陸著
六番目の小夜子
ツムラサヨコ。奇妙なゲームが受け継がれる高校に、謎めいた生徒が転校してきた。青春のきらめきを放つ、伝説のモダン・ホラー。

恩田陸著
図書室の海
学校に代々伝わる〈サヨコ〉伝説。女子高生は伝説に関わる秘密の使命を託された――。恩田ワールドの魅力満載。全10話の短篇玉手箱。

恩田陸著
夜のピクニック
吉川英治文学新人賞・本屋大賞受賞
小さな賭けを胸に秘め、貴子は高校生活最後のイベント歩行祭にのぞむ。誰にも言えない秘密を清算するために。永遠普遍の青春小説。

重松清著
きよしこ
伝わるよ、きっと――。少年はしゃべることが苦手で、悔しかった。大切なことを言えなかったすべての人に捧げる珠玉の少年小説。

重松清著
小さき者へ
お父さんにも14歳だった頃はある――心を閉ざした息子に語りかける表題作他、傷つきながら家族のためにもがく父親を描く全六篇。

重松清著
エイジ
山本周五郎賞受賞
14歳、中学生――ぼくは「少年A」とどこまで「同じ」で「違う」んだろう。揺れる思いを抱き成長する少年エイジのリアルな日常。

三浦しをん著

私が語りはじめた彼は

大学教授・村川融をめぐる女、男、妻、娘、息子……それぞれの「私」は彼に何を求めたのか。人間関係の危うさをあぶり出す、連作長編。

三浦しをん著

秘密の花園

それぞれに「秘めごと」を抱える三人の女子高生。「私」が求めたことは——痛みを知ってなお輝く強靭な魂を描く、記念碑的青春小説。

三浦しをん著

人生激場

世間を騒がせるワイドショー的ネタも、なぜかシュールに読みとってしまうしをん的視線。乙女心の複雑パワー、妄想全開のエッセイ。

北上次郎編

14歳の本棚
青春小説傑作選
—部活学園編—

青春時代のよろこびと戸惑い。おとなと子どもの間できらめく日々を描いた小説をずらり揃えた画期的アンソロジー！

北上次郎編

14歳の本棚
青春小説傑作選
—初恋友情編—

いらだちと不安、初めて知った切ない想い。大人への通過点で出会う一度きりの風景がみずみずしい感動を呼ぶ傑作小説選、第2弾！

北上次郎編

14歳の本棚
青春小説傑作選
—家族兄弟編—

私はいったい誰？　一番身近な他人「家族」を知ることで中学生は大人の扉を開く。文豪も人気作家も詰め込んだ家族小説コレクション。

新潮文庫最新刊

玄侑宗久著
リーラ
神の庭の遊戯
二十三歳で自らの命を絶った飛鳥。周囲の六人が語る彼女の姿とそれぞれの心の闇。逝った者と残された者の魂の救済を描く長編小説。

池波正太郎
山本周五郎
滝口康彦
峰隆一郎
山手樹一郎 著
素浪人横丁
—人情時代小説傑作選—
仕事もなければ、金もない。あるのは武士の意地ばかり。素浪人を主人公に、時代小説の名手の豪華競演。優しさ溢れる人情もの五編。

塩野七生著
海の都の物語
ヴェネツィア共和国の一千年
4・5・6
サントリー学芸賞
台頭するトルコ帝国、そしてヨーロッパ各国の圧力を前にしたヴェネツィア共和国は、どこへ向うのか。圧巻の歴史大作、完結編。

梅原猛著
歓喜する円空
全国の円空仏を訪ね歩いた著者が、残された絵画、和歌などからその謎多き生涯と思想を解読。孤高の造仏聖の本質に迫る渾身の力作。

西村淳著
名人誕生
面白南極料理人
ウヒャヒャ笑う隊長以下、濃～いキャラの隊員たちを迎えた白い大陸は、寒くて、おいしくて、楽しかった。南極料理人誕生爆笑秘話。

下川裕治著
格安エアラインで世界一周
1フライト八百円から！ 破格運賃と過酷サービスの格安エアラインが世界の空を席巻中。インターネット時代に実現できた初の試み。

古道具《ふるどうぐ》　中野商店《なかのしょうてん》

新潮文庫　か－35－7

平成二十年三月一日発行
平成二十一年六月二十日二刷

著者　川《かわ》上《かみ》弘《ひろ》美《み》

発行者　佐藤隆信

発行所　株式会社新潮社

郵便番号　一六二―八七一一
東京都新宿区矢来町七一
電話　編集部(〇三)三二六六―五四四〇
読者係(〇三)三二六六―五一一一
http://www.shinchosha.co.jp

価格はカバーに表示してあります。

乱丁・落丁本は、ご面倒ですが小社読者係宛ご送付ください。送料小社負担にてお取替えいたします。

印刷・株式会社精興社　製本・株式会社植木製本所

ISBN978-4-10-129237-3 C0193